प्रतिनिधि कहानियाँ

प्रतिनिधि कहानियाँ

स्वदेश दीपक

वाणी प्रकाशन

प्रकाशन के उत्कृष्टतम 61 वर्ष

vaniprakashan.com

पेपरबैक पहला संस्करण : 2024

वाणी प्रकाशन

4695, 21-ए, दरियागंज, नयी दिल्ली-110 002

फ़ोन : +91 11 23273167, 23275710

शाखाएँ

अशोक राजपथ, पटना-800 004, बिहार

कॉफ़ी हाउस कैम्पस, महात्मा गांधी मार्ग, प्रयागराज-211 001, उत्तर प्रदेश

महात्मा गांधी अन्तरराष्ट्रीय हिन्दी विश्वविद्यालय, वर्धा-442 001, महाराष्ट्र

36/ए, शेक्सपियर सरणी, रानी बिरला गर्ल्स कॉलेज के पास, कोलकाता-700 017, प. बंगाल

sales@vaniprakashan.in

vaniprakashan@gmail.com

Pratinidhi Kahaniyan

by Swadesh Deepak

ISBN : 978-93-5775-451-4

Collection of Stories

मूल्य : ₹ 225

जी.एस. ऑफ़सेट, दिल्ली-110 095 में मुद्रित

वाणी प्रकाशन का लोगो मक़बूल फ़िदा हुसेन की कूची से

सौमित्र मोहन
और
डॉ. विनय के लिए

भूमिका

सही साहित्य की प्रामाणिकता का आधार किसी भी लेखक की अपनी सोच होती है, अपना महसूसना होता है। मेरी कहानियों में आत्मगत भयावहता का सामना किया गया है। हमारे अन्दर एक डार्करूप है जहाँ चित्र के चित्र अँधेरे में सुप्त पड़े रहते हैं। जब कोई जाग्रत क्षण इन नेगेटिव्ज़ को छू लेता है तो जन्म होता है चित्र–दृश्यों का, कहानियों का। ज़िन्दगी में जो अवांछनीय क्षण आ जाते हैं, बीत भी जाते हैं, लेकिन अपने पीछे छोड़ जाते हैं आत्मा के अन्दर एक काला स्याह जंगल। जब बाहर का सत्य अन्दर के सत्य से जुड़ जाता है तब मेरी कहानियाँ जन्म लेती हैं।

यह बात पढ़कर शायद 'कुछ लोगों' को तकलीफ़ हो, लेकिन मुझे मानने में कोई हिचक नहीं कि सबसे पहले राजेन्द्र यादव ने मेरी इस 'अन्दर उग आये' जंगल की धारणा को प्रामाणिक महसूस किया और मेरा पहला कहानी–संग्रह 'अश्वारोही' छापा, वह भी बिना पैसे लिये। यह दूसरी बात है कि ज़्यादातर वह मसख़रे का मुखौटा ओढ़े रखता है, लेकिन मेरे लिखे को पढ़ने का उसका उत्साह अब भी वैसे का वैसा है।

मेरे पात्रों की नियति सिर्फ़ मृत्यु क्यों है? यह सवाल जहाँ दूसरे लोग पूछते हैं, वहाँ मैं भी अपने आप से पूछता रहता हूँ। मन्नू भण्डारी ने एक बार कहा था कि मेरी कहानियाँ पढ़ते हुए उसे हमेशा लगता है कि पात्रों के पीछे कोई भरी हुई बन्दूक़ लिये चल रहा है। अभी 'धाँय' की आवाज़ होगी और कुछ ख़त्म हो जायेगा। इस मृत्यु–हठ, ऑब्सैशन को मैं स्वीकार करता हूँ। जीवन का सबसे बड़ा सत्य मृत्यु है, फिर मौत से इतनी दहशत क्यों, आतंक क्यों? कभी मैं भी डरता था, लेकिन येट्स (Yeats) की इन कविता–पंक्तियों ने इस मृत्यु–भय से हमेशा–हमेशा के लिए मुक्त कर दिया–

Cast a cold eye
on Life, on death
Horseman, pass by!

आज जो मशीनी मार्का लेखन हो रहा है, उसके बीच अपने आप को नितान्त अकेला पड़ गया महसूस करता हूँ। 'नारे' के जोश में लगता है कि सैकड़ों लेखक मात्र एक कहानी को बार–बार लिख रहे हैं। साहित्य सिर्फ़ पेट से जुड़ा है या हो, इस बात को मैं कभी भी नहीं मान सका। आदमी के जिस्म में कुछ और हिस्से भी हैं, पेट से नीचे और पेट के ऊपर भी, और मेरे लिए सही साहित्य इन सब हिस्सों का साहित्य है। मेरे लेखन की इस अकेली लड़ाई में जिन दोस्तों ने हौसला दिखाया–सौमित्र मोहन, कृष्णा सोबती, विनय और राजेन्द्र यादव–उन सबको शुक्रिया के साथ अपनी बात ख़त्म करता हूँ।

–स्वदेश दीपक

अनुक्रम

मरा हुआ पक्षी

उसके कान बहुत बड़े–बड़े हैं। कानों का निचला भाग गर्दन को छू जाता है, ऊपरवाले भाग में कई सारे सफ़ेद हो रहे लम्बे बाल उगे हुए हैं जो नीचे की ओर लटकते रहते हैं और जिन्हें वे काटते नहीं। कानों का निचला भाग सीधा तथा चपटा है और ऊपरवाला हिस्सा अन्दर की ओर मुड़ा हुआ। यदि उन्हें एक बार देख लिया जाये तो चेहरा चाहे भूल जाये, लेकिन उसके कान सदा याद रहते हैं। किसी गुफा के प्रवेश–द्व ार की तरह रहस्यपूर्ण और अन्धकार के आरम्भ। उनके कानों की लम्बाई लगभग छह इंच तो अवश्य होगी।

यह केस जो उनकी अदालत में चल रहा है, इसकी चर्चा समाचारपत्रों में भी ख़ूब हो रही है। बात ही कुछ ऐसी है। अपराधी की आयु दस वर्ष से कम है और उस पर आरोप हत्या का है। बच्चे ने दिन–दहाड़े हत्या कर दी। आँखों–देखे गवाह हैं। केस में कहीं भी, किसी प्रकार की भी कमी नहीं। बस, उन्हें तो सब कुछ सुनने के बाद निर्णय ही लेना है, और वह उनके लिए कुछ भी कठिन नहीं।

आजकल वे रात को चारपाई पर लेटते हैं तो उन्हें नींद नहीं आती। वह बालक उनकी शक्ति को इतने दिनों से कैसे नकार रहा है। उनका सामना कर रहा है, इतना अभेद्य कौन सा कवच उसने पहन रखा है जिसे वे तोड़ नहीं पा रहे हैं।

पत्नी पास ही पलंग पर लेटी हुई है। जब इनका मन शान्त नहीं होता तो उसके साथ जुड़वाँ पलंग पर नहीं सोते। सोयी हुई पत्नी के चेहरे पर वही चिर–परिचित सदाबहार मुस्कान है, जो उनको अच्छी नहीं लगती। मौसम अच्छा है तो मुस्कान, खिड़की खुल जाये तो मुस्कान, वे देर से आयें या जल्दी आयें तो मुस्कान। अकारण। सब कुछ अकारण। और उन्हें यह अच्छा नहीं लगता। उनके जीवन का, कामकाज का निर्देश

तो समय–यन्त्र करता है। अतः कुछ भी अकारण हो तो बुरा लगना स्वाभाविक है।

क्या उनकी शक्तियाँ नष्ट होती जा रही हैं? उन्होंने आँखें बन्द कर लीं। अपनी परीक्षा लेना आवश्यक लगा। कुछ क्षणों के बाद उनका सारा ध्यान पत्नी पर केन्द्रित हो गया। ध्यान आरम्भ करने से पूर्व ही उन्होंने मन में इच्छा कर ली थी कि सोयी हुई पत्नी उठ बैठे और उन्हें पानी पिलाये।

वे महसूस कर सकते हैं कि उनके कान खड़े हो रहे हैं तथा पीछे की ओर तने जा रहे हैं, किसी शिकारी कुत्ते के कानों की तरह जो अपने आखेट का पीछा कर रहा हो। कानों पर उगे लम्बे–लम्बे जो थोड़े–से बाल हैं। वे रेडियो के एरियल की तरह काँप रहे हैं। वे सो रही पत्नी के मन की तरंगों को प्राप्त कर रहे तथा अपनी इच्छाओं को उसकी आत्मा में भेज रहे हैं। धीरे–धीरे उनका ध्यान अपने शरीर से, पत्नी के शरीर से बिल्कुल हट गया। अब वे शरीर विहीन हो गये हैं। कानों पर उगे बालों के एरियल और ज़ोर–से हिल रहे हैं। अब उनके मन–केन्द्र से प्रेषित हो रही इच्छा–तरंगों को पत्नी का शरीर ग्रहण कर रहा है। उनका कायाहीन शरीर अपनी चारपाई से उठा और पत्नी के बिस्तर के पास जा ठहरा। उनकी आत्मा के सम्प्रेषण–केन्द्र से उठ रही माँग को अब पत्नी की आत्मा ने प्राप्त कर लिया है।

वह एक झटके–से उठ बैठती है। पास छोटे–से स्टूल पर रखी सुराही से पानी का गिलास भरती है और उसकी चारपाई के पास आ ठहरती है। पर वे तो आँखें बन्द किये सो रहे हैं। यह क्योंकर सम्भव हो सकता है? अभी थोड़ी देर पहले तो इन्होंने पानी माँगा था। वह उनका कन्धा छूकर पानी पीने को कहती है। वे कहते हैं कि उन्होंने पानी नहीं माँगा। वे नहीं चाहते कि पत्नी को पता चल जाये कि वे अपनी विद्या का प्रयोग उस पर करते रहते हैं। वह चारपाई के पास ही पानी रख देती है और फिर जाकर सो रहती है।

इस प्रयोग के बाद वे निश्चिन्त हो जाते हैं। वे अब भी योग तथा ध्यान की इन रहस्यपूर्ण क्रियाओं द्वारा किसी की आत्मा में प्रवेश पा सकते हैं। इतने वर्षों की कठोर साधना। इस विषय पर इतनी अधिक देशी–विदेशी पुस्तकों का अध्ययन, योगी गुरुओं की तलाश में बनारस तथा हिमालय की तराई में स्थित विभिन्न आश्रमों में भटककर। तभी तो वे इस क्षेत्र में कुछ शक्तियाँ प्राप्त कर सके हैं। इसी के बल

पर तो वे सदा ठीक निर्णय करते हैं। तभी तो जब ज्ञानप्रकाश मेहता की अदालत में जब भी कोई केस लगता है तो विपक्ष के वकील बड़े बेदिल होकर केस की पैरवी करते हैं। वे जैसे भी क़ानूनी दाँव–पेंच चलायें, जज मेहता को बहकाने के लिए जो फन्दे डालें, उनको सत्य का पता जाने किस विधि से सदैव चल जाता है। और कोई भी अपराधी, चाहे उसके विरुद्ध सुबूत कितने भी कमज़ोर हों, उनसे बच नहीं सकता।

जब पहले दिन उस बालक अपराधी को उनकी अदालत में लाया गया तो उन–जैसा सुलझी तथा शान्त प्रकृति का आदमी भी चौंक गया। इतनी छोटी आयु में कोई किसी का ख़ून क्यों कर सकता है? घटना बिल्कुल छोटी और सीधी–सादी थी। बच्चे का पिता युद्ध में मारा गया था। थोड़ी–सी पेंशन पर माँ–बेटे का निर्वाह चल रहा था। वैसे भी गाँव में लस्सी–पानी का ख़र्चा नहीं आता है। फिर गाँव का सरपंच भी यदा–कदा इरा परिवार की सहायता करता रहता था। बच्चा किसी बात पर उससे नाराज़ हो गया और गाँव की आम बोलचाल की भाषा में एक दिन सरपंच को उसने गाली दे दी। इस बात पर सरपंच ने उसे थप्पड़ मारा। और कुछ दिनों के बाद जब शाम को सरपंच अपने खेतों से लौट रहा था, तो बच्चा गली के मोड़ पर एक बर्छा लिये उसकी प्रतीक्षा कर रहा था। भूखे बैल आधे भागते हुए–से अपने घर की ओर आ रहे थे। सरपंच उनके पीछे भागता आ रहा था। बैल मुड़े, सरपंच ने भी गली का मोड़ काटा। वह उस बालक को देख न पाया। बालक ने बर्छा उसके पेट के आगे कर दिया। उस भाग रहे व्यक्ति की अपनी ही गति की शक्ति उसकी मृत्यु का कारण बन गयी। फिर बालक अपनी आयु के हिसाब से काफ़ी तगड़ा था। इससे पूर्व कि डॉक्टरी सहायता पहुँच पाती, उस आदमी की मृत्यु हो गयी। बस, इतना ही केस था। मौक़े के कई गवाह थे। सबने एक–जैसे बयान दिये, पर उनकी दृष्टि तो पारदर्शी है। वे कैसे मानें कि केस मात्र इतना ही है, जितना सामने आ रहा है। प्रेम, घृणा, हिंसा, प्रतिहिंसा, बैर, विरोध आदि इन आदिम भावों का रोपण तथा प्रस्फुटन एक बालक के मन में क्योंकर हो सकता है? इस इलाक़े में हत्या आदि की घटनायें प्रायः होती रहती हैं। ये लोग अदालत में गाँव का झगड़ा आने ही नहीं देना चाहते। और यदि केस चल भी पड़े तो पंचायत में पहले से ही फ़ैसला कर दिया जाता है कि अदालत में क्या बयान दिये जायेंगे।

फिर यह केस ऐसा है कि सरकारी वकील तथा पुलिस आदि भी इसे लम्बा नहीं खींचना चाहते। सब चाहते हैं कि जो निर्णय होना है, जल्दी हो जाये ताकि उस बालक की निरीह दृष्टि का सामना रोज़–रोज़ न करना पड़े। बच्चे की माँ भी रोज़–रोज़ अदालत में आती है। लम्बी–तड़ंगी सदा सिर झुकाये बैठी रहती है। उसके प्रति अपने आप ही मन में दया जाग जाती है। पहले पति को युद्ध में खो चुकी है और अब बेटा भी।

वह आरम्भ में समझ बैठे थे कि बहुत जल्दी ही उनको सत्य का पता चल जायेगा। ज्यों ही कटघरे में कोई अपराधी आ ठहरता है तो उसी क्षण से वे अपना जज का जीवन छोड़कर उस अपराधी का जीवन जीना आरम्भ कर देते हैं। अपराधी कभी भी उनकी ओर आँख भरकर देखने का साहस नहीं कर पाता। शायद उसको भी महसूस होता हो कि कोई जासूस उसके शरीर तथा मन में प्रवेश कर गया है। पुलिस की रिपोर्ट के माध्यम से वे उस अपराधी द्वारा किये गये अपराध को एक–एक पग करके जीते हैं। उस समय वे वकीलों की बहस नहीं सुन रहे होते, अपितु एक हत्यारे, डाकू, बलात्कार करने वाले अथवा चोर का जीवन जी रहे होते हैं। इतने सारे लोगों की उपस्थिति भी इस मानसिक क्रिया–प्रक्रिया में बाधा नहीं बन पाती। इतने वर्षों की साधना ने उनके शरीर को, उनकी आत्मा के संचालन के वश में इस तरह से कर दिया है कि इस प्रकार की बाधाओं को वे बहुत शीघ्र लाँघ जाते हैं।

जब वे किसी की आत्मा में प्रवेश कर रहे होते हैं तो उनके कानों का ऊपरवाला भाग पीछे की ओर कस जाता है। उनके शरीर का कोई अंग हिलता तक नहीं। अपने गंजे सिर को वे बार–बार रूमाल से पोंछते रहते हैं, जिस पर गर्मी अथवा सर्दी किसी भी मौसम में बहुत अधिक पसीना आता है।

उन्हें सत्य जानने की कोई जल्दी नहीं रहती। वकील लोग जिस दिन जितनी घटना पर वाद–विवाद करते हैं, वे मात्र उतने ही भाग को अपने में व्यतीत करते हैं। उनकी मानसिक स्थिति उस अहेरी की–सी होती है जो जानता है, आखेट उसकी मार की परिधि में आ चुका है, लेकिन उसकी उपस्थिति का उसे आभास नहीं। इसलिए जब चाहे उसे मारा जा सकता है, जल्दी करने की कोई ऐसी ज़रूरत नहीं।

पर अब ये सारी क्रियायें असफल होती जा रही हैं। अपनी विद्या पर से उनका विश्वास थोड़ा–सा डाँवाँडोल हो रहा है। कितने दिनों से बालक को अदालत में लाया जा रहा है। कितने दिनों से वे आत्मा में प्रवेश करने की चेष्टा कर रहे हैं, और कितने दिनों से वे इसमें असफल हो रहे हैं। उनमें और उस बालक की आत्मा में कितना कठिन द्वन्द्वयुद्ध चल रहा है। एक ओर उनका वर्षों का अभ्यास है, इस विद्या को प्राप्त करने का इतना लम्बा कठिन इतिहास है और दूसरी ओर उस छोटे–से लड़के की आत्मा है जो भय, घृणा, मोह–माया, बैर–विरोध आदि के भावों से मुक्त है, इसलिए अभेद्य बनी हुई है। वे जानते हैं, इस प्रकार की सांसारिक भावनायें ही आत्मा के कवच का कमज़ोर स्थल होती हैं और इन्हीं कमज़ोर स्थलों को शीघ्र तोड़कर अन्दर जाने के लिए प्रवेश–द्वार बनाया जा सकता है। उस बालक की आत्मा में अभी तक कोई दरार नहीं पड़ी, इसलिए उसे भेदना कठिन हो रहा है। उनके अपने शरीर की सारी क्रियाएँ उस बालक के सामने आते ही निष्क्रिय हो जाती हैं, बीच में ही थम जाती हैं। कान पीछे की ओर नहीं खिंचते, उनके ऊपर उगे हुए बालों के एरियल खड़े नहीं होते और न ही आजकल उनके सिर पर पसीना आता है। एक के बाद एक गवाह आता है, एक ही बयान दुहराता है, चला जाता है। वे जानते हैं, प्रत्येक व्यक्ति झूठ बोल रहा है। उन्हें पता है कि पुलिस इंस्पेक्टर जो इस केस का इंचार्ज है, वो भी उसी जाति का है, इसलिए वह भी किसी कारणवश मामले की तह तक नहीं पहुँचना चाहता है। फिर केस इतना स्पष्ट है कि इसमें कोई तह अथवा पर्त क्योंकर हो सकती है।

बहुत छोटी आयु में ही उन्होंने यह पद प्राप्त कर लिया है। एक समय ऐसा आया था कि प्रतिदिन समाचारपत्रों में उनका नाम आया करता था। केस ही ऐसा था। इस प्रान्त के एक बहुत ही शक्तिशाली मन्त्री के निकटतम सम्बन्धी पर हत्या और डकैती का मुक़दमा उनकी अदालत में चल रहा था। पहले उन्हें बड़े–बड़े लालच दिये गये। वे अडिग रहे तो टेलीफ़ोन पर धमकियाँ दी गयीं। लेकिन वे डरे नहीं, ऐसे अवसर की तो वे कब से प्रतीक्षा कर रहे थे। शाम को उनकी कोठी के आसपास बड़े–बड़े पग्गड़ बाँधे भयानक–से दिखने वाले व्यक्ति घूमते–फिरते नज़र आते थे। धमकी की बातें सुनकर समचारपत्र वालों को पता चला तो ख़ूब

शोर मचा। केन्द्र में से एक मन्त्री ने शायद मुख्यमन्त्री को फ़ोन भी किया। इसके बाद मन्त्री और उसके सम्बन्धी इनकी राह से हट गये थे। सुबूत तथा गवाह पक्के थे, इसलिए उस आदमी को मृत्युदण्ड देने में इन्हें कोई हिचक न हुई। बात इतनी बढ़ गयी थी कि मन्त्री के उन रिश्तेदारों ने ऊँची अदालत में अपील तक न की। अतः कई अन्य लोगों से जूनियर होते हुए भी वे सेशन जज बन गये, क्योंकि उनके चारित्रिक साहस की धाक सब ओर बैठ गयी थी। अनुभव तथा अवसर की आग में से गुज़रकर उनकी न्याय–बुद्धि अब कुन्दन बन गयी थी।

इसलिए आजकल वे इतने परेशान रहते हैं। क्या यह छोटा–सा लड़का उनके सारे–के–सारे योजनाबद्ध भविष्य को बर्बाद कर डालेगा? उनकी आकांक्षा है कि एक दिन सुप्रीम कोर्ट के जज बनें, बड़े–बड़े न्यायविदों में उनकी गणना हो। वे जानते हैं कि बाह्य रूप से यूँ साधारण–से दिखने वाले केस कई बार भविष्य के निर्माण में बहुत बड़ी बाधा बन जाया करते हैं। अच्छा, यह तो एक प्रकार से सिद्ध हो गया है कि बालक ने हत्या की है। फिर वे उसको कितनी सीमा तक कठोर सज़ा दे सकते हैं? कितनी लम्बी सज़ा न्याय की दृष्टि से उचित रहेगी? लड़के की कम आयु उसे सब ओर से सहानुभूति दिला रही है।

आजकल वे शाम को क्लब नहीं जाते, पत्नी अकेली ही कार में वहाँ जाती है। शाम को टेनिस खेलना उसके लिए बहुत आवश्यक है। वह एक बहुत बड़े सैनिक अधिकारी की लड़की है, कान्वेंट में पढ़ी है। बड़े सहज भाव से अंग्रेज़ी में बातचीत करती है और हिन्दी यदि बोले भी, तो वह साहबोंवाली ही होती है। वे स्वयं एक बहुत ही निर्धन परिवार में जन्मे हैं और उस ग़रीबी की स्थिति से आगे बढ़े हैं। पिता मास्टर हैं, लड़का जन्म से ही मेधावी है, वह पिता की मास्टर–दृष्टि पहचान गये। पिता ख़ूब अनुशासनप्रिय हैं। लड़कपन से ही पुत्र की पढ़ाई पर बहुत बल दिया। प्रत्येक परीक्षा में लड़के ने स्कॉलरशिप पाया। खेलकूद अथवा किसी और मनोरंजन की ओर लड़के का ध्यान कभी न गया। कॉलिज में पहुँचते उसके सिर के बाल झड़ने आरम्भ हो चुके थे, परन्तु लड़के के विपरीत स्थितियों से जूझने से फुर्सत ही न थी कि अपने शरीर अथवा रूप–रंग

के बारे में कुछ सोचता। उधार वसूल करने वालों की लम्बी लाइन तथा माँ–बाप का भयाक्रान्त चेहरा सदा उसकी आँखों में बसा रहता। लड़का जानता है देश स्वतन्त्र है, वह किसी प्रतियोगी परीक्षा में सफल हो गया तो पिता की ग़रीबी रास्ते की रुकावट न बनेगी। फिर सारे भारत की प्रतियोगी परीक्षा में वह प्रथम आया। जीवन में सफल होने के सारे द्वार जैसे माया–स्वर्ग से उसके लिए खुल गये। तब से आज तक उसे कभी मुड़कर न देखना पड़ा।

अब चाहे वे इतनी बड़ी पदवी पर हैं, फिर भी कोई हीन भाव है कि उनके मन की पर्तों में छुपा रहता है। वे बड़ी सलीक़े की अंग्रेज़ी बोलते हैं। साहित्य का भी उनका गहरा अध्ययन है, फिर भी जानते हैं कि क्लब में जब आँखें आधी ऊपर उठाकर, थोड़ी–सी वक्र ग्रीवा की मुद्रा धारण करके पत्नी अंग्रेज़ी का छोटा–सा वाक्य भी बोलती है तो सुनने वाले कैसे प्रभावित और आकर्षित हो जाते हैं। उन्हें पता है, बोलते समय वह जान–बूझकर इस प्रकार अंग–संचालन नहीं करती। एक सम्पन्न परिवार में जन्म लेने पर अधिकारपूर्वक जीने की यह भावना अपने आप स्वभाव में आ जाया करती है।

कभी–कभी वे सोचते हैं कि उन्होंने उससे विवाह ही इसलिए किया गया था कि वह बड़ी सलीक़ेदार अंग्रेज़ी बोलती है। पहली ही मुलाक़ात में उसके उच्चारण और बातचीत के साहबी ढंग से वे दब गये थे। अपने उस दीन भाव को नीचा दिखाने के लिए उन्होंने उससे विवाह किया। अब वे सम्पन्न हैं, शायद फिर भी अपने गत जीवन में वे पत्नी के माध्यम से प्रतिकार लेना चाहते हैं। पत्नी यहाँ की रेडक्रॉस सोसायटी की सेक्रेटरी है। कमिश्नर से उसको प्रायः मिलते–जुलते रहना पड़ता है। वह ग़रीबों के प्रति सदा चिन्ता प्रकट करती है और वे जानते हैं कि एक साधारण हिन्दुस्तानी की तरह निर्धनता के प्रति उसके विचार अब भी रोमांटिक हैं। उन्हें इस सत्य का पता है कि पत्नी की इस प्रकार की विचारधारा तथा रहन–सहन ठीक है, क्योंकि उसका पालन–पोषण इस सबके लिए ज़िम्मेदार है। वे बड़ा समझौतापूर्ण जीवन जी रहे हैं और शहर के सफल जोड़ों में उन दोनों की गणना होती है।

आजकल लॉन में कुर्सी डालकर बैठे रहते हैं और सोचते हैं। ध्यान कहीं भी केन्द्रित नहीं हो पाता, इसलिए उनकी अपने प्रति निर्ममता बढ़ती

जा रही है, क्योंकि जीवन के संघर्ष में उन्होंने कभी भी पराजित होना नहीं सीखा। वे जानते हैं, सत्य तक वे आज नहीं तो कल पहुँचकर रहेंगे।

वे बैठे हैं, पत्नी टेनिस का रैकेट लिये बाहर निकलती है। खेल के कपड़ों में उसकी पुष्ट टाँगें तथा सुडौल शरीर बड़ा प्यारा लगता है। पत्नी गर्व से बताया करती है कि शादी के समय उसका वज़न एक सौ दस पौंड था और आज बीस वर्ष बाद भी उतना ही है। वह कई वर्ष से महिला खिलाड़ियों में प्रान्त भर में प्रथम आ रही है। वह और उसके पार्टनर ब्रिगेडियर सिन्हा इस वर्ष अखिल भारतीय टेनिस प्रतियोगिता के मिक्स्ड–डबल्स में फ़ाइनल में पहुँच गये थे। अब दोनों को फ़ाइनल जीतने का पूर्ण विश्वास है। वह जानती है, पति किसी केस में उलझे हों तो शाम को कहीं नहीं आते–जाते। शाम को लॉन में मन की अदालत लगाये बैठे रहते हैं। फिर भी वह उनसे चलने के लिए पूछ ही लेती है। उनके 'न' कहने पर कार में बैठ जाती है, गेट तक पहुँचते–पहुँचते कार को तीसरे गियर में डाल देती है, हालाँकि उनको सदा से गियर बदलने में कठिनाई आती रहती है। पत्नी प्रत्येक काम सहज भाव से करती है और उन्हें प्रयास करना पड़ता है। वे जानते हैं, इसका कारण भिन्न सामाजिक वर्गों में जन्म लेना है। उन्हें दुःख होता है कि पत्नी को इतनी तेज़ कार चलाते देखकर वे सदा भयानक कल्पनाओं का आनन्द उठाते हैं। कोई दुर्घटना हो जाये, वह मर जाये तो वह कितने दुखी होंगे? क्लब में कैसे काला सूट पहनकर जाया करेंगे? समाचारपत्र में छपने के लिए मृत्यु–सूचना के लिए उन्होंने वाक्यों तक का चुनाव कर रखा है। और वे इस प्रकार के विचारों पर सदा लज्जित होते हैं। पत्नी इतनी पापुलर है तो क्या हुआ? आख़िर इससे उनका अपना मान ही तो बढ़ता है।

फिर आजकल उस बच्चे और उसकी माँ का चेहरा सदा उनके आगे घूमता रहता है। माँ के चेहरे पर सदा डर बैठा रहता है। बच्चा है–कभी माँ की ओर देखता तक नहीं। शायद उसका छोटा–सा मन भी इस बात को जानता है कि माँ की ओर देखने से निर्बलता आ जायेगी। माँ प्रतिदिन अदालत लगने से पहले बाहर आ बैठती है। बच्चे के लिए घर से खाना बना लाती है। वह बड़ी जल्दी–जल्दी सिर झुकाये रोटी खाता है और बड़े सधे क़दमों से अन्दर आ जाया करता है।

कितने दिन बीत गये हैं। कितनी बार उन्होंने बच्चे के मन पर आक्रमण किया है, परन्तु अभी तक वे उसकी आत्मा के दुर्ग को भेद नहीं पाये।

आज जब वे कोर्ट गये तो पता चला कि बच्चा अचानक रात को बहुत ज़ोर से बीमार पड़ गया, सिविल हस्पताल में दाख़िल है। डॉक्टरों ने निमोनिया बताया है। हालत गम्भीर है। उनका मन किसी काम में न लगा, दिन को खाना भी कम खाया। कोर्ट से जल्दी लौट आये हैं और कब से गुमसुम बैठे हैं। उनके अन्दर वास करने वाली माया–शक्तियों ने उन्हें बता दिया कि वह बच्चा जीवित न रह सकेगा, इतनी बड़ी घटना को उसका मन सह न पायेगा। हत्या करके तो बड़े–बड़े अपराधी अन्दर से खण्ड–खण्ड हो जाते हैं, फाँसी मिलने से पूर्व ही वे कितनी बार मर चुके होते हैं, फिर यह कोमल मन...

उन्हें शर्म आ जाती है कि इस समय भी वे उस बच्चे के जीवन के लिए चिन्तित नहीं, अपितु वे सोच रहे हैं कि बालक मर गया तो वे सत्य का उद्घाटन न कर पायेंगे। अचानक उन्होंने हस्पताल जाने का निर्णय कर लिया।

बच्चे के कमरे के बाहर बन्दूक़धारी सिपाही बैठा है। इन्हें यहाँ देखकर हक्का–बक्का रह जाता है। ये उसके सलाम के जवाब में सिर हिलाते हैं और कमरे में प्रवेश कर जाते हैं।

लड़का आँखें बन्द करके लेटा हुआ है। थोड़े समय में ही वह बहुत कमज़ोर हो गया है। माँ पास बैठी है। उसकी पीठ दरवाज़े की ओर है, इसलिए इनको देख नहीं पा रही है। लड़के को हो सकता है, उनके आने का आभास हो गया हो। वह आँखें खोलता है, माँ उसके माथे पर हाथ रख देती है।

माँ ने जैसे ही उसके माथे पर हाथ रखा, लड़के को कुछ हो गया; उसका चेहरा, एकदम विकृत हो जाता है, उसकी छोटी–छोटी आँखें जैसे तनकर फटने को आ रही हैं, नथुने फड़क रहे हैं और शरीर की शिरा–शिरा यूँ अकड़ गयी है जैसे अभी सब कुछ टूट जायेगा। उसकी आँखों की पुतलियाँ बड़ी बेचैनी से दायें–बायें भटक रही हैं और उनमें

विष–भरा सागर ठाठें मार रहा है। लड़का माथे पर से माँ का हाथ परे झटक देता है।

माँ का गोरा रंग स्याह हो गया है। अपने ही लड़के के सामने उसने सिर झुका लिया है। आँखें उठाकर उसको देख नहीं पा रही, दुलारना–पुचकारना तो दूर की बात है। कमरे में लम्बे तार से लटक रहे उस नंगे बल्ब के प्रकाश में वह चारपाई के पास घुटने टेककर बैठी कोई प्रेतकाया लग रही है। उसके कन्धे नीचे झुक आये हैं और निचले होंठ को वह दाँतों से काट लेती है।

उन दोनों चेहरों की भाव–भंगिमा उनके मन के डार्करूम में उतर गयी है। वे जान गये हैं कि इन चेहरों की इस क्षण–खण्ड की ये मुद्राएँ अब आजीवन उनके मन की वासिनी बन गयी हैं। वे दबे पाँव उस कमरे से बाहर आ गये। अब लड़के अथवा उसकी माँ से बातचीत करने की कोई आवश्यकता नहीं क्योंकि सत्य क्या हो सकता है, इसका आभास तो उस क्षण विकृत हो गये माँ–बेटे के चेहरों से हो गया है। यह वही सत्य है जिसको जानने के लिए वे इतने दिनों से लड़के की आत्मा से द्वन्द्वरत थे। कितना निकट था, कितना अवश्यंभावी था, फिर भी जाने क्यों इतने दिनों तक वे इसका उद्‌घाटन न कर पाये थे। क्या पता, उनकी आत्मा इसे जानना ही न चाह रही हो?

सिविल सर्जन को उनके यहाँ आने की ख़बर मिल गयी है। वह इनके पास आ जाता है। इनको बताता है कि लड़के को डबल निमोनिया हो गया है। उसके बच सकने की आशा कम है। शायद ही आज की रात काट सके। वे उसे बताने की आवश्यकता नहीं समझते कि वे पहले से ही जानते हैं कि लड़के की आज मृत्यु हो जायेगी।

घर जाते हैं। बाहर लॉन में पड़ी कुर्सी पर बैठ जाते हैं। जानते हैं, पत्नी आज बहुत देर से वापस आयेगी। क्लब में कोई विशेष समारोह है। नौकर आकर उनको एक पत्र देता है, शाम चार बजे की डाक से आया है।

पत्र उनकी बेटी सुनीता का है। शिमला से आया है। वहाँ के एक कान्वेंट के होस्टल में रहती है। इस वर्ष सीनियर कैम्ब्रिज की परीक्षा देगी। पत्र बिना पढ़े ही उनकी आँखें भर आयीं। चश्मे के शीशे धुँधला गये। वे इसे उतारकर साफ़ करते हैं। शायद इतने दिनों के मानसिक तनाव ने उनको शिथिला दिया है।

वह ख़त खोलते हैं। यह देखकर ख़ुश होते हैं कि पत्र हिन्दी में लिखा है। सुनीता की माँ देख ले तो कितना बुरा माने। इतना ख़र्चा करके अंग्रेज़ी स्कूल में पढ़ा रहे हैं और वह फिर भी हिन्दी में ख़त लिखती है। उसने लिखा है कि वह इस वर्ष की छुट्टियों में घर नहीं आना चाहती। क्लासों की लड़कियाँ दक्षिण भारत की यात्रा पर जा रही हैं। मदर सुपीरियर भी साथ जायेंगी। सुनीता इस यात्रा पर जाना चाहती है।

वे ख़त नीचे रख देते हैं। उन्हें थोड़ा–सा गुस्सा आ जाता है। सुनीता जानती है, वे सारा वर्ष उसकी छुट्टियों में घर आने की प्रतीक्षा करते रहते हैं और वह है कि इतनी लम्बी यात्रा पर निकल जाना चाहती है। पापा से मिलने की बात लिखी तक नहीं। पिछले वर्ष भी यहाँ पर उनके पास शायद दस दिन भी न बिताये। बाक़ी सारे दिन अपने दादा–दादी के पास जा रही थी।

पिछला वर्ष!

उनका शरीर किसी स्प्रिंग की तरह कसता क्यों जा रहा है? कान अपने आप पीछे की ओर खिंचते जा रहे हैं? ऊपर लगे हुए बालों के एरियल खड़े क्यों हो गये हैं? वे तो इस समय किसी आत्मा में प्रवेश करने की चेष्टा नहीं कर रहे हैं। फिर! फिर अप्रत्याशित–सा यह सब कुछ क्या हो रहा है?

सारे बाग़ में एक विस्फोटक तथा कोलाहलपूर्ण शान्ति छायी हुई है। वे सिर उठाकर देखते हैं, मकान की सारी खिड़कियाँ खुली हैं, शायद कमरों को सुखाने के लिए नौकर ने इन्हें खुला छोड़ दिया है। हवा बिल्कुल बन्द है जैसे इस वापस लौटती हुई धूप में लॉन में कहीं लेटी सुस्ता रही है। चलना भूल गयी है। एक बड़ी–सी बिल्ली बड़ी जासूसी चाल से खिड़की के नीचे पहुँच जाती है। सिर को थोड़ा–सा ऊपर उठाकर खिड़की और ज़मीन के फ़ासले को नज़र से तौलती है और फिर एक छोटी–सी छलाँग लगाकर अन्दर चली जाती है। खिड़की तक पहुँचने से पहले उसका शरीर क्षणांश के लिए वायुमण्डल में स्थिर हो जाता है और यह चित्रांश उनकी आँखों में बस जाता है।

उन्होंने बड़ी जल्दी–जल्दी अपने मन की खिड़कियाँ, दरवाज़े, रोशनदान सब कुछ बन्द कर दिये। नहीं, वे किसी सत्य को नहीं जानना चाहते।

आकाश में कोई मुर्दा–मांस–भक्षी परिन्दा हवा की झील में बिना पंख हिलाये तैर रहा है। उसकी गर्दन नीचे की ओर झुकी हुई है, शायद किसी मृत–पशु की देह–गन्ध प्राप्त करने के लिए इतने धीमे–धीमे हवा की झील में बह रहा है।

इस सन्नाटे में उन्हें भय लग रहा है। टेलीफ़ोन का तार तक नहीं हिल रहा है। लगता है जैसे किसी डायनामाइट से वह शान्ति अभी खण्ड–खण्ड भंग हो जायेगी। इस शान्ति के माध्यम से उन्हें पता चल जाता है कि उनके कान पीछे क्यों खिंच गये हैं? बाल क्यों खड़े हो गये हैं? क्योंकि आज वे अपनी ही आत्मा में प्रवेश कर रहे हैं। वे रूमाल से सिर पर आया पसीना पोंछते हैं।

उन्होंने बड़ी चेष्टा की कि उन मायाविनी शक्तियों को रोक दें, थाम लें, जिन्होंने आज उनके मन–दुर्ग पर धावा बोल दिया है। लेकिन वे असहाय हो गये हैं। उनकी अपनी ही साधी हुई विद्या आज विद्रोहिणी हो गयी है। इस दुर्ग को नष्ट–भ्रष्ट करके रहेगी क्या? जिन अस्त्रों का प्रयोग वे आज तक दूसरों की आत्मा की प्राचीरें ढाने में करते रहे हैं, क्या आज वही अस्त्र उनके मन में बन आये उस दुर्ग पर चौमुखा आक्रमण करने को तत्पर हो गये हैं?

उनका शरीर ढीला पड़ रहा है, किसी ज़ंग खाये स्प्रिंग की तरह वे शक्तिहीन–से हो गये हैं। उनके अन्दर जो दुर्ग है, उसका एक–एक दरवाज़ा, खिड़की, बड़ा लौह–कपाट भी, जिसे बड़े यत्न से उन्होंने पिछले वर्ष से बन्द कर रखा था जैसे किसी जादुई स्पर्श से धड़ाके के साथ खुलता जा रहा है। दुर्ग की प्रत्येक बुर्जी पर जो चाण्डालिनियाँ उन्होंने रक्षा करने के लिए नियुक्त कर रखी थीं, आज उन सबने उसी दुर्ग पर आक्रमण बोल दिया है। हाँ, अनजाने में अपनी साधी हुई विद्या का प्रयोग आज वे अपने विरुद्ध ही कर बैठे हैं।

कान अब भी पीछे की ओर तने हैं, बाल अब भी खड़े हैं। सिर पर अब भी पसीना आ रहा है और वे बड़ी द्रुतगति से गर्दन ताने पेट ज़मीन से लगाये आखेट के पीछे भागे जा रहे हैं। वह आखेट, जो सत्य है। गले में पड़ी गति को थामने वाली डोरियों की गाँठ आज आत्मा के स्वामी ने स्वयं ही खोल दी है। आज आखेट की हत्या होकर ही रहेगी।

उनकी बेटी सुनीता इतनी सुन्दर है कि देखते ही मन उदास हो जाता है। बोलती कितना कम और धीमे–धीमे है। बहुत–सी बातों के उत्तर तो वह अपनी आँखों को भिन्न–भिन्न मुद्राओं में उठाकर, हिलाकर दे देती है। वे चाहते थे कि बेटी उनके पास रहकर ही पढ़े, परन्तु माँ का कहना था कि चूँकि उनका तबादला प्रायः एक स्थान से दूसरे स्थान पर होता रहता है, इसलिए बेटी की पढ़ाई में बहुत हर्ज होगा। बात उसकी ठीक थी, इसलिए सुनीता को शिमला के एक कान्वेंट में दाख़िल करा दिया गया। हर साल सर्दियों की छुट्टियों में घर आती है। वे भी अपनी छुट्टियाँ इन्हीं दिनों ही लेते हैं। उसको साथ ले जाकर पिक्चरें दिखाना–सुनीता प्रायः हिन्दी की फ़िल्में वहाँ आकर देखती है, क्योंकि वहाँ कान्वेंट में उन्हें हिन्दी फ़िल्में कम ही देखने दी जाती हैं। किताबों की दुकानों पर उन्हें घण्टों उसके साथ खड़े रहना होता है क्योंकि बुक–हंटिंग उसकी हॉबी है। होटलों में कॉफ़ी पी जाती है क्योंकि प्रायः सब लोग उनको जानते हैं, एक विशेष सम्मानजनक दूरी रखकर उनसे बातचीत करते हैं और यह सब देखकर बेटी को ख़ूब गर्व होता है। वे सारा वर्ष उसके आने की प्रतीक्षा करते रहते हैं ताकि कुछ दिनों के लिए तो मोनाटनी भंग हो। और वह है कि इस वर्ष घर आना ही नहीं चाहती।

पिछले वर्ष भी तो यहाँ कितने दिन रही थी। कुछ दिन। बाक़ी सारी छुट्टियाँ दादा–दादी के पास उस छोटे–से शहर में व्यतीत की थीं।

यह पिछला वर्ष इतना महत्त्वपूर्ण क्यों है? उनकी सुनीता से इस हत्यारे लड़के की बातों का क्या सम्बन्ध कि बार–बार दोनों की बातें आपस में गड्डमड्ड हो जाती हैं? क्या इस सन्दर्भहीन स्थितियों, अकारण उठ रहे प्रकरणों, इन सबका केन्द्र बिन्दु पिछला वर्ष है?

वह आयी थी। माँ टेनिस खेलती है तो बेटी को बैडमिंटन अच्छा लगता है। वे सोचते हैं कि हर कोई अपनी प्रवृत्तियों के अनुसार ही खेल का चुनाव करता है। वह गुड़िया जैसे अंगोंवाली लड़की यही हल्का–सा खेल खेल सकती है। उन्होंने कोठी के सामने वाले लॉन में उसके खेलने के लिए छोटा–सा कोर्ट बनवा रखा है। माँ तो प्रतिदिन दोपहर के बाद क्लब, टेनिस खेलने चली जाती है। टूर्नामेंट शुरू होने वाले हैं, इसलिए आजकल तो वह सुबह भी अभ्यास के लिए वहाँ जाती है। जीत का नशा होता ही है। पहले दिन वे मात्र दस मिनट बेटी के साथ स्वयं खेले और

उन्हें पता चल गया कि हत्या–डकैती के मुक़दमों का निर्णय देना आसान है, उस पंखोवाली चिड़िया के आगे–पीछे रैकेट लेकर भागना कहीं अधिक कठिन है। फिर ध्यान आया कि उनके मित्र डॉक्टर वर्मा का लड़का भी तो बैडमिंटन खेलता है। इसी वर्ष ही तो स्थानीय कॉलेज का सबसे अच्छा बैडमिंटन खिलाड़ी बना था। उन्होंने ही तो पुरस्कार बाँटे थे। तभी तो याद आया। डॉक्टर वर्मा से फ़ोन पर बात करते हैं। वे बताते हैं, ठीक है। लड़का खेलने के लिए उनके यहाँ आ जाया करेगा।

सुनीता का सवेरे–शाम का समय अब अच्छा कटने लग गया है। वे स्वयं भी ख़ुश हैं कि चलो, अब दिन भर मोटी–मोटी किताबों में तो बेटी न उलझी रहेगी।

विनय जब सुबह खेलने आता है, तो वे लॉन में कुर्सी डालकर अख़बार पढ़ते रहते हैं और उन दोनों को खेलते देखते रहते हैं। वे जानते हैं, विनय को सुनीता जैसी नई खिलाड़ी से खेलने में कोई मज़ा नहीं आता, परन्तु अपने पप्पा के कारण वह यहाँ आ जाता है। ऊँचे गलेवाली सफ़ेद जर्सी में वह बहुत लम्बा दिखायी देती है। उसका शरीर इकहरा है, परन्तु अंग–प्रत्यंग किसी जंगली पशु की तरह कसा–कसा है। उसके बाल बहुत लम्बे हैं। शॉट मारता है तो बार–बार बाल पीछे हटाता है। और वे मन–ही–मन ख़ूब हँसते हैं। क्या आजकल के सारे लड़के–लड़कियाँ हिप्पी होते जा रहे हैं? सुनीता जब भी उस चिड़िया को विनय के कोर्ट में वापस फेंकने में सफल हो जाती है तो दोनों ज़ोर की किलकारी मारते हैं। उनका शोर सुनकर लॉन में बिछी धूप में आराम कर रही चिड़ियाँ थोड़ा–सा ऊपर उड़ जाती हैं, और चक्कर काटकर फिर से वहीं आ बैठती हैं। और आश्चर्यचकित दृष्टि से बैडमिंटन की उस चिड़िया को देखती रहती हैं। वे तीनों कितने प्रसन्न हैं! खेलने के बाद विनय नाश्ता उनके साथ ही करता है। वे उन दोनों के साथ एक काउब्वॉय फ़िल्म भी देख आये हैं। हालाँकि क्लब की जान–पहचान के सैनिक अधिकारी उन्हें ऐसी स्टंट फ़िल्म पर देखकर एक बार तो ख़ूब हैरान हुए थे।

वे तीन दिन कैसे आवेश और उत्साह से भरे–भरे थे! वे सोचकर हँसते हैं। कहीं 'आनन्द' जिसका वर्णन पुराने ग्रन्थों में है, ऐसी स्थिति को ही तो नहीं कहते? सुख नाम की कोई आकारहीन काया यह तीन दिन रोज़ उनके पास आकर चुपचाप बैठ जाया करती थी। सब कुछ कितना अच्छा लग रहा है!

वे अख़बार पढ़ रहे हैं। विनय और सुनीता खेल रहे हैं। पत्नी बाहर आती है। क्लब जा रही है। आजकल सुबह–शाम दोनों समय खेलना होता है। खेलने के कपड़ों में वह ख़ूब स्मार्ट लग रही है। कोई दूसरा देखे तो सोच भी न पाये कि वह इतनी बड़ी बेटी की माँ है। वह इन लोगों के पास आ जाती है। उसे वहाँ आये देखकर वे सब बहुत ख़ुश होते हैं। गेम ख़त्म होने पर सुनीता रैकेट मम्मी को थमा देती है। माँ बहुत 'न–न' करती है। भला वह यह खेल क्या खेल पायेगी। उसे तो केवल टेनिस का अभ्यास है? परन्तु सुनीता मचल जाती है। वे भी पत्नी को खेलने के लिए कहते हैं, तो वह हारकर मान जाती है। विनय का चेहरा भी मारे ख़ुशी के चमक रहा है कि आज वह उससे खेल रहा है जिसका नाम तथा फ़ोटो अख़बार में प्रायः आते ही रहते हैं।

पहले थोड़ी देर वह विनय से हारती रही, परन्तु खेल–कूद के प्रति अभ्यस्त उनका शरीर तथा उनका मन बड़ी जल्दी चौकस हो गया। वह जानती है, शक्ति से इस युवक को न हराया जा सकेगा। वह शटल को ऐसे सुन्दर कोणों से कोर्ट के किनारों पर फेंकती है कि विनय से कुछ भी नहीं बन पड़ता। वह पहले गेम में ही उसे हरा देती है।

सुनीता मारे ख़ुशी से उछल पड़ती है। विनय भी उनसे हार का गर्व महसूस करता है। ख़ुद उनको बहुत अच्छा लगता है। रोज़ उनकी बेटी को हराया करता था, आज ख़ूब पिटा। विनय बड़ी प्रशंसापूर्ण दृष्टि से आंटी को देखे जा रहा है। उसका गोरा, लम्बा चेहरा लाल हो रहा है और थोड़ी–थोड़ी देर बाद वह बालों को पीछे हटाता है। सब मिलकर नाश्ता करते हैं। वह और सुनीता बड़ी अनुनय से आंटी को मनाते हैं कि उनके साथ खेला करें। वह मान जाती हैं क्योंकि उनके पार्टनर ब्रिगेडियर आजकल सैनिक अभ्यास के लिए कहीं गये हुए हैं।

वे जल्दी ही जान जाते हैं कि सुनीता को यह सौदा महँगा पड़ा। विनय आजकल उसे झटपट कुछ ही मिनटों में हरा देता है, ताकि आंटी के साथ जमकर खेल सके। सुनीता फिर से चुप–चुप हो गयी है। वह बड़ी बेमन होकर विनय से खेलती है जैसे उसे ख़ुद हार जाने की जल्दी पड़ी हो। फिर वह भी पापा से अख़बार का एक पृष्ठ माँगकर उनके पास ही बैठकर पढ़ती रहती है। और इनकी उपस्थिति से बेख़बर उसकी मम्मी तथा विनय एक–दूसरे को हराने में जूझते रहते हैं। पत्नी की सुडौल

सुन्दर टाँगें नंगी तलवारों की तरह यहाँ से वहाँ कौंधती रहती हैं। सुनीता आजकल एमली ब्रांटे की मोटी–सी पुस्तक 'वुदरिंग हाइट्स' में डूबी रहती है।

जिन दिनों सुनीता यहाँ होती है तो वही उन्हें कचहरी छोड़ने के लिए साथ जाती है। अभी वह वयस्क नहीं। कार का लाइसेंस नहीं बना, परन्तु शहर के पुलिस कर्मचारी जानते हैं कि वह किसकी पुत्री है, इसलिए चालान आदि होने का कोई भय नहीं।

आज वह उन्हें छोड़ने जा रही है तो कार बहुत तेज़ चला रही है। उसकी नज़र सामने सीधी सड़क पर जमी हुई है, प्रतिदिन की तरह उन्हें कॉमिक्स की कोई बात नहीं सुना रही। वे उसका कन्धा छूकर बताते हैं कि गाड़ी ज़रा धीरे चलाये। वे जानते हैं, सुनीता कल रात से उनसे कोई बात कहना चाहती है। उसकी आँखों में बर्फ़ की तरह ठण्डी जमी हुई आग उन्होंने देखी है। उसका शरीर जैसे किसी तनाव–तले अकड़ा जा रहा है। वह मुँह पर आ रहे कटे बालों को बड़े ग़ुस्से से पीछे करती रहती है। यह तेज़ गाड़ी चलाना, बड़ी–बड़ी काली ऐनकों की आड़ में नज़रें छुपाना, यह सब किसी बात की भूमिका है। वे स्वयं बात नहीं चलाना चाहते। उन्होंने सदा से बेटी को छोटे–मोटे निर्णय अपने आप करने का अधिकार दे रखा है। फिर उनका अन्दाज़ा है कि यह सब कुछ माँ के डाँटने के कारण ही होगा।

गाड़ी अदालत में पहुँच जाती है। वे दरवाज़ा खोलकर बाहर निकलते हैं। सुनीता अब भी बड़े–बड़े गॉगल्ज़ पहने है। सामने नज़र गड़ाये है। सदा की तरह हाथ हिलाकर उनको शाम तक की विदा नहीं दे रही है। वे एक क़दम बढ़ जाते हैं। फिर एक झटके–से वापस लौटकर उसके पास सीट पर बैठ जाते हैं। "क्या बात है," वे सुनीता से पूछते हैं।

उसके लम्बे–लम्बे हाथ स्टियरिंग पर कसे हुए हैं। काले रंग की पृष्ठभूमि में उँगलियाँ और अधिक उजला गयी हैं।

वह उनकी ओर बिना देखे बताती है, कि छुट्टियाँ वह दादा–दादी के पस व्यतीत करना चाहती है।

उनको लगता है, बेटी की आवाज़ कुछ काँप गयी है। मन में संशय होता है। कहीं वह बात को बदल तो नहीं गयी? परन्तु नहीं। उनसे किसलिए वह झूठ बोलेगी? वे जानते हैं, उसकी माँ कभी भी उसे वहाँ

भेजने को न मानेगी। वह कहाँ चाहेगी कि कान्वेंट में पढ़ रही बेटी को उन पूरे साधारण हिन्दुस्तानी दादा–दादी के उस दो कमरोंवाले घर भेजेगी, जहाँ किसी प्रकार की कोई प्राइवेसी नहीं। वे सुनीता से कहते हैं कि क्या उसने माँ से पूछ लिया है?

जब सुनीता बताती है, उसने माँ से बात कर ली है, वह मान गयी है, तो पल–भर के लिए उन्हें आश्चर्य होता है और फिर बहुत प्रसन्नता होती है। चलो, पत्नी में कुछ परिवर्तन तो आया। उसने यह सोचा तो सही कि दादा–दादी का भी सुनीता पर कुछ अधिकार है।

वे उससे कहते हैं कि दो–तीन दिन में तैयारियाँ कर ले, वे स्वयं उसे वहाँ छोड़ आयेंगे।

सुनीता कठोर आवाज़ में बताती है कि वह आज ही जाना चाहती है। वहाँ अकेली चली जायेगी, कोई इतनी दूर तो जाना नहीं। वे जानते हैं, यह कमज़ोर–सी दिखने वाली उन बिटिया निश्चय की बहुत पक्की है। वे उसे डाँटकर रोकना नहीं चाहते। वे तो यह सोच भी नहीं सकते कि कभी उस मित्र–सी पुत्री से ऊँचा भी बोलना पड़ेगा। फिर सोचते हैं कि अब उसको जाना ही है तो फिर दो दिन बाद क्या और आज क्या? वे कहते हैं, ठीक है। रेल से जाने की ज़रूरत नहीं। ड्राइवर कार पर ही छोड़ आयेगा। वे शहर के पोस्ट ऑफ़िस में ट्रंककाल कर देंगे। उसके दादा का घर पास ही है। पोस्ट–मास्टर सुनीता के आने की ख़बर कर देगा।

उन्हें लगता है, सुनीता अब भी ख़ुश नहीं। जब वे कार से नीचे उतरते हैं तो छोटा–सा 'थैंक्स पापा' कर देती है। एक बार उनका जी करता है, खींचकर उसको एक चाँटा मारें। उनसे कितना निर्वैयक्तिक व्यवहार कर रही है, जबकि वे उसकी बात मान गये हैं। फिर वे सोचते हैं कि आजकल के बच्चों को जाने क्या होता जा रहा है?

वे कार से उतरते हैं, अदालत के कमरे की ओर चल पड़ते हैं। कार के रिवर्स गियर में डालने की आवाज़ की प्रतीक्षा करते हैं, क्योंकि जहाँ सुनीता गाड़ी रोकती है, उससे थोड़ा आगे पीपल का एक भीमकाय पेड़ है, इसलिए इतने कम स्थान में मोड़ काटना कठिन है। गाड़ी को पहले पीछे लाना आवश्यक है। फिर किसी अनजान भय से उसका सारा शरीर सनसना जाता है। एकदम पीछे मुड़कर

देखते हैं। सुनीता कार को बिना रिवर्स किये आगे जा रही है। यह वे जान जाते हैं। रोकने का समय कहाँ है? वह गाड़ी को बहुत अधिक स्पीड देती है, धूल का गुबार उठता है। स्पष्ट लग रहा है, कार का पिछला भाग पेड़ से टकराया कि टकराया। और फिर गाड़ी पेड़ से छूती हुई वह मोड़ काट लेती है। बाहर बैठे लोग अपने स्थानों पर खड़े हो जाते हैं। सुनीता की कार आँखों से ओझल हो जाती है। धूल धीरे–धीरे बैठ जाती है। वे रूमाल से मुँह साफ़ करते हैं और उन निर्जीव–सी टाँगों पर चलकर अन्दर पहुँच जाते हैं।

आज कामकाज में मन नहीं लग रहा। भाग्य से जो केस चल रहा है, उसका गवाह नहीं आया। वे अगले दिन पर पेशी डाल देते हैं। घर फ़ोन करते हैं कि थोड़ी देर में वहाँ पहुँचेंगे। सुनीता उनकी प्रतीक्षा करे, वे स्वयं उसे सी–ऑफ़ करेंगे।

वहाँ के पुराने वकील से जो उनका मित्र है, दो सौ रुपये लेते हैं। माँ सुनीता को पैसे देगी, परन्तु वे उससे अलग सुनीता को ये रुपये देना चाहते हैं। जानते हैं, बेटी शाहख़र्च है, पुस्तकें ख़रीदने का उसे क्रेज़ है। वहाँ दादा के लिए इतना पैसा ख़र्च करना कठिन हो जायेगा।

वे सरकारी जीप पर घर आते हैं। सुनीता कार के पास खड़ी उनकी प्रतीक्षा कर रही है, माँ भी पास ही ठहरी है। ड्राइवर अपनी सीट पर बैठा चलने की प्रतीक्षा कर रहा है। वे पत्नी से पानी लाने को कहते हैं। जब वह अन्दर जाती है तो झट–से बेटी के हाथ में रुपये थमा देते हैं। वह बड़ी चुस्ती से उन्हें पर्स में डाल लेती है। पिता–पुत्री के बीच ऐसे कई छोटे–छोटे रहस्य हैं, जिनका पत्नी को पता तक नहीं। एक क्षण के लिए सुनीता के चेहरे पर वही पुरानी षड्यन्त्रपूर्ण मुस्कान आ जाती है।

जैसे ही सुनीता कार में बैठने लगी है, माँ उसके कन्धे पर हाथ रख देती है, कुछ कहना चाहती है।

सारा दृश्य एकदम तन जाता है। सुनीता का सुन्दर चेहरा बिगड़ जाता है। वह अपने निचले होंठ को दाँतों से दबा लेती है। उसके नथुने फड़क रहे हैं। उसने अब भी बड़ा–सा चश्मा पहन रखा है, इसलिए उसकी आँखों के भाव वे देख नहीं पाये। वह झटके–से माँ का हाथ परे कर देती है जैसे उसके हाथ द्वारा उसके शरीर में बिजली का घातक करेंट का संचार हो रहा है।

पत्नी का चेहरा एकदम बूढ़ा हो जाता है। उसकी बड़ी–बड़ी आँखें जो सदा अवहेलना से तनी रहती हैं, बेटी के सम्मुख झुक गयी हैं। बजाय इसके कि वह बेटी को डाँटे, किसी हारे हुए जंगली पशु की तरह जो घायल हो गया है, वह पीछे हट जाती है। उसके कन्धेबहुत नीचे ढलक आये हैं। सुनीता को लेकर कार पोर्च में से सरक जाती है।

माँ–बेटी के चेहरे के ये भाव जैसे एक चाकू से उनके मन के डार्करूम में खुद जाते हैं। वह कोर्ट वापस लौटते हुए सोचते हैं कि माँ–बेटी में शायद इस बार कुछ ज़्यादा झगड़ा हो गया है। बेटी ने दादा–दादी के पास जाने की ज़िद की होगी, माँ ने रोका होगा, डाँटा होगा। सुनीता ज़िद पर उतर आये तो भला किसी की सुनती है? तभी दोनों में इतना मनमुटाव हो गया है। अब सोच रहे हैं तो उनको पता चल रहा है कि सत्य का उस दिन भी उनको अवश्य पता रहा होगा, परन्तु इससे इस प्रकार बचकर निकल गये थे जैसे सत्य कोई सोया हुआ साँप हो, जो थोड़ी–सी आहट हुई तो जाग पड़ेगा और घातक आक्रमण कर देगा।

फिर कुछ दिनों के बाद सुनीता से मिलने वहाँ गये थे। पत्नी से चलने को पूछा तो वह टाल गयी। इस बात की उन्हें पहले ही आशा थी। वहाँ जब शाम को वे पहुँचे तो बूढ़े माता–पिता उनको ऐसे अचानक आया देखकर बहुत प्रसन्न हुए। उन्होंने आसपास निगाह घुमायी, सुनीता कहीं नहीं दिख रही थी। फिर उनकी आवाज़ सुनकर वह रसोई से भागती हुई आयी। उसके हाथ गीले आटे में सने हुए हैं तथा आग के पास बैठने से मुँह एकदम लाल हो रहा है। तो उनकी बेटी रसोई में बैठी खाना बना रही है। उन्हें बहुत बुरा लगा।

परन्तु सुनीता ने उन्हें बड़े उत्साहपूर्ण ढंग से बताया कि दादी उसे खाना बनाना सिखा रही है और अब दोनों समय वही रसोई का काम करती है। उन्हें लगा, यहाँ आकर बेटी इन थोड़े–से दिनों में बहुत बड़ी हो गयी है। उनकी वह छोटी–सी दोस्त सुनीता कहीं खो गयी, जिसके साथ वह लड़कों की तरह, अपनी आयु और पद भूलकर दुकानों तथा होटलों में घूमते रहते थे।

उनके वहाँ आने की ख़बर सुनकर पड़ोसी कितनी रात गये तक उनसे मिलने आते रहे। सुनीता बैठक के एक कोने में चुपचाप बैठी है। सब लोग उसके पिता का कितना आदर करते हैं, यह देखकर उसे बहुत अच्छा लगा है।

सुबह आँख खुली तो सुनीता ही चाय लेकर आयी। अभी सात भी न बजे थे। देखा, बेटी ने एक हल्की–सी साड़ी पहन रखी है। बाल गीले हैं तथा माथे पर लाल रंग का बड़ा–सा टीका लगा है। तो दादी उसे भी अपने साथ इतने सवेरे मन्दिर ले गयी है तथा नहला भी लायी हैं। बेटी का चेहरा कितना शान्त है! यह शान्ति सुख नहीं देती, भय की भावना उत्पन्न करती है; जैसे छोटे वय की भिक्षुणी अथवा नन को देखकर मन में दया, मोह तथा भय की भावना एकदम पैदा हो जाती है। बेटी की आँखों में अभी बैठी ठण्डी आग को वे स्पष्ट देख रहे हैं। चाय का प्याला उनके हाथ में काँपता है। वे इसे चारपाई के नीचे रख देते हैं। खींचकर सुनीता को अपनी छाती से लगा लेते हैं, उसे रज़ाई ओढ़ा देते हैं। यह उनकी कान्वेंट में पढ़ रही लड़की को क्या हो गया है? किशोरावस्था में ही यह देवदासियों की तरह अपने शरीर पर अत्याचार क्यों कर रही है? उनके किस पाप का प्रायश्चित्त बेटी कर रही है? बाइबिल में भी तो कहा गया है कि माँ–बाप के पापों का परिणाम सन्तान को भुगतना पड़ता है।

उसके गाल एकदम ठण्डे यख़ हो रहे हैं। उसके हाथों को वे बाँहों के नीचे दबाकर गर्म कर रहे हैं। वे उसे बताते हैं कि आज ही, अपने साथ ही वे बेटी को वापस ले जायेंगे। सुनीता एक झटके–से अपना सिर उनके सीने से हटा लेती है। उनको बताती है कि नहीं, वह सारी छुट्टियाँ यहीं पर गुज़ारेगी। उसे काम करने में बहुत आनन्द आ रहा है, कोई कष्ट नहीं है।

वहाँ से लौटने से पूर्व वे अपनी माँ से कहते हैं कि सुनीता को इतने सवेरे स्नान के लिए साथ न ले जाये, कहीं वह बीमार न पड़ जाये। माँ सदा से सीधी स्पष्ट बात करती है, इसलिए कटुभाषिणी लगती है। कुछ अतिरिक्त क्रोध से बेटे को बताती है कि बच्चों की देखभाल का तरीक़ा उसे आता है। बेटे के बताने की आवश्यकता नहीं। लड़की यहाँ आयी थी तो पूरा एक दिन कुछ न खाया था। जाने तुम दोनों मिलकर इस पर

क्या–क्या जुल्म करते हो? यहाँ तो कामकाज में व्यस्त रहती है, इसलिए ख़ुश है। जब तक चाहेगी, यहीं उनके पास रहेगी।

वे सदा से माँ से डरते आये हैं। वह अनपढ़ माँ जाने किस इन्द्रिय के माध्यम से हमेशा सत्य को पकड़ लेती है और निर्ममता से उघाड़कर रख देती है, कोई लाग–लपेट नहीं करती। शायद उसके युग के लोगों की यही अपनी विशेषता है।

बेटी उन्हें छोड़ने स्टेशन पर आयी है। गाड़ी आने में अभी थोड़ी देर है। वह अपने को बहुत बूढ़ा महसूस कर रहे हैं। लगता है, वह अपनी बिटिया को विवाह के समय–सा जीवन भर के लिए खो बैठे हैं। उन्हें लग रहा है, उनकी बेटी को तो बहुत समय पूर्व ही उनसे छीन लिया गया है।

गाड़ी धड़धड़ाती हुई स्टेशन में प्रवेश करती है। वे डिब्बे में चढ़ने से पूर्व बेटी के दोनों हाथ अपने हाथों में लेते हैं, फिर उसके चेहरे पर उड़ आये बालों को पीछे करते हैं। सुनीता ने अब भी वे बड़ी–बड़ी ऐनकें पहन रखी हैं, जिनके शीशे का निचला भाग गालों से चिपका हुआ है। उन्हें लगता है, आँसू की एक नन्ही–सी लकीर शीशे को फोड़कर बाहर आने का यत्न कर रही है। चाहते हैं, उसका चश्मा उतार दें : देखें, कितने ज़ोर से रो रही है! आसपास खड़ी सवारियाँ उन बिछुड़ते पिता–पुत्री को बड़ी सहानुभूतिपूर्ण दृष्टि से देख रही हैं। बाप बेटी की पीठ पर हाथ फेरते हैं और डिब्बे में चढ़ जाते हैं।

सुनीता ने बाक़ी छुट्टियाँ वहीं गुज़ारीं। उन्हें कई बार पत्नी पर ग़ुस्सा आया। बेटी हठ करके दादा–दादी के पास चली गयी है, तो कौन सा क़हर हो गया? आख़िर है तो बच्ची ही न! एक बार भी उसे वापस आने के लिए नहीं लिखा। इतना भी क्रोध किस काम का, लेकिन वे चुप रहे। उससे कुछ न कहा। बहुत समय पहले ही निर्णय कर लिया था कि पत्नी की जिस बात का उनसे सीधा सम्बन्ध न होगा, उसमें वे कभी दख़ल न देंगे।

सुनीता छुट्टियाँ समाप्त होने से सिर्फ़ एक दिन पहले यहाँ आयी थी। उन्होंने देखा कि बेटी के कटे हुए बाल कुछ बढ़ गये हैं। दादी के कहने पर उसने एक चोटी कर रखी है। हाथ की बनी हुई चौड़े बॉर्डरवाली साड़ी उसने पहनी है। कामकाज करने के कारण उसके चेहरे

तथा शरीर में एक कठोर सुन्दरता आ गयी है। उस रात बेटी उनके पासवाली चारपाई पर सोयी। माँ ने जो छोटे–छोटे प्रश्न किये, उनका वह संक्षिप्त, सधा हुआ उत्तर देती रही। उन्हें अच्छा लगा कि बेटी में आत्मविश्वास बढ़ गया है। सारी रात बड़े ज़ोरों की वर्षा होती रही। बार–बार उठकर उन्होंने बेटी पर कम्बल ठीक किया। बारिश सुबह भी जारी है, पर बेटी को आज स्कूल पहुँचना है। सिर से पैर तक उसने पारदर्शक बरसाती पहन रखी है। वर्षा बहुत वेगवान है। उस क़हर की बारिश में वे अपनी बेटी को विदा करते हैं। बारिश से उसका चेहरा भीग गया है। हमेशा की तरह वह जाते समय रो रही है या नहीं, इसका पता लगाना कठिन हो रहा है...

और आज उसका पत्र आया है कि इस वर्ष की छुट्टियों में वह घर आना ही नहीं चाहती।

फिर उनके मानसपटल पर से एक–एक करके सारे छोटे–छोटे दृश्य मिटते जा रहे हैं। मन के डार्करूम में उतरा उस बालक का चेहरा स्पष्ट–से–स्पष्टतम होता जा रहा है। उसके चेहरे की कसी–तनी माँसपेशियाँ, फड़कते हुए नथुने और आँखों में बल खा रहे घृणा के अपार साँप। फिर धीरे–धीरे यह चेहरा फ़ेड–आउट होता जा रहा है और वह एक दूसरा रूप धारण कर रहा है। अब यह चेहरा उनकी बेटी सुनीता का हो गया है, जिसकी आँखों की जमी हुई आग कितनी भयावह है, कितने ज़ोरों से चमक रही है। कैसे झटके–से उसने माँ का हाथ परे कर दिया था।

आत्मा के सातवें दरवाज़े पर खड़ी वह प्रेतात्मा, जिसे उन्होंने सिद्ध कर रखा है, ज़ोर–ज़ोर से हाथ हिलाकर उन्हें बुला रही है। आओ! खोल डालो इस दरवाज़े को। इसके अन्दर जो जंगल है, सत्य वहीं पर छुपा बैठा है। वह जानते हैं, सातवाँ दरवाज़ा खोलना तो निषिद्ध है। खोल डाला तो सत्य किसी मृत शरीर की तरह आजीवन उनके कन्धों पर सवार हो जायेगा। वे फिर, जो सत्य है, उससे बचकर निकल गये हैं।

ध्यान टूटता है, जैसे किसी ने पत्थर मारकर काँच तोड़ दिया हो, इसी प्रकार टेलीफ़ोन की ट्रीं–ट्रीं ने वातावरण में छायी ख़ामोशी के सीने में आवाज़ों का चाकू घोंप दिया।

वे उठ ठहरते हैं। इस प्रकार से अचानक चौंकने के कारण उन्हें लगा जैसे छाती के पास से अन्दर का कोई भाग नीचे की ओर धँस गया है, और वे डूब रहे हैं। वे क्षणभर के लिए सन्न रह गये। कहीं दिल का दौरा...एक बार पहले भी बहुत हल्का...

फ़ोन उठाते हैं। अस्पताल से सिविल सर्जन बोल रहा है। बताता है, उस लड़के की अभी–अभी मृत्यु हो गयी है। वे फ़ोन नीचे रखने लगते हैं। फिर आभास होता है जैसे डॉक्टर अभी कुछ और कहना चाहता है। उसके पूछे बिना डॉक्टर बताता है कि बच्चे की बीमारी की ख़बर सुनकर कुछ लोग अस्पताल आ गये थे। उनके चपरासी ने उनमें हो रही बातचीत को सुन लिया था।

वे लोग तो पहले से ही सरपंच की हत्या करने का निर्णय कर चुके थे, लेकिन उस लड़के ने उनको बताये बिना उसे मार डाला। हाँ, मुखिया के उस लड़के की माँ से नाजायज़ सम्बन्ध थे। एक बार वह स्कूल से जल्दी लौट आया तो मुखिया उसकी माँ के पास लेटा हुआ था। अवसर पाते ही लड़के ने उसकी हत्या कर दी।

वे फ़ोन नीचे रख देते हैं। उनके अन्दर कुछ प्रवेश कर रहा है। वह अपने बाह्य और अन्तर को अलग–अलग रखना चाहते हैं। इन दोनों के मिल जाने से जो परिणाम निकलेगा, वह भयंकर होगा। वे बहुत कसकर अपने अन्दर के किवाड़ बन्द कर रहे हैं, परन्तु वह छोटा–सा लड़का जाने किस राक्षसी शक्ति के द्वारा उनको चूर–चूर कर देता है। वे अपने अन्दर सम्पूर्ण प्रवेश कर जाते हैं।

इसी कारण से ही इतने छोटे–से लड़के के मन में अपनी जननी के प्रति इतनी अपार घृणा उत्पन्न हो सकती है।

फिर वे ज़ोरों–से काँप जाते हैं। चेहरे की तनी माँसपेशियाँ, दाँतों से कट रहा निचला होंठ, फड़कते नथुने, इस रूपवाले जिस चेहरे ने उनके अन्दर के दरवाज़े को अभी–अभी तोड़ डाला है, वह उस हत्यारे लड़के का नहीं अपितु उनकी अपनी बेटी सुनीता का है।

राख की तरह हो रहा चेहरे का रंग, पराजित प्रतिहिंसा से सुलग रहे झुक गये नेत्र और ढल गये कन्धे, ये सब उस लड़के की माँ के नहीं अपितु उनकी बेटी सुनीता की माँ के हैं। उनकी पत्नी से इन सब मुद्राओं का सम्बन्ध स्थापित हो गया है।

आत्मा के दरवाज़े पर खड़ी उस प्रेतात्मा ने स्वयं यह दरवाज़े खोल दिया और परे हट गयी। कटे हुए दृश्य एक–एक करके बड़ी शीघ्रता से किसी मशीनी खिलौने के अंगों की तरह अपने अपने स्थान पर फ़िट होते जा रहे हैं और मन के डार्करूम में बन्द चित्र अन्धाधुन्ध डेवलेप हो रहे हैं।

उस दरवाज़े के भीतर जो जंगल है, उसे वे देखना नहीं चाहते, क्योंकि सत्य किसी ख़ूँख़ार जानवर की तरह घात लगाये वहीं छुपा बैठा है। वे तेज़ी–से भागते हैं। आत्मा में उग आये इस जंगल को वे नहीं देखेंगे, वे थोड़ा–सा सिर घुमाकर पीछे देखते हैं। अब प्राण बचना कठिन है। जंगल स्वयं उनके पीछे भागा आ रहा है। उसमें उगे देवदार के बड़े–बड़े पेड़, कँटीली झाड़ियाँ, सारे–के–सारे पक्षी, अन्धकार का सम्पूर्ण राज्य उनके पीछे भागा आ रहा है। वे जान गये हैं कि सत्य जो एक हिंसक पशु है इस अँधेरे में, इन कँटीली झाड़ियों में छिपा बैठा भागते जंगल के साथ–साथ उनके पीछे आ रहा है। छलाँग लगाने में अपने–अपने अंग–प्रत्यंग को कस लिया है। जंगल से वे हार गये हैं। अपने सारे पेड़ों सहित जंगल उनकी पीठ के पास पहुँच गया है। अँधेरे में छिपा बैठा वह पशु छलाँग लगाता है तथा अपने तेज़ नाख़ूनवाले पंजे उनके कन्धों में गड़ा देता है और उनके भागते शरीर के साथ लटक जाता है।

वह असहाय होकर संघर्ष करना बन्द कर देते हैं। सत्य का पहला छोटा–सा रूप डेवलेप होकर सामने आता है।

वे और सुनीता बाहर लॉन में बैठे हैं। विनय सवेरे–सवेरे बैडमिंटन खेलने के लिए पहुँचता है। आंटी को बुलाने अन्दर जाता है।

वे अचानक आँख उठाकर मकान की ओर देखते हैं। भ्रम होता है। खिड़की के काँच से दो शरीर आपस में लिपटे–से लग रहे हैं। फिर वे अपनी कमज़ोर आँखों को दोष देकर उस दृश्य को उसी क्षण बीच में ही काट डालते हैं।

दोनों बाहर आते हैं। विनय की सफ़ेद जर्सी पर गले के पास जो छोटा–सा लाल दाग़ था, वह आज डेवलेप होकर कितना बड़ा हो गया है। उसके रंग की शेड पत्नी के होंठों पर लगी लिपस्टिक से मिल रही है।

खेलते समय किसी वनपशु की तरह विनय का तना हुआ इकहरा शरीर और नंगी तलवारों की तरह कौंधती हुई पत्नी की सुडौल टाँगें। फिर ये चित्र फ़ेड होने लगते हैं।

सुनीता ने अवश्य इससे भी भयानक कोई दृश्य देखा होगा, नहीं तो एक मासूम बच्चे की तरह सुन्दर तथा कोमल उनकी बेटी का चेहरा उस क्षण विकृत तथा कुरूप क्योंकर हो सकता है, जब उसकी माँ ने उसे छुआ था...

धीरे–धीरे सारी शक्तियाँ तथा सिद्धियाँ उनकी आत्मा से बाहर निकलती जा रही हैं। उन्हें लग रहा है, उनकी आत्मा में छोटे–छोटे असंख्य घाव हो गये हैं, जिनमें से रक्त टपक रहा है। उन्हें अब पता चला है कि इन शक्तियों को प्राप्त करने के लिए वे साधना क्यों करते रहे हैं। वे दूसरों की आत्मा में जासूसों की तरह छुपकर प्रवेश करते रहे, सत्य तलाशते रहे, उन्हें दण्डित करते रहे क्योंकि वे अपनी आत्मा में नहीं झाँकना चाहते थे। सत्य जो पिछले एक वर्ष से नहीं अपितु विवाहित जीवन के कई वर्षों से उनके अन्दर बैठा हुआ था, उसे न देखना चाहते थे, अस्वीकारना चाहते थे।

जितने भी हत्यारों को उन्होंने प्राणदण्ड दिया है, इस समय वे सब मिलकर उनकी खण्डित आत्मा में आ बैठे हैं। उन्होंने सैकड़ों बार इन हत्यारों के माध्यम से अपनी पत्नी की हत्या की है, उसे प्राणदण्ड देने का सुखद काम किया है परन्तु वह इतने अपराध करने के पश्चात् आज जीवित है। हालाँकि घर के अन्दर एक रिवॉल्वर पड़ा है जिसमें सात गोलियाँ आती हैं। मारने के लिए एक–दो गोली काफ़ी है परन्तु वे तो सभ्य हैं, न्यायाधीश हैं, ऐसा अपराध क्योंकर कर सकते हैं।

बाहर बहुत ज़ोर का शोर हो रहा है। वे बरामदे में आते हैं। 'हैमलेट' पढ़ती हुई सुनीता का छोटा–सा दृश्य पल भर के लिए मन में कौंध जाता है।

वे आँख उठाकर ऊपर देखते हैं। पक्षियों के वापस लौटने का समय है। बिजली के तार से छूकर एक कौवा मर गया है तथा तार के साथ ही उसका मृत शरीर उल्टा लटक रहा है। सैकड़ों कौवे बड़ी भयानक तथा कर्कश आवाज़ों के साथ इस मृत शरीर के आसपास छोटे–छोटे गोल दायरों में उड़ रहे हैं। वे दृश्य के साथ बँध जाते हैं।

फिर उस अँधेरा फैला रहे उजाले में उन्हें आभास होता है, स्पष्ट पता चल जाता है कि वह मृत पक्षी कौवा नहीं, स्वयं उनकी आत्मा है, जो मरने के पश्चात् उल्टी लटक गयी है। उसके शरीर के पास कान–फोड़ कर्कश आवाज़ें करते जो उड़ रहे हैं, वे कौवे तो नहीं परन्तु सैकड़ों हज़ारों प्रेतनियाँ, चाण्डालनियाँ, डाकनियाँ तथा प्रेतात्मायें हैं जिन्हें उन्होंने सिद्ध किया था, जो उनकी आतमा के द्वारों पर पहरा देती थीं, उनकी रक्षा करती थीं। आज उसी आत्मा की मृत्यु के अवसर पर बाहर निकल आयी हैं। अपनी लपलपाती रक्त सनी भयानक जिह्वाएँ बाहर निकलकर, हाथों के खप्पर फैलाये, रक्त की पुकार मचाये तथा काले लबादे ओढ़कर इनकी आत्मा का मातम मना रही हैं, स्यापा कर रही हैं। अब उस मरे हुए पक्षी की तरह आजीवन उनकी मृत आत्मा उल्टी लटकी रहेगी और माया इन भयानक रूपों को धारण करके सदा हाहाकार करती रहेगी।

तमाशा

वह अधेड़ उम्र का आदमी बड़ी देर से किसी सायेदार पेड़ की तलाश कर रहा है। उसका आठ साल का लड़का बड़े थके–थके क़दमों से बाप के पीछे चल रहा है। उसके गले में एक छोटा–सा ढोल पड़ा हुआ है, जिसे वह थोड़ी–थोड़ी देर के बाद हाथों से पीट देता है। जब भी कोई पेड़ नज़दीक आता है, वह बड़ी तरसती निगाहों से उसे देखता है–शायद बापू इसके नीचे ठहर जाये। लेकिन नहीं, पेड़ बड़ा है तो सायेदार नहीं। अगर सायेदार है तो छोटा है। मजमा लगाने के लायक नहीं। बाप ने सिर पर बड़ी–सी पगड़ी बाँध रखी है। इसके लटक रहे सिरे से वह बार–बार मुँह और गर्दन को पोंछ लेता है। इसके पीछे–पीछे लड़कों का एक झुण्ड चला आ रहा है। बाप बार–बार पीछे मुड़कर पीछा करते लड़कों को देखता है और ख़ुश होता है। खेल–तमाशा देखने वाले यह छोटे–छोटे दर्शक ही भीड़ को बढ़ाने में मदद देते हैं।

अभी सुबह के दस ही बजे हैं लेकिन सूरज, गर्मियों का सूरज सेना की हरावल पंक्ति के आगे चलते हुए किसी क्रुद्ध सेनापति की तरह लम्बी–लम्बी छलाँगें लगाकर ऊपर चढ़ आया है। सूरज चारों तरफ़ बड़ी देर से तीखी और गर्म किरणों की बर्छियाँ और किरचें बरसा रहा है। छोटे लड़के के गले में पड़ी ढोल की रस्सी पसीने से भीग गयी है और उसके गले में, गर्दन में ख़ारिश कर रही है। उसके गाल पिचके हुए हैं और बारीक मशीन से कटे सिर के छोटे–छोटे बाल काँटों की तरह सीधे खड़े हैं। सूरज की निर्दय गर्मी ने उसे पीट डाला है, छील डाला है। पिछले कई मिनटों से उसने ढोल पर थाप नहीं दी है। बाप किसी जंगली सूअर की तरह गर्दन को थोड़ा–सा टेढ़ा करता है और तीखी आवाज़ में कहता है–

"ढोल तेरा बाप बजायेगा क्या?"

बड़ी मशीनी हरकत से लड़का दोनों हाथों से ढोल को पीटना शुरू कर देता है। सेनापति सूरज इस छोटे–से नगाड़े की आवाज़ को सुनकर थोड़ा और ऊपर उठ जाता है। आक्रमण की मुद्रा में लड़के के बिल्कुल चेहरे के सामने तेज़, चमकदार और गरम–गरम तलवार लपलपाने लग पड़ता है।

सामने नीम का एक बड़ा–सा पेड़ है। इसके आसपास कुछ रेहड़ियों वाले हैं, कुछ खोखे हैं और चन्द पक्की दुकानें। बाप के क़दम इस ओर बढ़ते देखकर लड़के की पतली लकड़ियों जैसी टाँगें आख़िरी हल्ला मारती हैं और वह छोटी–सी दौड़ लगाकर बाप के आगे निकल जाता है। पेड़ के नीचे पहुँचते ही वह गले में पड़ा ढोल उतार देता है और पेड़ के तने के साथ पीठ लगाकर तेज़ी के साथ फेफड़ों में हवा भरने लग पड़ता है। पीछे आ रहे बच्चों और लड़कों का झुण्ड अब उसके आसपास घेरा डालकर खड़ा है, लेकिन वह किसी की ओर भी आँख उठाकर नहीं देखता। यह तो उनकी ज़िन्दगी में रोज़ ही होता है। आने वाले तमाशे के सारे–के–सारे दृश्य और इनके कटे हुए टुकड़े लड़के के दिलो–दिमाग़ में पहले से ही मौजूद हैं। इसलिए दूसरे लड़कों की तरह न ही उसे इस तमाशे के प्रति कोई उत्सुकता है और न ही इसमें कोई रस मिलता है। अब वह अपने होंठों पर बार–बार ज़बान फेर रहा है। इधर–उधर किसी डरे हुए चूहे की तरह गर्दन मोड़कर देखता है, कहीं कोई नल अथवा पम्प दिखायी नहीं देता। बाप की तरफ़ देखता है। वह बड़ी–सी गठरी को खोल रहा है, तमाशे का साज़ो–सामान जो बाहर निकालना है। बाप से पानी के लिए कहे कि न कहे। फिर वह बाप से कुछ न कहने का फ़ैसला कर लेता है। चूल्हे में जलती लकड़ी, बाप का इसे खींचकर बाहर निकालना और हवा में अपने बचाव में उठे माँ के दोनों हाथ–ये सारी–की–सारी ताज़ा घटनाएँ उसे आतंकित कर देती हैं।

बाप ने पेड़ के नीचे सफ़ेद चादर बिछा दी है। लड़के की तरफ़ उसकी पीठ है लेकिन उसे साफ़ महसूस होता है कि दो छोटी–छोटी आँखें उसकी पीठ में सुराख़ किये डाल रही हैं। किसी जानवर की तरह आसपास के वातावरण को ग्रहण करने, किसी के शरीर की उपस्थिति को महसूस करने की शक्ति उसकी गर्दन को लड़के की ओर मोड़ देती है।

"कैसे मुर्दों की तरह बैठा है। बाप मर गया है क्या? हैं! उठ! सामान चादर पर रख।"

उसकी तेज़ आवाज़ को सुनकर आसपास खड़े लड़के थमक जाते हैं, पीछे हट जाते हैं।

"पानी पीणा है।"

"तो उठ। जाकर पी ले। किसी रेहड़ीवाले से माँग ले। तेरा बाप कुआँ खुदवा दे क्या? हराम दा बीज! माँ की तरह नखरे क्या दिखाता है।"

लड़का किसी मरियल कुत्ते की तरह कमर का सारा ज़ोर टाँगों पर डालता है। किसी धीरे चल रही फ़िल्म की तरह उसका जिस्म टुकड़ों–टुकड़ों में हिलता है और वह पास की कुल्चों–छोलों की रेहड़ी की ओर बढ़ जाता है। बाप अब थैले से चीते का सूखा, मरा हुआ सिर निकालता है। उसे याद आता है कि कई साल पहले पाँच रुपये में चीते का यह सिर एक बूढ़े मदारी से उसने ख़रीदा था। बार–बार हाथ लगने से इस मुर्दा सिर के बाल झड़ गये हैं। सूखे हुए जबड़ों में तेज़ नुकीले दाँत बाहर निकल आये हैं। आँखों की जगह नीले बिल्लौर हैं जो एक मरी हुई निर्दयता से उसकी ओर घूर रहे हैं। चीते का मरा हुआ मुँह खुला हुआ है। उसकी निगाह इस अँधेरी गुफ़ा में पड़ती है और बीवी का बीमार लेकिन गुस्से से भरा हुआ चेहरा ज़ोर–से गुर्राता है, दहाड़ता है और उसकी ओर झपट पड़ने के लिए छलाँग लगाने की मुद्रा में अपने शरीर को सिकोड़ने लग पड़ता है। वह डर गया है। झटके के साथ मरे हुए सिर को सफ़ेद चादर पर नीचे रख देता है। चूल्हे से खींची हुई जल रही लम्बी लकड़ी और बचाव के लिए हवा में उठे घरवाले के दोनों हाथ चीते के मुँह से निकलकर उस पर आक्रमण कर देते हैं।

इस शहर में आये उन्हें तीन दिन हो गये हैं। शहर से बाहर बड़ी सड़क के किनारे उसने अपना फटा हुआ तम्बू गाड़ा था। छोटा लड़का आसपास घूमकर कुछ सूखी टहनियाँ चुन लाया था। घरवाली चार ईंटों का चूल्हा तम्बू के बाहर बना देती है। वह बैठा चिलम पीकर थकावट उतारता है। घर की सारी जायदाद, लोहे का बड़ा–सा ट्रंक, तमाशा दिखाने का सामान और जानवरों के कटे हुए सिर, यह सब कुछ उसे उठाकर पैदल चलना होता है। इसलिए टैंट गाड़ने के बाद वह दूसरा और कोई काम नहीं करता। घर के तीनों सदस्यों का काम बँटा हुआ है।

उसका तथा लड़के और घरवाली का सारा जीवन शहर–दर–शहर घूमते और फेरी लगाते हुए बीतता जा रहा है। शहरों में तीन–चार बार तमाशे दिखाने के बाद उसे अगली यात्रा के लिए निकल पड़ना होता है क्योंकि दर्शक बहुत जल्द ख़त्म हो जाते हैं। पिछले कई सालों से घण्टों गला फाड़ने के बाद, छोटे–छोटे करतब दिखाने के बाद भी तीन आदमियों का पेट भरना दुश्वार हो रहा है। लोग शायद तमाशा देखने के लिए ही जेबों में एक–एक नया पैसा डालकर लाते हैं। और फिर भीड़ को भी कड़े वक़्त ने चालाक और ज़मानासाज़ बना दिया है। साँप–नेवले की लड़ाई के अन्तिम दृश्य के साथ तमाशा ख़त्म होना होता है। लोग इस मौक़े के आते ही धीरे–धीरे खिसकना शुरू कर देते हैं। बचे हुए चन्द लोग बड़ी बेदिली से चन्द सिक्के फेंककर राह लग जाते हैं और अगले दिन की भूख का दानव इसकी गर्दन को जाँघों के बीच जकड़कर बैठ जाता है। शहर–शहर, भूख–भूख और ख़ाली पेट की यात्राएँ। भूख का यह दानव किसी भी शहर में दम नहीं लेने देता। किसी घुड़सवार की तरह लोहे के नोकदार जूते से लगातार एड़ मारता रहता है।

पहली शाम घरवाली ने लोहे का ट्रंक खोला। छोटी–सी पोटली बाहर निकाली। उसे खोला तो केवल पाव भर आटा निकला। दो–दो रोटी उनके हिस्से में आयीं और एक लड़के के। उसने चार गिराहियों में रोटी ख़त्म कर दी। माँ को घूरकर देखा और बोला–

"रोटी और दे।"

"बस ख़त्म। अपने हिस्से की तूने खा ली।"

"नहीं। अभी भुक्खा हूँ। और खाऊँगा।"

"बड़–बड़ मत कर। सुणदा नहीं, रोटी ख़त्म है।"

लड़का एक झटके–से उठ ठहरा है। वह कोई चीज़ उठाकर माँ को मारना चाहता है, लेकिन बाप की घूरती हुई आँखें देखकर उसने इरादा बदल दिया। वह तम्बू के बाहर आ गया। अन्न की बास पाकर एक मरियल–सा कुत्ता तम्बू के बाहर प्रतीक्षारत आँखों के साथ आ बैठा है। लड़का दबे पाँव कुत्ते के पास से गुज़रा। थोड़ा दूर जाकर उसने ईंट का एक चौकोर टुकड़ा तलाश कर लिया। उसने हाथ हवा में लहराकर दो बार निशाना साधा। फिर पूरी ताक़त से ईंट का टुकड़ा कुत्ते की गर्दन पर दे मारा। एक लम्बी टें के साथ कुत्ते ने उछाल भरी और वहाँ से भाग

खड़ा हुआ। दूर जाकर, तम्बू की ओर मुँह करके वह लगातार वातावरण को घायल करता रहा। लड़के का ग़ुस्सा और भूख, दोनों ख़त्म हो गये हैं। उसकी कल्पना में इस वक़्त कुत्ता नहीं–माँ है, जिसकी गर्दन पर रोटी न देने के जुर्म में उसने ईंट का टुकड़ा दे मारा है।

सुबह होने पर बीवी ने ट्रंक के कोने से एक मैला–कुचैला रुपये का नोट निकालकर उसे दिया। आटा लाने के लिए कहा। वह शहर की ओर चल पड़ा। कैसे दिन आ गये हैं? वह छोटा था तो अपने मदारी बाप के साथ जमूरा बनकर तमाशे के लिए जाया करता था। लोग तमाशा देखते थे और बड़ी फ़राख़दिली के साथ सिक्के फेंकते थे। उसे आज भी याद है, सफ़ेद चादर बिखरे हुए सिक्कों से अट जाया करती थी। वापसी पर बाप उसे गुड़ की बनी हुई रेवड़ियाँ ख़रीदकर दिया करता था और अपने लिए शराब का अद्धा लिया करता था। माँ चूल्हे पर फुल्का उतारा करती थी, वह कड़–कड़ करती हुई रेवड़ियाँ खाया करता था और बाप शराब पीकर मस्ती के आलम में एक हाथ कान पर रखकर हीर गाया करता था। और अब? आगे के लिए पैसे पूरे नहीं पड़ते, लड़का और रोटी माँगता है, घरवाली ताने देती है, गालियाँ देती है, वह उसे पीटता है।

बाज़ार में पहुँचकर उसने देखा कि सारी की सारी दुकानें ख़ाली पड़ी हैं। कहीं पर कोई ग्राहक दिखायी नहीं देता। ख़रीदने के लिए लोगों के पास कुछ भी बच नहीं रहा है। अपने मैले कपड़ों और तेल चू रहे बालों और फटीचर हाल के कारण उसे दुकान के अन्दर घुसने में हमेशा डर लगा है। वह अब तक बाज़ार के तीन चक्कर काट चुका है। किसी से आटे की दुकान का पता पूछते हुए डर रहा है। आख़िर साहस करके एक रिक्शावाले के पास ठहरता है।

''आटा कहाँ मिलेगा?''

''क्या कहा? आटा! जा भाई, अपना रास्ता पकड़। क्यों सवेरे–सवेरे मखौल करता है!''

उसे बड़ी हैरानी हो रही है। आटा ख़रीदने के लिए पूछने पर यह आदमी मखौल क्यों समझ रहा है! लोगों को क्या होता जा रहा है! रिक्शावाला बुझी हुई बीड़ी को फिर से जलाता है। उसके चेहरे पर छायी

परेशानी और बदहवासी को देखता है और दाँतों से बीड़ी का एक सिरा काटकर कहता है–

"इस शहर में आटा नहीं मिलता।"

अब वह मुँह खोलकर बेवक़ूफ़ों की तरह रिक्शावाले की ओर देख रहा है, सोच रहा है–क्या ज़माना आ गया है, ग़रीब भी ग़रीब का मज़ाक़ उड़ाने लग रहा है। वह हार मान गया है। सिर झुकाये खड़ा है। रिक्शावाला झटके–से बीड़ी सड़क के बीच फेंककर कहता है–

"भाई, मैं सच कह रहा हूँ। अब तुम्हें किसी भी दुकान पर आटा नहीं मिल सकता। आटा बेचने और गेहूँ ख़रीदने का काम अब सरकार के हाथों में है। हाँ, अगली गली से अन्दर मुड़ जाओ। सरकारी राशन की दुकान है। क़िस्मत होगी तो मिल जायेगा।"

वह उसे कोई जवाब दिये बिना गली के अन्दर मुड़ जाता है। दुकान सामने ही है, लेकिन बहुत लम्बी लाइन है। वह भी उसमें शामिल हो जाता है। लोगों के चेहरों पर इतनी गर्मी में भी प्रतीक्षा करने पर कहीं ग़ुस्सा या बेचैनी नहीं। सब्र और सन्तोष तो ग़रीब लोगों का गुण है ही। लगभग दो घण्टे के बाद वह दुकान की दहलीज़ के अन्दर पाँव रख पाता है। दुकानदार उसकी ओर हाथ बढ़ाकर कहता है–

"कार्ड?"

वह चौंक जाता है। भयभीत होकर इधर–उधर देखता है। फिर रुपये का नोट निकालकर आगे बढ़ाता है।

"ओये, पहले कार्ड दे।"

कार्ड? क्या कार्ड? मेरे पास नहीं।"

दुकानदार पहले से ही खीझा बैठा है। तीखी आवाज़ में कहता है–

"चल, हट। निकल बाहर। सरकारी दुकान है, सरकारी। आ जाते हैं मुँह उठाये। परे हट। औरों को आने दे। यहाँ आटा–वाटा नहीं।"

उसके पीछे लाइन में खड़े लोग बेचैन हो रहे हैं। वह निगाह घुमाकर सहायता के लिए चारों ओर देखता है, लेकिन उसकी नज़र पड़ते ही लोग चेहरा दूसरी ओर कर लेते हैं, जैसे उन्हें पता हो कि वे सब कोई पाप कर रहे हैं। और तब उसे अपनी घरवाली और लड़के के ख़ाली पेट का ध्यान आया। आशा टूट जाये तो भय भी ग़ायब हो जाता है। वह वैसे भी ग़ुस्से वाली तबीयत का आदमी है। अब वह सूरज की तेज़ गर्मी, दो

घण्टे की प्रतीक्षा, सरकारी राशन की दुकान, इन सबसे बदला लेने पर उतर आया है। मजे में लगातार बोलते रहने के कारण उसकी आवाज़ वैसे भी ऊँची है। वह हाथ झटककर कहता है–

''नहीं देगा! कैसे नहीं देगा! तेरे बाप की दुकान है क्या? साले, सरकारी दुकान है। सरकार किसकी है? तेरे पियो दी। एक रुपये का आटा तोल दे, नहीं तो तू हस्पताल पहुँचेगा और मैं जेल।''

दुकानदार सिकुड़कर पीछे हो गया है। लोग अब उसकी मदद पर उतर आये हैं। किसी सहानुभूति के कारण नहीं, इस डर से कि कहीं झगड़ा बढ़ गया, दुकान बन्द हो गयी तो उन्हें आज राशन नहीं मिलेगा। मिली–जुली आवाज़ आयीं–

''अरे भाई, थोड़ा–सा आटा दे दो। अनपढ़–गँवार है। इसे कार्ड का क्या पता। लगता है, कई दिनों का भूखा है। ग़रीब को खाने को नहीं मिले तो तंग आकर दंगा करेगा। जी हाँ, ख़ून–ख़राबा करेगा...''

दुकानदार ने रुपया लेकर उसे थोड़ा–सा आटा दे दिया। वह दोपहर बाद घर पहुँचा। बीवी ने रोटियाँ बनायीं, तीनों ने चुपचाप खा लीं। भूख का दानव पीछे की ओर से छलाँग लगाकर फिर उसकी गर्दन पर सवार हो गया। सुबह उठकर उसने मजमा लगाने का सारा सामान इकट्ठा करना शुरू कर दिया। लड़का चुपचाप ज़मीन पर लेटा बाप को काम करते देख रहा है। कभी–कभी वह ठण्डे चूल्हे की ओर भी देख लेता है। माँ उसकी निगाहों का मतलब समझ जाती है। ट्रंक के कोने से दो काग़ज़ की पुड़िया निकालती है। एक में चीनी है और एक में थोड़ी–सी चाय की पत्ती। वह चूल्हा जलाकर बिना दूध की चाय बनाती है और बाप–बेटे के सामने पीतल के गिलासों में डालकर रख देती है। बाप गिलास उठाकर घूँट भरना आरम्भ कर देता है। बेटा गिलास की ओर हाथ तक नहीं बढ़ाता।

''अब क्या मन्तर पढ़ रहा है? चाय पी। काम पर चलना है।''

''नहीं जाता। मैं रोटी खांणी है।''

''तू सिद्धी तरह उठता है कि करूँ छितरोल?''

''नहीं जाता। नहीं जाता।'' और लड़के ने हाथ मारकर चाय नीचे गिरा दी। उसने हाथ बढ़ाकर लड़के के गले में पंजा फँसा दिया और दूसरे हाथ से उसे बेतहाशा पीटना शुरू कर दिया। घरवाली ने झपटकर उसे धक्का दिया और लड़के को अपनी पीठ पीछे कर लिया।

''खाने को रोटी नहीं ला सकता और ऊपर से कसाइयों की तरह लड़के को पीट रहा है। इतना ही शेर है तो डाल कहीं डाका। काट ले किसी की गर्दन। दे दे हम दोनों को ज़हर।''

''मैं कहता हूँ परे हट जा। मैं इस हराम के बीज की सारी अकड़ निकाल दूँगा। देखूँ, कैसे नहीं जाता काम पर।''

''नहीं हटती, नहीं हटती। कर ले जो करना है।''

और फिर मरे हुए चीते के गुफा जैसे गले में सुबह का दृश्य अभी–अभी फिर दुहरा गया। जलता चूल्हा। जलती हुई लकड़ी को खींचता उसका हाथ हवा में लहराया, बीवी ने दोनों हाथ बचाव के लिए ऊपर उठाये। हाथों के घेरे को तोड़कर बीवी के बायें गाल पर जलती लकड़ी का वार। एक लम्बी चीख़। लड़के का चुपचाप काम के लिए साथ निकल पड़ना। नीम का पेड़। आसपास जमा हो गयी भीड़ और गुर्राता हुआ मरे चीते का सिर।

अब तक पचास–साठ आदमी घेरा डालकर खड़े हो चुके हैं। उसने ज़मीन में एक लम्बी–सी कील गाड़कर टोकरी में से नेवला निकालकर रस्सी के साथ कील से बाँध दिया। नेवला छोटे–से दायरे में घूमता है, ठहरकर बिटर–बिटर सब तरफ़ देखता है। आगे बैठे लड़कों में से कोई शीं की आवाज़ करता है और नेवला फिर से छोटे–से दायरे में बेतहाशा भागना शुरू कर देता है। लोग अन्दाज़ा लगा लेते हैं कि दूसरी छोटी टोकरी में साँप बन्द है। उनके चेहरे पर ख़ूँख़ार ख़ुशी की झलक फैल जाती है–तो साँप–नेवलों की लड़ाई देखने को मिलेगी।

लेकिन तमाशा शुरू होने से पहले ही एक सिपाही भीड़ को चीरकर उसके सामने आ ठहरता है।

''चल, उठा यहाँ से अपनी टीन–डब्बा। साले, बाप की सड़क समझ रखी है क्या? सारा ट्रैफ़िक रोक रखा है।''

भीड़ से तरह–तरह की आवाज़ें आती हैं।

''अजी, ग़रीब आदमी है। छोड़ दो। बेचारे को रोटी के लिए पैसा कमा लेने दो।''

उसके लिए पुलिसवालों का मजमा लगाने से रोकना कोई नयी बात नहीं है। वह भीड़ के शोर–शराबे के बीच एक रुपये में सिपाही से सौदा

पटा लेता है। सिपाही सबसे आगे, वी.आई.पी. का स्थान ग्रहण करके खड़ा हो जाता है।

वह अपनी जेब से एक मैली–सी ताश निकालकर पत्ता छिपाने और बताने के खेल शुरू करता है, लेकिन लोग इसके प्रति कोई उत्साह अथवा उत्सुकता नहीं दिखाते। एक मोटी आवाज़ उछलती है, ''उस्ताद, छोड़ यह चालाकियाँ। तेरे से अच्छे ताश के खेल मैं दिखा सकता हूँ। कोई नया जोश पैदा कर, नया।''

उसका लड़का ढोलक पीटकर, कभी सिर के बल ज़मीन पर खड़ा होकर, कभी हाथों पर सारा वज़न डालकर लम्बी–लम्बी छलाँगें लगाते हुए भीड़ का उसके खेलों से ज़्यादा मनोरंजन कर रहा है। उसे ग़ुस्सा आ रहा है। वह जानता है, भीड़ इन पुराने खेलों के प्रति अब आकर्षित नहीं की जा सकती। सब लोग थोड़ा–सा ख़ून बहता हुआ देखना चाहते हैं। एक कीं–कीं करती–सी बाँसुरीनुमा आवाज़ गूँजती है–

''उस्ताद, लड़ाई दिखा दे। देखता नहीं, आग बरस रही है। ये छोटे–छोटे चोंचले छोड़।''

वह साँपवाली टोकरी पर से ढक्कन उठाता है। साँप फिर से हिलता नहीं। वह लम्बी–सी छड़ी का टहोका मारकर साँप को हिलाता है। साँप धीरे–धीरे रेंगकर टोकरी के बाहर आ गया है। वह आवाज़ लगाता है–

''माई–बाप, अब मैं आप लोगों को साँप–नेवले की लड़ाई दिखाता हूँ। माई–बाप, भूख सब कुछ करना सिखा देती है। माई–बाप, देखना, दोनों कैसे एक–दूसरे को निगलेंगे। माई–बाप, बोलो एक बार सब मिलकर–''जय शंकर की''

भीड़ ने एक आवाज़ में जवाब दिया–''जय शंकर की!'' साँप–नेवले के पास जाने से घबरा रहा है। नेवला उछल–उछलकर रस्सी तुड़ाने की कोशिश कर रहा है। आवाज़ उभरती है–

''साला, डरता है।''

''अजी, जान किसको प्यारी नहीं होती?''

''अरे भाई, साँप को ज़रा आगे खिसकाओ न।''

वह छड़ी से साँप को और आगे करता है। इस वक़्त बड़ी फुर्ती से काम लेना है। नेवले का साँप पर मुँह पड़ते ही उसे इन दोनों को अलग कर देना है, वरना नेवला साँप को मार डालेगा। और नया साँप ख़रीदने

के पैसे उसके पास नहीं हैं। नेवले ने छोटा–सा मुँह खोलकर साँप की पूँछ में दाँत गड़ा दिये हैं। साँप छटपटा रहा है। वह नेवले की पीठ पर छड़ी मारकर दोनों को अलग कर देता है।

भीड़ विरोध में शोर मचा रही है।

''यह चालाकी है। अभी इनकी लड़ाई शुरू नहीं हुई। साँप को फिर से नेवले के पास छोड़ो।''

''हमारा पैसा कोई हराम का नहीं।''

''उस्ताद, पूरी लड़ाई होने दे। मैं एक रुपया दूँगा।''

उसने हवा में ऊँचा उठा हाथ और हाथ में पकड़ा नोट देख लिया है। वह भीड़ के मूड को समझ रहा है। यह लोग पैसा इतनी आसानी से देने वाले नहीं। उसने साँप को नेवले के पास पटक दिया। इस बार नेवले ने पहले ही झटके में साँप का मुँह पकड़ लिया है। ख़ून की छोटी–छोटी बूँदें साँप के शरीर पर चमक आयी हैं। साँप छटपटा रहा है।

नेवला लगातार एक दायरे में दौड़ रहा है। वह नेवले के पीछे भाग रहा है–साँप को छुड़ाने के लिए। भीड़ जोश में आ गयी है।

''मज़ा आ गया।''

''नेवला साला गज़ब का है।''

''देखो, कैसे साँप की गर्दन पकड़ रखी है?''

''उस्ताद, छुड़ा दो। नहीं तो साँप गया तुम्हारा।''

उसने हाथ ऊपर उठाया। नेवले की दुम पर छड़ी मारी, लेकिन इस क्षणांश में नेवला थोड़ा आगे सरक चुका है। छड़ी ज़ोर के साथ नेवले की कमर पर पड़ी है। चटाक की आवाज़ के साथ नेवले की कमर टूट गयी है। नेवला तीन–चार बार छटपटाया और फिर हिलना बन्द हो गया। मरने के बाद उसके दाँत और ज़ोर–से साँप की गर्दन पर कस गये हैं। अब साँप ने भी तड़पना बन्द कर दिया है। जो हाथ एक रुपये के नोट को हिला रहा था, वह भीड़ से ग़ायब हो चुका है। वह माथे पर हाथ रखकर नीचे बैठ गया है। भीड़ ने थोड़े–से सिक्के चादर पर फेंक दिये हैं। उसकी निगाह सिपाही पर पड़ती है। सिपाही की आँखें चादर पर पड़ी रेज़गारी को गिनकर एक रुपये के नोट मे बदल रही हैं। वह अन्दाज़ा लगा लेता है। उसके हिस्से में सिपाही को पैसा देने के बाद रात

का आटा शायद ही पड़े। लोग अपनी जगह से हिलना शुरू कर देते हैं। वह गरजकर बोलता है–

"ख़बरदार! कोई माँ का लाल अपनी जगह से न हिले। माँ काली की क़सम है। अभी असली खेल बाक़ी है।"

वह अपनी कमर में खोंसा हुआ चाकू बाहर निकाल लेता है। सूरज की रोशनी में चार इंच लम्बा लोहा चमक उठता है। वह अपनी क़मीज़ उतार देता है। दोनों हाथों से पेट को पीटना शुरू कर देता है। उसका पेट किसी ख़ाली घड़े की तरह गड़–गड़ की आवाज़ के साथ बज रहा है।

"माई–बाप! पेट का सवाल है। पापी पेट का सवाल। अब मैं अपने लड़के, अपने जिगर के टुकड़े के पेट में चाकू घोंप दूँगा। माई–बाप, कोई अपनी जगह से मत हिलना। माई–बाप, मेरे लड़के की ज़िन्दगी का सवाल है। आप हिले तो वह मर जायेगा। मैं मन्तर से माँ काली को सिद्ध करूँगा। आप देखेंगे, लड़के के पेट से ख़ून के फ़व्वारे निकलेंगे, लेकिन काली की किरपा से वह मरेगा नहीं। कोई न हिले। नहीं तो मेरे लड़के का ख़ून उसके सिर पर होगा।"

अब भीड़ डर गयी है। वह 'जय माता की, जय माता की' चीख़ता हुआ दायरे में दौड़ रहा है।

लड़का कहाँ गया? लड़का कहाँ गया?

अब भीड़ ध्यान देती है कि उसका लड़का वहाँ से खिसक गया है लेकिन वह जानता है, लड़का इस वक़्त रबड़ की छोटी–सी नली में लाल पानी भर रहा है। फिर वह इस लाल पानी से भरे रबड़ के गुब्बारे को पेट के साथ बाँध लेगा। वह चाकू का तिरछा वार करेगा। चाकू लाल पानी से भरे गुब्बारे में खुभ जायेगा। लोग लाल पानी को ख़ून समझ लेंगे। लड़का हमेशा इस मौक़े पर ग़ायब हो जाता है। भीड़ के तनाव और आतंक को टूटने की सीमा तक बढ़ा देता है।

लड़का भीड़ में से रास्ता बनाकर दायरे के अन्दर आ गया है। वह लाल रंग की आइसक्रीम चूस रहा है। चादर से कुछ पैसे चुपके–से उठाकर वह कुल्फ़ी ख़रीद लाया है।

लड़का बाप के हाथ में चमकता चाकू देखकर भाग खड़ा होता है। बाप उसकी ओर झपटता है। लड़का चीख़ता है। बाप ख़ुश हो रहा है। आज लड़का पूरे दिल के साथ खेल में भाग ले रहा है। ख़ूब पैसे आयेंगे।

उसकी आँखों में ख़ून उतर आया है। लड़का अब भी चीख़ रहा है, भाग रहा है।

''जय काली माता की! माई–बाप, जान किसको प्यारी नहीं होती। माई–बाप, पेट का सवाल है। पापी पेट का, वरना कौन बाप अपने बेटे को चाकू से फाड़ेगा।''

अब वह दोनों हाथों से पेट को पीटता हुआ लड़के के पीछे भाग रहा है। चादर पर पैसे गिरने शुरू हो जाते हैं। आवाज़ें आती हैं–डरी हुई और आतंकित।

''अरे, छोड़ दो। मत मारो। जाने दो। देखो, बेचारा कैसे चीख़ रहा है?''

लेकिन पैसे गिरते देखकर उत्साह बढ़ गया है। खेल शुरू होने से पहले लोग डरकर पैसे फेंक रहे हैं। ख़त्म होने पर कम–से–कम दस रुपये तो मिलेंगे ही।

अब उसने एक लम्बी छलाँग लगाकर लड़के को गर्दन से पकड़ लिया है। उसने धक्का देकर ज़मीन पर गिरा दिया। वह लड़के की छाती को घुटनों से दबाकर उसके ऊपर सवार हो गया है। लड़का किसी ज़िबह होते बकरे की तरह 'बें–बें' कर रहा है, छटपटा रहा है। उसे हाथों से आइसक्रीम छिटककर दूर जा गिरी है। चीख़ मारता है–

''बापू, मत मार। बापू, छोड़ दे।''

''जय काली माता की!''

उसका हाथ हवा में ऊपर उठता है, चाकू सूरज की रोशनी में लपलपाता है और तिरछा होकर लड़के के पेट की ओर बिल्कुल पसलियों के नीचे जिगर वाली जगह में घुस जाता है।

पहले लाल रग की कुछ बूँदें चाकू लगने से फट गयी कमीज़ पर उभरती हैं। फिर ये बूँदें एक पतली धार में बदल गयी हैं। लड़का छटपटा रहा है। सफ़ेद चादर पर सिक्के गिर रहे हैं।

अब पतली धार एक छोटे–से फ़व्वारे की तरह बाहर उछलती है। वह चाकू बाहर खींचता है। ज़ोर क्यों लग रहा है? लड़के के जिस्म में से ज़ोर लगाकर चीख़ें उभरती हैं

''बापू, मर गया!''

वह लड़के की क़मीज़ उठाकर देखता है, लेकिन वहाँ रबड़ का गुब्बारा बँधा ही नहीं है। लड़का आइसक्रीम खाने भीड़ से बाहर गया था। वह लाल पानी से भरा गुब्बारा पेट पर बाँधना भूल गया है। वह उछलकर लड़के की छाती से नीचे उतर आया है। लड़के का जिस्म किसी गर्दन कटे जानवर की तरह ज़मीन पर उछल रहा है। वह चीख़–चीख़कर कह रहा है–

"माई–बाप, पेट का सवाल है, पापी पेट का। मैंने लड़के का ख़ून कर दिया है।"

भीड़ ने लड़के के पेट के घाव से निकलते असली ख़ून को देख लिया है। लोग तेज़ी–से वहाँ से भाग रहे हैं। पुलिस का सिपाही सबसे पहले वहाँ से ग़ायब हो गया है।

लड़के का जिस्म तड़पकर उछल रहा है। अब वह चीते की मरी हुई खोपड़ी से टकरा गया है। खोपड़ी ईंट पर से नीचे ज़मीन पर गिर गयी है। लम्बे–लम्बे चीते के नुकीले दाँत ख़ून से सन गये हैं। सूरज ख़ून देखकर धमक गया है। झट–से नीम के पीछे छिप गया है।

चीते का मरा हुआ सिर मुँह खोले, मुँह बाये ज़मीन पर पड़ा है। अब लड़के का जिस्म रह–रहकर तड़प रहा है। फिर एक लम्बी चीख़ के साथ वह हिलना बन्द कर देता है। ख़ून का छोटा–सा सुस्त–सा दरिया धरती पर धीरे–धीरे फैल रहा है।

वह मरे हुए चीते की खोपड़ी के मुँह में झाँकता है। उसकी घरवाली अपने बचाव के लिए दोनों हाथ ऊपर किये खड़ी है और उसके हाथों में चूल्के से बाहर खींची हुई जलती लकड़ी है और इसी के साथ दूसरा दृश्य जुड़ जाता है। चमक मारता चाक़ू, हवा में उठा उसका हाथ, लड़के के जिगर में घुसता चाक़ू, एक लम्बी चीख़ और आसपास सुस्ती के साथ फैलता जा रहा ख़ून का दरिया...

अहेरी

उन्होंने वह पत्रिका बन्द कर मेज़ पर रख दी। वे जानते हैं, एक क्षण में चपरासी को अन्दर बुलाकर पानी या कुछ और माँगना चाहिए। इस पत्रिका में जो कुछ देखा है, उनके मन में जो कुछ प्रवेश पा रहा है, वह सब कुछ ठीक नहीं हो रहा है। पर वह क्षण इतने समय में ही हाथ से निकल गया। वे इस स्थिति के मोह को भंग न कर सके।

विदेश से आने वाली चित्र–प्रधान पत्रिका है। इस बार भारत के वन्य पशुओं पर विशेषांक निकाला है। बिल्कुल बीच का पृष्ठ खोलकर देखा था तो हाथ, आँखें, शरीर की सारी इन्द्रियाँ और आत्मा सब कैसे थमकर केन्द्रित हो गयी थीं। नीचे पढ़ा–चीता।

चित्र में बैठे हुए उस चीते ने इनकी ओर देखा, इनकी आँखों में उसने आँखें डाल दीं, और तब ही उनके मन के अन्दर यह विचार कौंध गया कि हाँ, मुझे इसको मारना है। यही है, जिसको मैं कब से तलाशता आ रहा हूँ।

उन्होंने पत्रिका फिर खोली। अब किसी प्रकार की सेंसेशन, अजनबी अनुभूति उनके शरीर अथवा मन में नहीं हो रही। इससे बिल्कुल तादात्म्य स्थापित हो गया है। दोनों ने पहचान के एक ही स्तर पर पहुँचकर एक–दूसरे से परिचय कर लिया है।

वे जानते हैं कि इन दिनों शिकार के लिए जाना कितना कठिन है। अगले सप्ताह ही तो इन फ़ैक्टरियों के डाइरेक्टरों की मीटिंग है और वे इन सब कारख़ानों के मैनेजिंग डाइरेक्टर हैं। यहाँ से कुछ दिनों के लिए भी अनुपस्थित होना असम्भव है। फिर यह कारण सुनकर कि उनको एकाएक चीते का शिकार करने की सूझ गयी है, कितनी हँसी सब लोग करेंगे। चाहे उनकी स्थिति यहाँ पर इतनी दृढ़ है कि कोई भी उनका कुछ नहीं बिगाड़ सकता। वे जो चाहे कर सकते हैं। जिनका साठ प्रतिशत

धन इन कारख़ानों में लगा है, उनकी लड़की से इनका विवाह हुआ है, पर वे जायेंगे नहीं।

फिर चित्र में बैठे चीते को देखा। उन्हें स्पष्ट आभास हुआ कि वह चीता थोड़ा–सा हिला है, आसपास लगे छोटे–छोटे पेड़–पौधे उसकी गति से धमक गये हैं, हिल गये हैं। चीते ने गर्दन टेढ़ी करके उनकी ओर देखा और फिर वह उनकी आत्मा के अन्दर प्रवेश कर गया है। हाँ, जाना है, बहुत जल्दी ही। देर करने का तो कोई कारण नहीं है।

वे बहुत शीघ्र निर्णय करने के लिए प्रसिद्ध हैं। इसी गुण के कारण ही चालीस वर्ष की आयु में वे इतने कारख़ानों के मैनेजिंग डाइरेक्टर बन गये हैं। उन्होंने फ़ोन करके अपने निजी सचिव को बुलाया। वह आदमी बड़े दबे पाँव कमरे में आया और चुपचाप बैठ गया। इसे देखकर सदा यह आभास होता है कि यह आदमी नहीं, कोई बिल्ली है, जो बिना आहट, दबे पाँव एक स्थान से दूसरे स्थान पर सतत घूमती रहती है। उसकी पीली–पीली आँखें इस समय बहुत अस्थिर–सी लग रही हैं। वह जानता है कि इस असमय में किसी विशेष बात के लिए ही उसे बुलाया गया है। वह बिल्कुल एक बिल्ली की तरह अंग–प्रत्यंग समेटकर बैठा है जैसे कोई खिंची हुई स्प्रिंगदार तार है, जो छूटते ही एक झपाटे के साथ छलाँग लगा देगी।

वे सचिव को उस चित्र को दिखाते हैं। बिल्कुल थोड़े शब्दों में बताते हैं–वे चीते का शिकार करना चाहते हैं, यह प्रबन्ध इसी सप्ताह होना चाहिये।

सचिव के शरीर के स्प्रिंग और भी कस जाते हैं। यह क्या रहस्य है, मिस्ट्री है, जो उसकी समझ में नहीं आ रही है? उसकी पीली आँखें इस समय बिल्कुल स्थिर हैं। उसका शरीर इनके शरीर की प्रत्येक अनुभूति को ग्रहण करने की चेष्टा कर रहा है। उसका यह शरीर अपना थोड़े है? मन तो सदा इनके अन्दर प्रवेश किये रहता है। वह तो इनका जीवन ही जीता है, और जो भी बड़े–से–बड़ा निर्णय ये करते हैं, उसका पूरा भागीदार सचिव का शरीर और मन भी तो होता है। उसे इसी बात का तो इतना अधिक वेतन मिलता है। वह दफ़्तर का कोई भी कामकाज नहीं करता। उसे तो प्रत्येक स्थिति को भोगना है, हर उस संघर्ष में अपने मन को, शरीर को डालना है जिसमें से ये गुज़रते हैं।

यही बात आज उन्होंने ऐसी कह दी है जिसको न उसका शरीर स्वीकार कर रहा है और न आत्मा ग्रहण कर रही है। इन्हें चीते के शिकार से क्या मतलब?

वह डायरी निकालकर देखता है कि आने वाले पन्द्रह दिनों में इनका क्या–क्या कार्यक्रम है? हाँ, कहीं जाने–आने का प्रश्न ही नहीं उठता। सब दिन किसी–न–किसी मीटिंग में उन्हें जाना है।

सचिव को नोटबुक पढ़ते देखकर उनके मन में विचार आता है कि उनका सारा जीवन उसकी इस नोटबुक में क़ैद है। किसी को उनका जीवन–वृत्त लिखना हो तो इस नोटबुक से वह सब कुछ प्राप्त कर सकता है। उन्हें तो कभी–कभी यह भ्रम भी होता है कि सचिव ने अपनी डायरी में यह भी लिख रखा होगा कि इस रात को वे अपनी पत्नी के पास सोयेंगे।

वे सचिव को बताते हैं कि सारी मीटिंगें स्थगित कर दी जायें। वह सबसे पहले शिकार को जायेंगे। सचिव देख रहा है–उन्होंने अपना चश्मा उतारकर मेज़ पर रख दिया है। दोनों कमानियों को उनके हाथ एक–दूसरे के समीप ला रहे हैं, फिर पीछे कर रहे हैं। जब उनका मन किसी स्थिति विशेष से गुज़रकर एक निर्णय पर पहुँच रहा हो, तो ऐनक की कमानियाँ इस सारी प्रक्रिया का जीता–जागता दर्पण हैं। फिर उनके हाथों ने कमानियों के दोनों सिरों को मिला दिया। सचिव समझ गया–जाने का निर्णय अडिग है। प्रत्येक निर्णय करते समय ऐसा होता है। इस सिगनल को केवल वही समझता है। कई बार वह यह बात देख चुका है। वह डायरी में लिखे सारे कार्यक्रमों पर लाल पेंसिल से लकीर खींच देता है।

सारी रात बिस्तरे में उनके साथ वह चीता सोया रहा और थोड़ी–थोड़ी देर पश्चात् उसकी दहाड़ से वे काँप–काँप जाते रहे।

यहाँ पहुँचे उन्हें दो दिन हो चुके हैं। इस प्रदेश के पर्यटन अधिकारी ने सब प्रबन्ध कर दिया है। ऐसे पर्यटक प्रायः यहाँ आते रहते हैं, देश से, विदेश से जो चीते का शिकार करने के पश्चात् लौट जाते हैं। अधिकारी प्रसन्न हैं कि अपने देश के लोग भी अब इस ओर झुक रहे हैं। उनके साथ एक पेशेवर शिकारी को लगा दिया गया है। पहले ही दिन जब वे लोग जीप में जंगल से जा रहे थे तो सामने से एक हिरन उछलकर भागा।

शिकारी को उन्होंने आदेश दिया कि जीप को रोककर अथवा धीमी करके उसकी गति भंग न की जाये। फिर बड़े सहज ढंग से उस बीस किलोमीटर प्रति घण्टा चल रही जीप में से उन्होंने कन्धे पर बन्दूक़ रखी और मात्र एक गोली से हिरन को मार दिया। शिकारी निश्चिन्त हो गया। अब इनकी बहुत देखभाल उसे न करनी पड़ेगी। वे तो बहुत अनुभवी हैं। प्रायः पर्यटक तो ऐसे आते हैं कि मारने का काम ऐसे पेशेवर शिकारियों को करना पड़ता है। पर्यटक तो बस मरे हुए चीते के साथ फ़ोटो खिंचवाकर अपने अहेरी होने की सनद प्राप्त करके ही प्रसन्न हो जाते हैं।

जंगल के उस भाग में लकड़ी का मकाननुमा बीस फुट ऊँचा मचान है जो एक प्रकार से मकान ही है। रस्सी की सीढ़ी के द्वारा उस पर चढ़कर वह सीढ़ी ऊपर खींच ली जाती है। ऊपर सर्च लाइट भी लगी है। इस मचान के पास ही छोटा–सा तालाब है, जहाँ आजकल की इस जानलेवा गर्मी में प्रत्येक प्रकार के पशु का आना निश्चित है। फिर जब वह पशु सर्च लाइट के प्रकाश के घेरे में बद्ध हो जाता है, तो उसका वहाँ से जीवित निकलना असम्भव है। यदि अनाड़ी पर्यटक की गोली से वह बच भी जाये तो पेशेवर शिकारी यह काम पूरा कर देता है।

वे, सचिव और शिकारी तीनों एक महँगी शराब पी रहे हैं। वह शिकारी इनके साथ आये सचिव की ओर देखता ही नहीं। यह आदमी कुछ बोलता क्यों नहीं? इसकी पीली आँखें उसे सदा किसी ऊँघ रहे हिंसक पशु की याद दिलाती हैं। वे बड़े हौले–से इन दोनों को बताते हैं कि आज चीता अवश्य आयेगा। जब इन दोनों की प्रश्नवाचक दृष्टि को देखते हैं तो कहते हैं–रात सपने में चीता स्वयं आकर उन्हें बता गया है कि आज रात आमना–सामना होना अवश्यंभावी है। सचिव बिना किसी विवाद के उनकी बात को स्वीकार कर लेता है। वह पेशेवर शिकारी एकदम भयभीत हो जाता है। ये दोनों आदमी कितने रहस्यपूर्ण हैं? इन दोनों के बीच वह क्या रहस्य है, जिसे केवल वे ही जानते हैं और जिसके माध्यम से दोनों बिना बातचीत के एक–दूसरे की बात को समझ जाते हैं।

पेड़ों के पीछे से चाँद दबे पाँव उभर आया है। सारा जंगल पीला–पीला हो रहा है। मचान से थोड़ा हटकर एक पेड़ से बँधा बकरा आर्तनाद करता है। सारा वातावरण बोझिल हो जाता है। पशु तो सहज ही आने वाली घटना का आभास पा जाते हैं। फिर हाँका लगाने वाले

भी सूचना दे चुके हैं कि चीता इसी क्षेत्र में है। बकरे के रोने की आवाज़ उसे अवश्य आकर्षित करेगी।

यह पर्यटक भी तो कितने अधिकारपूर्ण ढंग से बता चुका है कि चीता आज आयेगा जैसे कि दोनों ने रात को यहाँ मिल लेने का समय और स्थान निश्चित किया हो।

उनका शरीर एकदम चौकन्ना हो जाता है। शरीर के अन्दर जो ग्रहण केन्द्र है, उसमें संकेत आने आरम्भ हो जाते हैं। चीते की चेतना के स्तर पर उनका मन तथा शरीर का प्रत्येक अवयव कार्य कर रहा है। हाँ, वह आ रहा है, आ रहा है। उन्हें पता है, उसके आने का आभास केवल उन्हें मिला है। इन दोनों को इसका कुछ पता नहीं है। वे इन्हें बताते हैं कि वे नीचे उतरना चाहते हैं। शिकारी रोकता नहीं क्योंकि वह इस चीते का स्वभाव जानता है। बहुत रात गये ही यह शिकार करने आता है। रस्सी की सीढ़ी नीचे लटकायी जाती है। सचिव साथ जाने के लिए हिलता है तो वह उसे रोक देते हैं। आज तो उन्हें अक़ेले ही सामना करना है। शिकारी उनके हाथ में भरी हुई बन्दूक़ थमा देता है।

वे नीचे पहुँचकर पेड़ से बँधे बकरे से कुछ दूर रुक जाते हैं। बकरा अब आर्तनाद करना बन्द कर देता है। उसे इनके आने का आभास हो गया है। अभी तक चीते का कहीं अता–पता नहीं, पर वे जानते हैं कि यह कहीं आसपास है।

हाँ, चीता बकरे से दूर एक पेड़ के पीछे खड़ा सारी स्थिति का मज़ा ले रहा है। वह बकरे की ओर बड़ी अरुचि से देख रहा है। यह तो नहीं है, इससे तो मिलने की रात आज की रात नहीं है। पिछली दो रातों से वह जंगल–जंगल दहाड़ता फिर रहा है, क्या इसे मारने के लिए? यह बकरा उसका आखेट क्योंकर हो सकता है। मुलाक़ात होना तो किसी 'और' से निश्चित हुआ था। वह अपने सुन्दर, शक्तिशाली शरीर को ढीला छोड़ देता है और 'उस' की प्रतीक्षा करना आरम्भ कर देता है।

उनके मन के अन्दर एक भयानक दहाड़ होती है, उनके शरीर की प्रत्येक मांसपेशी तन जाती है। मन के अन्दर जो जंगल है, उसे दहाड़–दहाड़कर चीता पाँव तले रौंदे डाल रहा है।

वह पेड़ के पीछे से निकलकर सामने आ जाते हैं, परे बैठे चीते का शरीर एक स्प्रिंग की तरह तन जाता है।

और एक ऊँची दहाड़ के साथ सारा जंगल काँप जाता है। पेड़ों की चोटियों पर बैठे परिन्दे शोर करते हुए उड़ जाते हैं। पेड़ काँप जाते हैं। मचान पर बैठे सचिव और शिकारी काँप जाते हैं। चाँद का मुँह और भी पीला पड़ जाता है। वह रात्रि जो थोड़ी देर पहले स्तब्ध थी, काँप जाती है। अब साँस थमे इन दो अहेरियों के द्वन्द्व–युद्ध की मूक गवाह बन रही है।

ये चीते की ओर देख रहे हैं, वह इनकी ओर देख रहा है। कितना सुख मिल रहा है! अब अन्दर जो जंगल है, वह बिल्कुल शान्त हो गया है। उसे 'वह' अस्त–व्यस्त नहीं कर रहा है। चीते का पेट अब ज़मीन के साथ लग रहा है। उसका सारा शरीर सिमटकर मूल आकार से आधा हो गया है। अब क्षणांश में वह छलाँग लगा देगा।

और मचान पर बैठे उस पेशेवर शिकारी को अब, इसी क्षण इस सत्य का पता चलता है कि यह जो आदमी नीचे खड़ा है, वह चीते पर गोली नहीं चला पायेगा। उसकी शरीर, उसकी आत्मा इससे सामना होते ही अनुपस्थित हो गयी है। मर गयी है। वह अपनी दूरबीन लगी बन्दूक़ को उठाकर वहीं मचान पर से ही निशाना साधता है।

वह क्षण बीत गया। चीते ने दूसरी भयानक गर्जना के साथ अपने शरीर के कसे हुए स्प्रिंग को ढीला छोड़ दिया। उसका शरीर हवा में उछला, उन्होंने भी ज़ोर की हुंकार भरी, और फिर उसका भयानक पंजा इनके कन्धे को फाड़ता हुआ कमर तक आधे शरीर को चीर गया।

पेशेवर शिकारी की दूरबीन लगी बन्दूक़ ने गर्जना की। गोली चीते के मस्तिष्क को फाड़ती हुई आर–पार हो गयी और उसी समय अन्तिम चिंघाड़ के साथ उसने प्राण छोड़ दिये।

इतनी देर से पेड़ से बँधा बकरा यह सारा नाटक देख रहा था। चुप था। और अब शायद वह बहुत भयभीत हो गया है। लगातार आर्तनाद किये जा रहा है। पेशेवर शिकारी और सचिव वहाँ पहुँच जाते हैं। बकरा आर्तनाद किये जा रहा है और उसकी आवाज़ सारे जंगल को घायल किये जा रही है। शिकारी की बन्दूक़ फिर गरजती है और सब कुछ शान्त हो जाता है।

वे अभी ज़िन्दा हैं, पर शरीर से रक्त बहे जा रहा है। जीप तो ड्राइवर सुबह ही लायेगा, तब तक प्रतीक्षा करेंगे तो इनकी मृत्यु अवश्य हो जायेगी। पास का गाँव दो मील दूर है। वहाँ के डाकख़ाने से फ़ोन करके शिकारी जीप और डॉक्टर को बुलायेग., पर इस सबमें दो घण्टे लग सकते हैं। शिकारी बड़े अभ्यस्त हाथों से अपने सिर की पगड़ी से उनका कन्धा बाँध देता है। रक्त का बहाव थम जाता है। वह उन्हें उठाकर मचान पर ले जाता है। सचिव को कहता है कि उसके नीचे उतरने के बाद रस्सी की सीढ़ी को ऊपर खींच ले। वह गाँव से फ़ोन करके लौट आयेगा। सबको जंगल के माध्यम से इस घटना का पता चल गया होगा। और वह नीचे उतर जाता है।

सचिव शराब का आधा गिलास भरकर इनको पिलाता है। शायद इतनी तेज़ शराब के प्रभाव से उनका दर्द कुछ कम हो जाता है। वे आँखें खोलते हैं और सबसे पहला प्रश्न उससे यह पूछते हैं कि फ़ौलाद की वह भट्ठी उस दिन क्या बहुत गर्म थी? एक क्षण में ही उसके शरीर का माँस अस्थि पिंजर तक पिघलकर जल गया होगा। उसे कोई कष्ट महसूस न हुआ होगा। सचिव 'हाँ' में सिर हिला देता है।

अब उस अन्दर के जंगल में बिल्कुल शान्ति है। उस अँधेरे को भेदती हुई कोई भी दहाड़ यहाँ से वहाँ टकरा नहीं रही। वह सचिव की ओर देखते हैं। उसी रहस्यात्मक ढंग से वह उनकी बात समझ जाता है और बताता है कि हाँ, चीता भी मर गया है। उसे शिकारी ने मार दिया।

फिर उन्हें याद आती है अपनी पत्नी की, जिसकी एक टाँग है, जिस एक टाँगवाली सीढ़ी पर चढ़कर वह इतनी शीघ्र मैनेजिंग डाइरेक्टर की पदवी तक पहुँच सके हैं। उसे पता लगेगा तो कैसे झटके–से सिर हिला देगी और बहुत होगा तो थोड़ी–सी और पी लेगी, थोड़ा और बहक लेगी।

वह जर्मनी से उच्च तकनीकी शिक्षा प्राप्त करके आये थे। फैक्टरी में इंजीनियर लग गये थे। उस दिन रात गये एक मशीन से उलझे थे, तभी मालिक वहाँ आ गये। उसे इतनी देर तक काम करते देख हैरान हुए। आज के युग में तो दस मिनट अधिक काम करने पर यह लोग अतिरिक्त पैसा माँग लेते हैं। मालिक ने उससे पूछा तो उन्होंने बताया कि जब तक काम समाप्त न हो जाये, वह कैसे जा सकता है? मालिक चुप हो गये!

वह आधा घण्टा वहाँ खड़े रहे। उसने मशीन ठीक कर दी। मालिक उसे घर पर ही खाने के लिए साथ ले आये। और वहीं पर अपनी भावी पत्नी, उनकी बेटी से पहला परिचय हुआ। वह लँगड़ाकर चल रही थी। पता चला–एक टाँग बचपन में किसी दुर्घटना में कट गयी थी, अतः बनावटी है, लकड़ी की बनी है।

उन दिनों उनके जीवन का सबसे बड़ा लक्ष्य था, अधिक–से–अधिक सम्पन्न बनना, अधिक–से–अधिक लोगों पर राज्य करना। शायद इस सबके पीछे वह हीन भावना काम कर रही थी, जो बचपन अनाथालय में बीतने के कारण उनके मन में घर कर गयी थी। मालिक की ओर से कुछ संकेत मिले और इस मुलाक़ात के एक महीने के अन्दर ही उन्होंने उनकी लड़की से विवाह कर लिया।

तब उनका विचार था–औरत चाहे एक टाँगवाली हो, चाहे दो टाँगवाली, वह होती औरत ही है, और इस सबसे कुछ अन्तर नहीं पड़ता।

और वह साधारण इंजीनियर से फैक्टरी–इंजीनियर और होते–होते दस वर्षों में इनकी सब फ़ैक्टरियों के मैनेजिंग डाइरेक्टर बन गये।

कन्धे पर ज़ोरों का दर्द उठा है। शरीर के प्रत्येक अंग में जैसे पिघला हुआ सीसा दौड़ गया है। उनके चेष्टा करने पर भी एक कराह निकल ही जाती है। सचिव उन्हें फिर से शराब देता है। कुछ सहारा मिलता है।

नहीं, वह ग़लत थे। एक टाँगवाली और दो टाँगवाली औरत में बहुत अन्तर होता है। जून की भयानक गर्मी के दिन थे। उस जलती–तपती दोपहर में कोई परिन्दा तक भी बाहर दिखायी नहीं देता था। वे बड़ी तेज़ गति से अपनी लम्बी विदेशी कार में वहाँ से गुज़र गये। थोड़ा आगे जाकर उन्हें आभास हुआ जैसे किसी ने कार रोकने के लिए हाथ उठाया था, वह गाड़ी वापस लाये।

सचमुच तेरह–चौदह साल की एक लड़की वहाँ खड़ी थी। गाड़ी पास पहुँचने पर उसने बड़ी शुद्ध और सलीक़ेदार अंग्रेज़ी में इनसे पूछा कि क्या वे उसे घर तक छोड़ देंगे? उसकी गाड़ी ड्राइवर लाया नहीं, शायद ख़राब हो गयी है। वह आधे घण्टे से अकेली यहाँ खड़ी प्रतीक्षा कर रही है। फिर उसकी कोठी की ओर किसी बस के जाने का मार्ग भी तो नहीं।

उन्होंने उसे कार में बिठा लिया। उस लड़की ने बड़ी आश्चर्यचकित आँखों से कार को देखा और उन्हें बताया कि इतनी बड़ी कार उसने पहली बार देखी है। वे बहुत ख़ुश हुए।

लड़की ने बताया कि वह कान्वेंट में पढ़ती है। अगले वर्ष सीनियर कैम्ब्रिज की परीक्षा देगी। फिर उसने पिता का नाम बताया। अरे, उसके पिता तो इन्हें जानते हैं। क्लब में कई बार मुलाक़ात हुई है। इस सूचना को पाकर वह लड़की बहुत ख़ुश हुई, आश्वस्त हुई।

वह बार–बार अपना सिर झटककर तराशे हुए बाल पीछे करती है। उसने स्कर्ट पहन रखी है और सच्चे मोतियों की तरह आबदार उसकी टाँग आभा दे रही हैं। उन्होंने मोड़ काटा, तो लड़की ज़रा इधर को हो गयी। उनका हाथ उसकी टाँग से छू गया और वे सकते में आ गये। उनके विवाह को बहुत वर्ष हो गये हैं। पत्नी के साहचर्य से ऐसा कभी कुछ नहीं हुआ। फिर आज यह क्या हो गया है? लगा, जलती हुई आग का बहुत बड़ा शोला उनके शरीर में यहाँ–से–वहाँ, इधर–से–उधर लपक गया है। रक्त जैसे शरीर के कवच को फाड़कर अभी शिरा–शिरा से बाहर बह आयेगा। पर उन्होंने उसको इन भावनाओं का ज़रा भी पता न लगने दिया।

फिर उस लड़की ने पूछा कि क्या वे उसे कार का स्टीयरिंग पकड़ने देंगे। वह बताती है कि वह अपनी कार का स्टीयरिंग सँभाल लेती है। वे 'हाँ' कर देते हैं। लड़की आगे सरक आती है। अब उसकी टाँग इनकी टाँग पर चढ़ आती है। शैंपू किये बालों की सुगन्ध मस्तिष्क में धँसती चली जा रही हैं। उसे सँभालने के बहाने वे उसके एक कन्धे को अपनी बाँहों में घेरकर एक प्रकार से उसे अपने वक्ष के साथ लगा लेते हैं।

आग, आग। शरीर के पोर–पोर में, नाख़ूनों में, आँखों में, अंग–प्रत्यंग में एक भयंकर ज्वाला है कि प्रवेश किये जा रही है।

और यह क्या! वह लड़की भी अनजाने में जैसे इनके साथ सटी जा रही है। उसने कई अंग्रेज़ी फ़िल्में देखी हैं और इस समय उनके विभिन्न रोमांटिक दृश्य जी रही है। रक्त की पुकार को रक्त ने पहचान लिया है। वह ज्वाला उसमें भी प्रवेश कर गयी है। यह सैंसेशन क्या सब किसी से बड़ी है जिसके आगे इतनी आयुवाले, इतनी प्रतिष्ठावाले वे स्वयं असहाय हो गये हैं, उसका सामना यह दुर्बल, छोटी लड़की क्या करेगी?

उनकी कोठी से गुज़रकर ही उस लड़की के घर की ओर सड़क जाती है। वे उसे सलाह देते हैं कि क्यों न पहले उनके घर कोकाकोला पी ला जाये? फिर वे उसे वहाँ छोड़ आयेंगे।

लड़की अब तक मन्त्रमुग्ध हो चुकी है। उसके मस्तिष्क पर उस जलते हुए रक्त का अधिकार हो गया है। वह मान जाती है।

उनके कमरे में कूलर लगा है। ऐसे महसूस होता है, जैसे वह जलते मैदानों की लू से एकदम किसी पहाड़ी स्थान पर पहुँच गये हों। वह फ्रिज खोलते हैं। कोकाकोला और बीयर की कई बोतलें अन्दर ठण्डी हो रही हैं। लड़की अपने आप सूचना देती है कि पापा लंच में उसे एक गिलास बीयर देते हैं। वह दो बोतलें खोलते हैं। सोफ़े पर उसके साथ बैठ जाते हैं। लड़की बड़ी जल्दी–जल्दी बीयर पी रही है। अपने दोनों हाथों से सिर के कटे हुए बाल ऊपर उठा कूलर के आगे सिर करती है। स्कर्ट के छोटे–छोटे आकार उभरते दिखायी देते हैं।

पिछले कितने मिनटों से उनका हाथ उसकी टाँग पर है। वह भयंकर आग फिर से जल उठती है। मस्तिष्क बार–बार ख़तरे की सूचना देता है, वे बार–बार उसकी बात को मानने की कोशिश करते हैं, पर रक्त की पुकार अधिक शक्तिशाली सिद्ध होती है।

लड़की पूरी बोतल ख़ाली कर चुकी है और अब उसकी ओर से भी शरीर का दबाव बढ़ रहा है। उसकी आँखें मुँद–सी गयी हैं और...

...दर्द फिर उठता है। अब वे ज़ोर–से कराहते हैं। सचिव उनके मुँह में फिर शराब डालता है और बताता है कि बस अब वह शिकारी डॉक्टरी सहायता लेकर पहुँच ही रहा होगा...

उन्हें जब होश आया था, तो सब कुछ समाप्त हो चुका था, क्योंकि इन्होंने अपने हाथों से उसका गला दबा दिया था। वह इस बात के पश्चात् जीवित रह जाती तो...

हाँ, उन्होंने सचिव को फ़ोन किया था। इसी क्षण वहाँ पहुँचने को कहा था। वे जानते हैं, सचिव पहले पुलिस में इंस्पेक्टर था। किसी रिश्वत के मामले में नौकरी से निकाल दिया गया था। मालिक ने अपनी लड़की से उनकी शादी की थी, तो एक प्रकार से दहेज में यह सचिव भी दिया था। कितने वर्षों से कैसे सफलतापूर्वक वह इनके जीवन का संचालन कर रहा है।

सचिव वहाँ आ गया। उनकी पीली आँखें बेतरह चमक रही हैं। वह सोफ़े पर मृत पड़ी लड़की को देखता है, उसके गले पर पड़े उँगलियों के ताज़ा निशान देखता है, नीचे फ़र्श पर फैले रक्त के छोटे–से घेरे को देखता है और सब कुछ समझ जाता है। इन्हें क्रोध आ रहा है कि वह कुछ पूछता क्यों नहीं? वह बड़े अभ्यस्त ढंग से गीले कपड़े से फ़र्श साफ़ कर देता है। कार बिल्कुल दरवाज़े तक ले आता है और उस मृत लड़की को बड़ी फुर्ती से उठकार कार के अन्दर डाल देता है। उनसे पूछता है कि जब वे इस लड़की को यहाँ लाये तो किसी ने देखा तो नहीं? वे निश्चयपूर्वक बताते हैं कि उस समय सड़क बिल्कुल निर्जन थी। सचिव सन्तुष्ट दिखायी देता है।

आगे की बात तो बिल्कुल छोटी–सी है। वे कार में पिछले दरवाज़े से फैक्टरी में पहँचते हैं। लंच की छुट्टी होती है। उस बिजली की भट्ठी में काम कर रहे कारीगर भागकर कैंटीन में बिजली के पंखों की छत्रछाया में पहुँचते हैं। यह दोनों उस फर्निस तक पहुँच जाते हैं। सचिव उसी फुर्ती के साथ कार में से लड़की को उठा लाता है और बिजली की जलती हुई भट्ठी में डाल देता है। एक क्षण में वह लोहे के साथ पिघल जाती है। वे दोनों लौट आते हैं। कितने महीनों तक लड़की के इस प्रकार गुम हो जाने पर हल्ला मचा रहा, पर यह रहस्य पुलिस से न सुलझना था, न सुलझा।

कुछ दिनें के पश्चात् जब वह अपनी पत्नी के साथ सोये, तो उन्हें पता चला कि दो टाँगोंवाली औरत और एक टाँगवाली औरत में अन्तर होता है। पत्नी लौटते समय अपनी बनावटी टाँग उतार दिया करती है। वह ठूँठ–सी टाँग उनकी टाँगों से लिपटने की चेष्टा कर रही है। ये मारे भय के चीख़ मारना चाह रहे हैं। वह टाँग ऐसी है, जैसे कोई ठण्डा अजगर हो। इनको अपने घेरे में बाँधकर कुचल देगा, मसल देगा। वह चारपाई से उठ जाते हैं। पत्नी की दृष्टि से वह समझ जाते हैं कि इस औरत को पता चल गया है कि ये दो टाँगोंवाली औरत के साथ सो चुके हैं। और तब से वह अपनी पत्नी के साथ सोये नहीं। और तब से उनकी पत्नी बहुत शराब पीने लग गयी है। बहुत बहकने लग गयी है।

अब तो दर्द सहना कठिन हो रहा है। वे सचिव का हाथ पकड़ लेते हैं। उनके हाथ में आये पसीने से सचिव का हाथ गीला हो जाता है। वह इनका माथा पोंछता है, इनके मुँह में फिर शराब डालता है।

सारी बात कब स्पष्ट हुई थी? मरते समय एक क्षण के लिए उस लड़की ने कितना भयानक संघर्ष किया था, और उस दिन से वह जब भी अकेले होते थे, अकेले सोते थे, उनके अन्दर कोई दहाड़ता रहता था।

तब उन्हें आभास हुआ कि उनकी आत्मा में एक काला–स्याह जंगल उग आया है। इस भयानक अँधेरे जंगल में रात–रात भर कोई दहाड़ता है। चलता है तो उसकी धमक से अन्दर घाव–ही–घाव हो जाते हैं, सब कुछ क्षत–विक्षत हो जाता है।

उनके अन्दर यह जो कोई आ बैठा था, वह क्या है! कौन है! इसका ज्ञान तब हुआ जब उस विदेशी पत्रिका में छपे चीते के उस चित्र को उन्होंने देखा। वह चीता वहाँ से उछला, उनके अन्दर जो 'वह' बैठा था, उससे आकर साक्षात्कार किया। दोनों की जान–पहचान हो गयी और वहीं, उसी समय उन्हें निर्णय करना पड़ गया कि इससे तो द्वन्द्व होगा, सामना होगा। जितनी शीघ्र हो, उतनी ही जल्दी मुक्ति मिल जायेगी। उन्होंने सचिव को सारे प्रबन्ध करने का आदेश दे दिया था।

शाम को उनका मन थोड़ा डाँवाँडोल हुआ था, यह सब तो ठीक नहीं हो रहा। इतना सारा कामकाज छोड़कर उनका शिकार के लिए जाना कहाँ तक उचित है? और तभी उन्हें स्पष्ट पता चला कि कोई आया है और चुपचाप उनके पास सोफ़े पर बैठ गया है। मन के अन्दर बैठे 'उस' ने पहचान लिया कि यह वही चित्र में छपा चीता है। उस चीते ने कोकाकोला की एक बोतल ली, बीच में दो पाइप डालकर बड़े इत्मीनान से पीता रहा। इनके अन्दर बैठे 'उस' से बातचीत हुई। 'उसने' इस कोकाकोला पीते चीते को आश्वासन दिया कि पूर्व निश्चय के अनुसार उससे मिलने अवश्य आवेगा। तब कहीं जाकर वह उस सजी–सजायी बैठक से उठा था।

रात को सोये थे, तो उस जंगल के बीच कैसा भयंकर हाहाकार मचा था! बार–बार वह चीता दहाड़ता था। अहेरी आखेट को पुकारता था। उन्हें आज पता चला कि हम तो अहेरी नहीं आखेट हैं। वह है जो सदा हमारी प्रतीक्षा करता है। उस क्षण के लिए थमा रहता है, जब उससे साक्षात्कार होना होता है। हम स्वयं चलकर उसके पास जाते हैं, प्रार्थना करते हैं–आओ, हमें प्राप्त करो। हमें मुक्त करो। ओ रे अहेरी! अब और प्रतीक्षा न होगी...

उन्होंने उस समय चीते पर गोली क्यों नहीं चलायी? गोली वह चलाते, परन्तु कैसे! अहेरी कौन था? फिर वह चीता कहाँ था, जिसने उनके ऊपर छलाँग लगायी थी? उनकी आँखें थीं क्या? वह तो वही जंगली बिल्ली–सी हिंसक वह लड़की थी, जिसने उनके साथ कितना भयंकर संघर्ष किया था? जीवन में दो बार उसी भयंकर आनन्द के प्राणों को जता देने–जमा देने वाले क्षण आये थे। पहली बार विजय उनकी हुई थी। दूसरी बार तो वह आखेट बनकर आये थे न...

अब लगता है, बचना कठिन है। कुछ आवाज़ें आ रही हैं। सचिव बताता है–पहुँच रही जीप की आवाज़ है। और चेतना खोने से कुछ क्षण पूर्व उनके मन में यह हल्का–सा विचार आता है कि वे सचिव से पूछ देखें कि क्या उसने अपनी नोटबुक में उनके मरने की तिथि पहले से लिख रखी थी? वह तो सर्वज्ञ है, उसे तो अवश्य पता रहा होगा कि आज अहेरी उनका शिकार करेगा...

जीप मचान के नीचे पहुँच गयी। उसमें से डॉक्टर और शिकारी निकले हैं। सचिव रस्सी की सीढ़ी नीचे लटका रहा है।

वे अन्तिम बार आँखें खोलते हैं। चाँद को बहुत घने बादलों ने ढाँप लिया है। रात एकदम अँधेरी हो गयी है। सब ओर उतना ही काला, गहन और सर्वग्राही अँधेरा छा गया है जितना काला, गहन और सर्वग्राही अँधेरा उनकी आत्मा में है।

जब वह पेशेवर शिकारी और डॉक्टर मचान पर उनके पास पहुँचते हैं तब तक वे मर चुके होते हैं...

महामारी

कल ही बड़े लड़के का ख़त आया था। वह चार दिन के लिए पत्नी और बच्ची के साथ आ रहा है। माँ अनपढ़ है, लेकिन पोस्टकार्ड पर लिखी लाइनों से ही पहचान गयी थी कि ख़त सन्तोष का है। सिर्फ़ वही है जो सारा पोस्टकार्ड ज़ाया कर दिया करता है। पति बाज़ार से लौटे तो कहा था–"देखना, सन्तोष का ख़त है न! क्या लिखा है? सारे आ रहे हैं न?"

एक साथ बहुत सारे सवाल पूछने की आदत बहुत पुरानी है, अभी भी गयी नहीं। जब–जब बड़े का कभी–कभार कोई ख़त आ जाता है, वह यही बँधे–बँधाये सवाल पूछा करती है। लेकिन बड़ा आता–जाता बहुत कम है। मास्टर जी को ख़त का मज़मून बताने के बाद हमेशा उसके आहत होने को झेलना पड़ता है, लेकिन लड़के के आने की ख़बर उसे देकर उनके दिल में भी छोटी–सी ख़ुशी कूद गयी थी। वह बाहर के दिखावे और टीम–टाम में ख़ुद भी विश्वास नहीं करते। लड़के के साल–साल तक न आने का कहीं गहरे में बुरा नहीं मानते, लेकिन यह ज़रूरी तो नहीं कि हर सवाल का ठीक जवाब किसी को ख़ुशी भी दे। एक बार देर तक न आने की बात की थी कि तो लड़के ने समझाया था कि बिना वजह के कहीं आना–जाना उसे फ़िज़ूल लगता है। कभी कोई बात हुई है, काम पड़ा है, ज़रूरत आ खड़ी हुई है, तो वह हमेशा क्या पहुँचा नहीं?

कोई ज़रूरत आ पड़ने पर पहुँचने की बात तब उन्हें सही लग गयी थी। नौकरी से रिटायर होने के बाद, चालीस रुपये की पेंशन मिलने पर, छोटी लड़की की शादी करने पर, ज़रूरतें पड़ती ही रही हैं और जैसे–तैसे बड़ा पहुँचा है। जो हो सका था, किया भी है।

पत्नी को भी समझाने की कोशिश की थी, लेकिन वह ठहरी अनपढ़। आज के आदमी की तरह वह सूखे तर्क तथा कारण के आधार

पर न जीती है, न बात करती है। उसने बिफरकर कहा था कि क्या अपने लोग अब सिर्फ़ काम पड़ने पर ही मिलते हैं? प्यार भी कुछ होता है न? वह पढ़–लिखकर कितना सूखा हो गया है।

लड़के के पढ़ने का विशेष श्रेय माँ को जाता है। सारे विरोध होने के बावजूद कि कॉलेज का ख़र्चा कौन देगा, और बच्चे भी हैं, उसने पढ़ाई के बारे में डटकर लड़के का साथ दिया था। लड़का पढ़ा, उसकी अच्छी नौकरी लगी। और तब तो उसके दिल में ठण्ड पड़ जाया करती है जब लड़का अब भी दूसरों के सामने स्वीकार किया करता है कि उसको पढ़ाने वाली, बनाने वाली उसमी माँ ही है।

लेकिन एक दुःख उसे हमेशा सताता रहा है। नौकरी बाहर के शहर में लगने पर लड़के का घर आना–जाना कम हो गया है। कुँवारा था तो कोई बात न थी। शादी हुई, बच्ची हुई। माँ ने सोचा–अब महीने में एक बार तो आयेगा, लेकिन नहीं। वही पुरानी आदत। अब आस–पड़ोस के लोग लड़के, बहू और बच्ची के न आने की बात पूछते हैं तो वह अपमानित होती है। लोग तो कमीने हैं। यही सोचते होंगे न कि शायद अब लड़के और उसकी घरवाली से बनती नहीं।

इसलिए लड़के के आने की बात पर उसने पति से फिर पूछा था–''किस तारीख़ को आ रहा है? कितने दिन रहेंगे? पता नहीं कपड़े भी साथ लाते हैं कि नहीं? दोनों लापरवाह हैं। मीनू के बारे में कुछ नहीं लिखा? मुझे याद करती है न...?''

मास्टर जी ने सारे सवाल सुने, ज़रूरी सवाल का चुनाव किया और बताया–''कल सुबह आयेंगे। चार–पाँच दिन रहेंगे।''

दादी को मीनू के आने की ख़ुशी लड़के के आने से कहीं ज़्यादा है। तीन साल की उम्र में कितनी बातें करती हैं वह मीनू से मिलने महीने में एकाध बार जा आया करती है। लड़का और बहू तो बस चुप रहते हैं। उन्हें आपस में बहुत बातें करते कभी नहीं देखा–सुना। उससे क्या बोलेंगे?

पहले मिलने जाती थी तो सुबह जाकर शाम को लौट आया करती थी। वहाँ तो दिल तंग पड़ जाता है। लेकिन जब से मीनू ने बोलना शुरू किया है, महीने में दो–तीन दिन लड़के के यहाँ लगा आती है। कितनी बोलती है।

मरजानी बिल्कुल मेरे ऊपर गयी है। उसे अपने बहुत बोलने की आदत का पता है, जिसे मास्टर जी 'बड़–बड़' करना कहते हैं। वह मुस्करा रही है–चलो, कोई तो आया घर की चुप्पी तोड़ने वाला!

आज सुबह से वह झाड़–पोंछ और सफ़ाई में लगी है। बीच–बीच में आस–पड़ोस में जाकर बता भी आती है कि बड़ा आ रहा है, पूरे चार दिन के लिए। यह सूचना देने का उसका मक़सद उन्हें बताना है कि देखो, हमारी 'बनती' है, ऐसी–वैसी कोई बात नहीं।

बाहर रिक्शा रुकने की आवाज़ आती है। वह दौड़कर दरवाज़े के पास पहुँचती है। रिक्शा में रखा छोटा सूटकेस देखकर उसे विश्वास हो जाता है कि यह लोग कुछ दिन ठहरेंगे। अन्दर कहीं ठण्ड पड़ जाती है। दौड़कर मीनू को गोदी उठा लेती है। 'बड़ा' सूटकेस उठाकर अन्दर आता है। बहू से नमस्ते होती है। हालचाल पूछने पर सिर हिला देती है। माँ को कहीं तकलीफ़ होती है कि वह उससे खुलती नहीं। लेकिन छोड़ो, अब मीनू जो है।

अब दादा ने मीनू को उठा लिया है। कुछ महीनों बाद मिली है। इस बीच एकदम से पूरे वाक्य बोलने लग पड़ी है। दादा को बीड़ी सुलगाते देखकर पूछती है–

''आप क्या पी रहे हैं?''

''बीड़ी।''

अपने पिता को वह सिगरेट पीते देखती रहती है। यह बीड़ी शब्द उसके लिए नया है।

''झूठ बोलते हो। सिगरेट है सिगरेट। हाँ।''

दादी मीनू को अपनी गोदी में खींच लेती है, चूमती है।

''हाय राम! कितनी स्यानी बातें करने लग पड़ी है?''

बाहर दूधवाला आया है। माँ बर्तन उठाकर बाहर जाती है। फिर वहीं से आवाज़ देकर पूछती है–

''काका, कितना दूध फ़ालतू लेना है?''

सन्तोष पत्नी से पूछकर माँ को बताने बाहर आता है। अभी कुछ और लोग दूध ले रहे हैं। वह माँ से कहता है–''जितना रोज़ लेती हो, ले लो।''

''काका, हम तो एक पाव ही रोज़ लेते हैं। दो टैम की चाय ही तो बनानी होती है।''

लड़का यह बताते हुए कि मीनू के लिए दो किलो दूध ले लो, कहीं क़सूरवार महसूस करता है। उसे लगता है, माँ का चेहरा दो किलो की बात सुनकर क्षण भर के लिए बुझ जाता है।

उसे याद आता है, घर में हमेशा इतना ही दूध आता रहा है। हाँ, पाँच भाई–बहनों में जब कभी कोई बीमार पड़ता था तो उसे पीने के लिए दूध मिला करता था तो बतौर दवाई। तब से दूध देखते ही उसके दिल में बीमार होने का एहसास आ जाता है। अब उसके थोड़े अच्छे दिन हैं, लेकिन दूध से नफ़रत है। वह अपने अर्ध–जाग्रत मन में हिसाब भी लगाये जा रहा है कि मीनू सिर्फ़ चार दिन में यहाँ का महीने भर का दूध का बजट पी जायेगी।

माँ ने नाश्ता बना लिया है–पराँठे, चाय, अचार। चौथाई सदी से चली आ रही खाने की एक ही फ़ेहरिस्त।

मीनू दादी की गोद में बैठकर खायेगी। दो–चार ग्रास वह आजकल खा लेती है। वह बड़े ग़ौर से खाने का सामान देख रही है।

''दादी, अण्डा नहीं बनाया?''

कमरे में क्षणिक चुप्पी छा जाती है। सन्तोष कहता है–''मेरा अच्छा बेटा। ऐसे ही खा ले, कल बना देंगे।''

बहू भी अपनी तरफ़ से छोटी–सी सफ़ाई देती है–''घर भी तो कभी–कभी थोड़ा–सा ही खाती है।''

''ममा झूठ बोलती है। हाँ! थोड़ा–सा नहीं खाती, एक खाती हूँ एक।'' मीनू जवाब देती है। अब सनतोष उसे डाँट देता है। माँ मास्टर जी को कहती है कि वह शाम को अण्डे लेते आयें। साथ–ही–साथ उसका अनपढ़ दिमाग़ यह अन्दाज़ा भी लगाये जा रहा है कि रात की सब्ज़ी के पैसे अण्डे खा जायेंगे। उन दोनों बूढ़ों को तो रात को सब्ज़ी की ज़रूरत पड़ती नहीं। सुबह आधा पतीला दाल बन जाती है जो रात तक चल जाती है। बाहर आँगन में सब्ज़ियों का छोटा–सा बाग़ है। मौसम आता है, थोड़ी सब्ज़ी उगती है, तो ही बनती है। वह सुबह ही बैंगन के पौधों के बड़े–बड़े पत्ते उठाकर दो गोल बैंगन तलाश चुकी है। छोटे हैं तो क्या, तोड़ लेगी। एक टैम का काम तो चल जायेगा।

मीनू दो ग्रास खा लेने के बाद दूध माँगती है। बहू उठकर रसोई में जाती है। मीनू की बड़ीवाली बोतल भरकर लाती है। मीनू लेट जाती है और लगभग एक ही साँस में सारा दूध पी जाती है। दादी सोचती है कि पाँच बार में तो सारा दूध पी जायेगी। वह बहू को सलाह देती है–

"काकी, इसे रोटी खिलाया कर। अन्न अन्दर जायेगा तो कुछ मोटी होगी। देख तो सही, कैसी सूखी पड़ी है?"

बहू पति का नाम लेकर ही बुलाया करती है। बताती है–

"मैं खिलाने लगती हूँ तो सन्तोष ग़ुस्से हो जाता है। कहता है, इतनी जल्दी रोटी शुरू नहीं करनी।"

माँ सन्तोष की तरफ़ देख रही है। बेटा उसे कैसे समझाये कि वह छोटी मीनू के माध्यम से अपना बचपन सुखद रूप में पहली बार जी रहा है। उसे आज भी याद है कि जब से होश सँभाला, हाथ में रोटी का टुकड़ा और चाय का गिलास ही रहा है। अगर बच्ची रोटी खाने की ज़िद करती है तो उसे अपना घिनौना बचपन याद आ जाता है। तब अन्य बच्चें को बाज़ार की कोई भी चीज़ खाते देखकर उसका जी कितना ललचाता था। जब माँ से पैसे माँगने की ज़िद पर अड़ जाता था तो आमतौर पर पिटाई ही होती थी, क्योंकि घर का राशन–पानी ख़रीदने के बाद माँ के पास देने को कुछ बचता ही न था। तब उसे अपनी माँ से बेइन्तहा नफ़रत थी–कितनी बुरी बात है। कभी कुछ नहीं देती। नासमझ जो था। अब जाकर कहीं समझ आया है कि पैसे का, पूँजी का यह ग़लत वितरण, असन्तुलन वह कुल्हाड़ी है जो हमारे सम्बन्धों को काटकर फेंक देती है।

दादा ने नाश्ता कर लिया है। वह बीड़ी सुलगाते हैं तो मीनू फिर टोकती है–"दादा! यह सिगरेट मत पियो। गन्दा। बू–वाला। पापावाला पिया करो, हाँ नहीं तो।"

दादा उठकर आँगन में चले जाते हैं। मीनू की ममा उसे डाँटती है–"मीनू! बड़ों को ऐसे नहीं कहते। देखो, मैं तुम्हारे पापा को ऐसा कहती हूँ?"

"हाँ, कहती हो–सिगरेट मत पियो। बू आती है।"

मीनू उठती है। मटकती हुई बाहर आँगन में आ जाती है। कुछ टमाटर के पौधे हैं, कुछ भिण्डी, कुछ बैंगन और साग़ वग़ैरह। मीनू एक–एक करके सबके बारे में दादा से पूछ रही है। फिर कहती है–

''मैं इनको छू लूँ, ख़राब तो नहीं होंगे?''

दादा उसका सिर थपथपाकर छू लेने की आज्ञा देते हैं। साथ ही हिदायत देते हैं कि पत्ते मत तोड़ना। थोड़ी देर में छू लेने से उसका मन भर जाता है। पूछती है–''दादा, सुन्दर फूल कहाँ हैं?''

उसे अपने घर के छोटे–से आँगन की याद है, जहाँ सारा साल रंग–बिरंगे फूल इठलाते रहते हैं। उन पर उड़ती तितलियों के पीछे वह छोटी–छोटी दौड़ें लगाती रहती है। वह अब भी दादा के जवाब के इन्तज़ार में है। अगला सवाल पूछती है–''दादा! तितली कहाँ है?''

सब्ज़ी के पौधों के हिलने से उन पर बैठे मच्छर उड़े हैं। एक–दो ने मीनू को काट भी लिया है। अब वह दादा के चुप रहने और मच्छरो के काटने से झुँझला गयी है। कहती है–''दादा! ये पौधे तोड़ दो। गन्दे! छी! मच्छर काटता।''

दादा के पास उसके सारे सवालों के जवाब हैं, लेकिन जवाब देने की हिम्मत नहीं पड़ रही। क्योंकि उन्हें फूलों और सब्ज़ियों के फ़र्क़ का पता है। लेकिन मीनू का क्या क़सूर है? बचपन में शायद उन्हें भी फूल और तितलियाँ अच्छी लगती थीं। थोड़ा बड़ा होने पर ग़रीब ज़िन्दगी की सच्चाइयों का पता चला। अपने आप फूल भूल गये थे, तितलियाँ भूल गयी थीं। मीनू के इन सवालों से वह अन्दर से हिल गये हैं। उनका जी चाहता है कि इसी वक़्त खुरपा उठायें और सब्ज़ी के इन पौधों को जड़ से काट दें, यहाँ फूल लगा दें, जिन पर तितलियाँ उड़ती रहें। वह नहीं इन्हें देख सके, बेटा सन्तोष नहीं देख सका। क्या तीसरी पीढ़ी भी बिल्कुल पहले वाली पीढ़ियों की–सी ज़िन्दगी बितायेगी बिना फूलों के, बिना तितलियों के?

उन्हें पता है कि ये फूल–तितलियाँ शायद मीनू के भाग्य में भी सिर्फ़ कुछ दिन और हैं। बेटा जो कमाता है, वह जानते हैं। घर के जो ख़र्चे हैं, वह जानते हैं। बड़ी जल्दी बेटे के आँगन में भी फूलों के पौधे उखड़ जायेंगे, तितलियाँ उड़ जायेंगी, वह जानते हैं। वहाँ भी जल्द ही सब्ज़ियाँ लग जायेंगी, वह जानते हैं। बदसूरती, ग़रीबी, अभाव बच्चों की ज़िन्दगी में शुरू से आ जाये तो उनका क्या होता है, वे क्या बन सकते हैं, वह जानते हैं क्योंकि सारी उमर उन्होंने प्राइमरी स्कूल में ग़रीब बच्चों को पढ़ाया है। लेकिन मीनू को तो अभी इन दुःखों का पता नहीं। वह मच्छरों

का काटना भूल चुकी है। फिर से पौधों के बीच मटक रही है। उसने बैंगन के पौधे के लम्बे पत्तों को हाथ से पीछे किया, गोल–गोल बैंगन देखकर चहक उठी–''दादा! देखो, कितने बड़े आलू हैं?''

दादा मुस्कराये, उसे बताया–''मीनू बेटे, आलू नहीं, बैंगन।''

''अच्छा। कितना बड़ा बैंगन? मैं एक तोड़ लूँ?''

दादा अब सतर्क हो गये हैं। बैंगन की सब्ज़ी बेटे–बहू के लिए कल दोपहर बननी तय हुई है। अभी से मीनू तोड़ लेगी तो ख़राब हो जायेंगे। वह उसे कहते हैं–''मीनू, कल तोड़ेंगे।''

''नहीं, अभी तोड़ूँगी। बस एक, हाँ।''

वह उसे पकड़कर क्यारी से बाहर निकालते हैं। अब बच्ची पर ज़िद सवार हो चुकी है। वह ऊँचा–ऊँचा रोना शुरू कर देती है। दादी भी रसोई से बाहर आ गयी है। मीनू अपनी माँ के पास शिकायत कर रही है–''ममा! दादा बहुत गन्दे हैं। मुझे तोड़ने नहीं दिया।''

दादी मास्टर जी से कहती है–''तोड़ लेने देते, जी! क्या फ़र्क़ पड़ता है?''

मास्टर जी खीझ गये हैं। ज़रा तेज़ आवाज़ में बोलते हैं–''तो कल सब्ज़ी...''

फिर उन्हें ख़याल आता है कि बेटे–बहू के सामने तो यह वाक्य बोलना नहीं था। वह कमरे से बाहर चले जाते हैं।

बहू इस आधे बोले गये वाक्य से ही सब कुछ समझ गयी है। इतना कड़ा अभाव शायद अपनी ज़िन्दगी में उसने पहली बार देखा है। पति से कहती है–''सन्तोष, कैसे चलाते होंगे घर का ख़र्चा? सुनो, हर महीने यहाँ कुछ भेज दिया करो न।''

पति कोई जवाब नहीं देता। उसे कैसे बताये कि कहना आसान है, भेजना कितना कठिन है। फिर कई बार एकमुश्त बड़ी रक़म तो घर में देनी पड़ जाती है। वह उसके जवाब का इन्तज़ार नहीं कर रही है। वह जानती है, सन्तोष क्या सोच रहा है। उसके दिमाग़ के कोनों में इस वक़्त छोटी–छोटी रक़में इधर–से–उधर उछल रही होंगी। आपस में जमा होती, फिर घटती, फिर शेष क्या बचा, इसका लेखा–जोखा करती। लेकिन वह भी इस सच्चाई को समझ चुकी है कि एक रक़म से दूसरी चाहे जितनी बार घटाओ, शेष कभी कुछ नहीं बचता। बची हुई रक़म तो कुछ विशेषाधिकार प्राप्त लोग पहले ही काट लेते हैं।

लेकिन क्योंकि पति–पत्नी ज़िन्दगी का सच एक–दूसरे से हमेशा बाँटकर रखते हैं, इसलिए क़िस्से–कहानियों वाला तनाव उनकी ज़िन्दगी में कम ही आता है। वह पति को सलाह देती है–

"सुनो सन्तोष, मीनू तो इनका चार–पाँच रुपये रोज़ का ख़र्च करवा देगी। ऐसा क्यों नहीं करते, माँ को ख़र्च के लिए कुछ रुपये दे दो न।"

"मैंने यह सोचा था, लेकिन पैसे देने की हिम्मत नहीं हो रही। कितना अपमानित महसूस करेंगे? माँ को कितना चाव था, मीनू कुछ दिन यहाँ रहे। अब बच्ची का ख़र्चा मुझसे तो दिया न जायेगा।"

"ठीक है। यहाँ से वापस जाने के बाद कुछ रुपये मनीऑर्डर से भेज देना।"

सन्तोष चुप है। इसे कैसे समझाये कि इन चारों घरों में हर दिन के ख़र्चे की रक़म बँधी–बँधाई होती है। कोई अपना भी कुछ दिनों के लिए आ जाता है तो इनके आने वाले कुछ दिनों की रोटी खा जाता है। वह जानता है कि अमूमन माँ सुबह ही दाल का आधा पतीला बना लिया करती है, दोनों वक़्त के खाने के लिए। लेकिन इतने अरसे के बाद बेटा आया है, मीनू आयी है, खाते–पीते घर की बहू आयी है। एक अतिरिक्त सब्ज़ी बनानी पड़ती है।

मीनू को दुबारा भूख लग चुकी है। हमेशा की तरह आज्ञा देती है–"ममा! भूख लगी है। दूध ला।"

अब ममा को भी घर में घट रही हर रोज़ की त्रासदी का आभास हो गया है। मीनू इतनी जल्दी–जल्दी दूध पियेगी तो शाम तक सारा ख़त्म कर देगी। "नहीं बिट्टू, खाना बन रहा है। आज तो मीनू हमारे साथ छोटी गोगी खायेगी।"

लेकिन मीनू इस तरह के नाटकों से छलावे में नहीं आने वाली। कड़ककर कहती है–"ममा, तू बक–बक मत किया कर। हाँ, नहीं तो। मैं दूध पियूँगी।"

पत्नी सन्तोष की ओर मदद माँगती निगाहों से देखती है। वह कहता है–"यह मानेगी क्या? दे दो। मैं शाम को बाज़ार से और दूध ले आऊँगा।"

मीनू गटागट दूध ख़त्म कर देती है। फिर वह रसोई के दरवाज़े पर खड़ी हो कर दादी से पूछती है–

''दादी, तू क्या कर रही है?''

''अपने लाल के लिए खीर बना रही हूँ। खायेगी न?''

''हाँ। मुझे खीर बौत अच्छी लगती है।''

दोपहर के खाने के लिए सब बैठे हैं। दादी कटोरी में खीर डालकर सबसे पहले मीनू के आगे रखती है। मीनू खीर को देखती है, फिर मुँह फेर लेती है।

''खाओ न, बेटे!''—दादी।

''मैं नहीं खाती।''—मीनू।

''क्यों?'' ज़रा कड़ी आवाज़ में पूछता सन्तोष।

''नहीं खाती। खीर में दादी ने बादाम नहीं डाले।''

दादी असहाय नज़रों से मीनू को देखती है, समझाती है, ''बेटे, खीर में बादाम नहीं डालते।''

''देखो ममा, दादी झूठ बोलती है। तू डालती है बादाम, है न?''

सन्तोष तीखी आवाज़ में कहता है—''मीनू! चुपचाप खीर खा लो।''

''नहीं खाती। दादी गन्दी है। दादा गन्दा है। मुझे एक बैंगन नहीं तोड़ने दिया। सब गन्दे हैं। ममा, हम अपने घर चलेंगे। हाँ, यहाँ नहीं रहते।''

माँ सन्तोष के अन्धे गुस्से को जानती है, पिता जानते हैं, पत्नी जानती है, लेकिन मीनू तो नहीं जानती। सन्तोष सुबह से माँ—बाप की छोटी—छोटी मजबूरियाँ देख रहा है, छोटे—छोटे अपमान देख रहा है। मीनू के इस लम्बे वाक्य ने इस मजबूरियों को, अपमानों को आपस में जोड़ दिया। वह उठकर घुटनों के बल बैठ गया। हाथ लम्बा हुआ, दिमाग़ में बैठी मजबूरियों ने एक ख़ूँख़ार जानवर का रूप धारण किया, जानवर उछलकर हाथ पर आ बैठा, हाथ पूरे ज़ोर से उठा और मीनू के दायें गाल और नाक के आधे हिस्से पर फड़ाक की आवाज़ के साथ जानवर ने छलाँग लगा दी।

मीनू ज़मीन पर लुढ़क गयी है, उसका मुँह खुल गया है, लेकिन किसी तरह की आवाज़ बाहर नहीं आ रही। दादी बेटे को धक्का देकर परे करती है। मीनू की छाती मल रही है। फिर बच्ची के अन्दर क़ैद चीख़ पूरा ज़ोर लगाती है और मुँह के रास्ते बाहर निकलकर कमरे में फैल

जाती है। चीख़ का तीखा हिस्सा दादी, दादा और माँ के दिल के अन्दर भी चाकू की नोक की तरह सरसराकर घुस जाता है।

मीनू का मुँह कुछ क्षणों में ही सूज गया है। होंठ पर लहू की बूँद चमक आयी है। अब वह लगातार हाहाकार किये जा रही है। सन्तोष खाना छोड़कर सिगरेट सुलगाता है, दादा बीड़ी सुलगा लेते हैं। पत्नी मीनू को गोदी में लेकर हिला–डुला रही है। फिर उसे उठाये हुए बाहर आँगन में चली जाती है। मास्टर जी इन्तहा ग़ुस्से में हों तो बेटे की तरह बेक़ाबू हो जाते हैं। पत्नी से कहते हैं–"बदज़ात औरत! चार बादाम खीर में डाले नहीं जा सकते थे।"

"घर में बादाम कहाँ हैं?"

"उफ़, इस घर में कभी भी कुछ हुआ है क्या?"

वह जानती है, इस वक़्त मास्टर जी को जवाब देना ठीक नहीं। पता उन्हें भी है कि इस घर में बादाम कभी ख़रीदे ही नहीं गये। वह डरते–डरते बेटे से कहती है–

"काका, तू पागल हो जाता है। इतना ग़ुस्सा? कितने ज़ोर से मारा है? ख़ून निकल आया है। कान फट जाता तो? बच्ची को समझ थोड़े ही है? उसका क्या कुसूर!"

जानवर दिमाग़ में वापस आ बैठा है। उसके अलग–अलग अंग दिमाग़ के अलग–अलग हिस्से में बँट गये हैं।। पता सन्तोष को भी है कि कुसूर बच्ची का नहीं। पता उसे भी है कि कुसूर किन लोगों का है, लेकिन क्या हो सकता है? कभी तो कुछ होगा ही। वे लोग इतिहास को भूल गये हैं। इतिहास क्या उन्हें मुआफ़ करेगा?

पत्नी बाहर से ही उसे आवाज़ देती है–

"अब चुप भी तुम्हीं से होगी। ज़रा बाहर आकर उठा लो।"

सन्तोष मीनू को गोद में लेता है। वह उसकी छाती के साथ सिर रखकर और ज़ोर–से रोने लग पड़ती है, लेकिन वह उसे छोटी–छोटी कहानियाँ सुनाकर जल्दी–जल्दी मना लेता है। मीनू का गाल और होंठ अभी तक सूजे हुए हैं।

सब लोग फिर खाने के लिए बैठे हैं। मीनू अब चुपचाप बिना बादाम की खीर खा रही है। पापा साथ–साथ उसे भालू वाली कहानी सुना रहे हैं।

खाना ख़त्म हो गया। मीनू दादी से कहती है–''दादी जल्दी फ्रूट लाओ। मैं खाकर निनी बाबा करूँगी।''

सन्तोष मीनू को घूरकर देखता है। वह थोड़ी देर पहले पड़ी मार को भूली नहीं। झट से कहती है–''पापा, अच्छे बच्चे फ्रूट नहीं माँगते।''

''नहीं, बेटा!''

''अच्छा। दादी, तू फ्रूट मत ला, दूध दे। मैं सोऊँगी।''

सन्तोष और पत्नी याद कर रहे हैं कि घर में रोटी के बाद फल खाने के लिए वे दोनों किस तरह मिन्नते करते हुए मीनू के पीछे घूमते हैं। वे सौ नखरे करती है, कई बातें मनवाती है, तब कहीं जाकर कुछ खाया करती है। अभावों की मार सच जल्दी ही समझा देती है। छोटी बच्ची है, कोई सन्दर्भ नहीं समझती, किसी का कुछ ज्ञान नहीं। फिर भी एक बार मार खाकर सच समझ गयी है। अगर यह अभावों से घिरे बैठे, चुपचाप जी रहे लोग सदियों से मार खाने के बाद चुप हैं, अपना जो है नहीं माँगते तो फिर हैरानी कैसी?

दोपहर हो गयी है। वे तीनों लेटे हैं। दादा–दादी पास ही के कमरे में लेटे हैं। मीनू और पत्नी सो गये हैं। सन्तोष को नींद नहीं आ रही। वह ग़ुसलख़ाने जाने के लिए उठता है। ग़ुसलख़ाने और साथ वाले कमरे की खिड़की जिसमें माँ–बाप सोये हैं, साझी है। वे दोनों आपस में बातें कर रहे हैं–

''सुनो जी, शाम को बाज़ार जाकर अण्डे, फल और थोड़ा–सा दूध ले आना। वह ग़ुस्से में पागल हो जाता है। फिर मीनू को मार बैठेगा।''

''अच्छा।''

''पैसे हैं? आख़िरी दिन हैं। ख़त्म हो गये होंगे।''

''नहीं हैं। माँग लूँगा।''

छोटी–सी चुप्पी। फिर माँ की आवाज़–

''सन्तोष जल्दी वापस जाने के लिए अगर कहे तो रोकना मत। अच्छा करता है, यहाँ नहीं आता।''

माँ का एक–एक शब्द किसी महामारी के कीटाणुओं की तरह सरसराता हुआ सन्तोष के शरीर में प्रवेश कर रहा है। फिर उसे लगता है कि ये कीटाणु दरवाज़े से बाहर निकल रहे हैं, निकल गये हैं,

आस–पड़ोस के घरों में जाकर लोगों के शरीर में घुस गये हैं। घर–घर में, शहर–दर–शहर कीटाणु पहुँच चुके हैं, महामारी फैल चुकी है। आदमी का आदमी से, माँ का बच्चों से, पिता का बेटे–बेटियों से सम्बन्ध काटती महामारी।

यही माँ है। न आने की वजह से कितना ग़ुस्से में थी, झगड़ती थी। ख़त लिखवाती थी। यहाँ पहुँचे थे तो आज सुबह इसका चेहरा कितना रौशन था। यही माँ है, चाह रही है मीनू, उसकी माँ और सन्तोष आज ही लौट जायें।

सन्तोष दीवार पर लगे शीशे में अपना चेहरा देखता है। अपनी सूनी–सूनी आँखों में अपने भविष्य के छोटे–छोटे दृश्य देखता है। मीनू बड़ी होगी, उसकी शादी होगी। वह अपने बच्चों के साथ उसके घर में आयेगी। तब शायद उसके साथ भी यही कहानी दुहरायी जाये? फिर वह आँखों पर हाथ मलकर इन दृश्यों को मिटा देता है। वह आज ही लौटने का निर्णय कर लेता है।

शाम का वक़्त है। सन्तोष रिक्शा बुला लाया है। तीनों रिक्शा में बैठते हैं। माँ कहती है–

"काका, यह क्या? कुछ दिन रहते।" वह झूठ बोल रही है।

"नहीं। कोई ज़रूरी काम याद आ गया है। फिर आयेंगे।" वह झूठ बोल रहा है।

दादी की आँखों में आँसू देखकर मीनू कहती है–

"दादी, अच्छे बच्चे रोते नहीं। मैं फिर आऊँगी। तब अण्डा भी नहीं माँगूँगी, दूध भी नहीं माँगूँगी, फ्रूट भी नहीं माँगूँगी। पापा ग़ुस्सा होते हैं।"

रिक्शा चल पड़ती है। दादा–दादी बहुत देर तक मीनू का हवा में उठा 'बाय–बाय' करता हाथ देखते रहते हैं।

क्या कोई यहाँ है?

गाड़ी इस स्टेशन पर सिर्फ़ आधा मिनट ठहरी। जब वह नीचे उतरा तो इसका किसी को भी पता न चला क्योंकि रात का एक बजा हुआ था और सब लोग सोये–अधसोये थे। प्लेटफ़ार्म पर पैर रखते ही पहला ख़याल उसके दिल में आया कि वह कुछ खाये। पिछले बारह घण्टे से वह सफ़र कर रहा था, लेकिन खाने को कहीं कुछ नहीं मिला। इस स्टेशन, इस स्थान, इस जगह पर वह पहली बार आ रहा था। उसे दो दिन पहले ही आज्ञा दी गयी थी कि इस शहर में आज तक कोई नहीं गया। वह जाये। पता करे कि आबादी कितनी है? अस्पताल है या नहीं? क्वार्टर कितने हैं? ताकि कम्पनी अपना छोटा दफ़्तर खोलने–न–खोलने का फ़ैसला ले सके। रेलवेवालों से पूछताछ करने के बाद उसे पता चला था कि सिर्फ़ इसी गाड़ी से यहाँ पहुँचना उसके लिए ठीक रहेगा।

उसने हाथ में पकड़ा बैग नीचे रखा। सर्द हवा ने आगे बढ़कर उसका स्वागत किया। प्लेटफ़ार्म के सिरे से हवा का एक गोला उठता है। गोल–गोल चलता हुआ आगे बढ़ता है। रास्ते में कोई रुकावट नहीं। गति पकड़ लेता है लेकिन वह जो खड़ा है, पूरी ताक़त से गोल घूमती सर्दी उससे टकराती है, इस रुकावट से भन्ना जाती है, उसे पूरी ताक़त से धक्का देकर आगे बढ़ जाती है। तब तक हवा का अगला गोला आक्रमण की मुद्रा में उसके पास पहुँच चुका होता है।

वह बाँह पर लटके कोट को खोलता है। दोनों बाँहें पीछे की तरफ़ फैलाता है। इस वक़्त वह भयानक रात–पक्षी–सा दिख रहा है। अभी शरीर की शक्ति पंखों में भरेगा, जिस्म तोलेगा और भारी उड़ान भरता हुआ ऊपर उठ जायेगा। कोट की बाँहों में उसकी बाँहें घुस गयी हैं। खुले हुए डैने नीचे आ गये हैं। वह ऊपर गले तक के सारे बटन बन्द कर लेता है।

उसने बैग उठा लिया है। चारों तरफ देखता है। जायज़ा लेता है लेकिन सारे प्लेटफ़ार्म पर उसे कहीं कुछ भी दिखायी नहीं देता। टीन की टेढ़ी छत से चिपका हुआ बिजली का एक बल्ब देखता है। रोशनी का छोटा गोला नीचे फैला हुआ है। वह बल्ब के नीचे आकर ठहर गया है। उसके क़दमों की आहट से टीन की छत के निचले हिस्से में बैठे कुछ परिन्दों की नींद टूटी है। तेज़–तेज़ चलकर उन्होंने अपनी जगह बदली है। छत के साथ उनके पंखों की रगड़ से खड़–खड़ की आवाज़ हुई है। ख़ाली कमरे के फ़र्श पर सर्र–सर्र भागते चूहों के दौड़ते पैरों की आवाज़। कट–कट करता कुछ। फिर सब कुछ चुप। वह दो क़दम आगे बढ़कर रोशनी के दायरे से बाहर निकल जाता है। परिन्दों ने उसे आगे बढ़ता देख लिया है। सुरक्षित होकर फिर से आँखें बन्द कर लेते हैं और छत के साथ चिपके हुए सो जाते हैं।

अब वह चौकस होकर खड़ा हो गया है। बड़ी देर से उसे लग रहा है कि सपाट प्लेटफ़ार्म पर कुछ चल रहा है। आँखें इस आकारहीन आकृति को ग्रहण करने की कोशिश कर रही हैं, अन्दर फेक रही हैं लेकिन उसकी चेतना और मस्तिष्क इसे कोई शब्द नहीं दे पा रहे हैं। उसकी सारी इन्द्रियाँ सिमट गयी हैं। लागतार बहती आकृति अब भी वह देख रहा है। फिर मद्धिम–सी सरसराती आवाज़ सुनता है। देखना–सुनना दोनों मिलकर अर्थ दे देते हैं। चलती हुई हवा। लेकिन वह तो विज्ञान पढ़ा है। धीरे बहती हवा क्योंकर दिखायी दे सकती है? सपाट प्लेटफ़ार्म पर, छोटे बल्ब की फ़ीकी रोशनी में एक झीना, वायवी–सा पर्दा हिलता हुआ उसे साफ़ दिखायी दे रहा है। अपनी ज़िन्दगी में पहली बार उसने हवा को देखा है। बैग उठाकर फिर से आगे बढ़ जाता है।

वह नज़र दौड़ाकर देख चुका है कि क़हीं भी खाने को कुछ नहीं मिलेगा। यह पता लगते ही उसकी भूख और बढ़ जाती है। वह पहले दर्जे में सफ़र करके आया है। बाक़ी की रात विश्राम–गृह में काट सकता है। एक कमरे के आगे ठहरता है, जिस पर लिखा हुआ है कि यहाँ आप विश्राम कर सकते हैं। वह जाली का दरवाज़ा खींचता है। असली दरवाज़े पर लटका काला–सा ताला देखता है और फिर से जाली का दरवाज़ा भेड़ देता है। अब वह थोड़ा चौकन्ना होकर सोच रहा है। बाहर खुले प्लेटफ़ार्म पर इस बला की सर्दी में रात काटना कठिन है। फिर वह

इतना लम्बा सफ़र करके यहाँ पहुँचा है। इतने घण्टों से न कुछ खाया, न कुछ पिया।

लेकिन वह अतिरिक्त घबराया हुआ नहीं है। उसकी उम्र लगभग तीस साल की है। दूसरे सब लोगों की तरह वह अब तक अँधेरे में रहने का, चलने का, जीने का, साँस लेने का और सोचने का आदी हो चुका है। वह सोच लेता है कि स्टेशन से बाहर निकलेगा। कोई–न–कोई होटल तो यहाँ होगा ही। रात वहीं काटेगा। बाहर जाने का लोहे का दरवाज़ा मुँह बाये खड़ा है। वह टिकटवाली खिड़की के पास पहुँचता है, जिस पर लिखा है कि यह चौबीस घण्टे खुली रहती है, लेकिन वह भी बन्द है। वह तीसरे दर्जे के विश्राम–गृह से बाहर क़दम रखता है और बाहर की सड़क पर पहुँच जाता है।

बाहर क़दम रखते ही उसे पहला एहसास यह होता है कि हवा की ठण्डी धार और तेज़ हो गयी है। इसकी आवाज़ भी बदल गयी है। दनदनाती हुई चल रही है। शहर–के–शहर सूने करती। लेकिन वह समझ चुका है कि आज की रात तो इस हवा के सामने ही काटनी है।

वह आसपास देख रहा है। दीवार की ओट के साथ लगी रिक्शा खड़ी है। उसका जी बढ़ जाता है। अब कहीं किसी से पूछना नहीं पड़ेगा कि होटल कहाँ है।

रिक्शावाला छोटी–सी सीट पर टाँगें छाती में घुसेड़े लेटा हुआ है। उसने एक मैली–सी चादर ओढ़ रखी है, लेकिन चादर इतनी झीनी है कि मुँह ढके होने के बावजूद उसमें से चेहरे की सारी आकृति सपाट दिखायी दे रही है। वह उसे जगाने के लिए मुँह खोलता है लेकिन कोई आवाज़ निकाले बिना उसे बन्द कर लेता है, क्योंकि उसकी निगाह चादर से बाहर निकल आये एक पाँव पर पड़ गयी है। पाँव अन्दर की ओर मुड़ा हुआ है–दात्री की तरह टेढ़ा। यह क्षण बहुत पीछे बचपन की ओर वापस लौट जाता है और व्यतीत तैरता हुआ, बहता हुआ इन क्षणों में आ सिमटता है। दादी की गोद। जलता हुआ लैम्प। रज़ाई में दुबका बैठा वह। दादी की सुनायी कहानियाँ। हमेशा भटकता कोई राजकुमार। प्रेतों और राक्षसों से युद्धरत। उसका दादी से डरते–डरते पूछना कि प्रेत कैसे पहचानते हैं। दादी का दबी आवाज़ में बताना कि प्रेत के पैर अन्दर की ओर मुड़े हुए होते हैं, फ़सल काटने वाली दात्री की तरह टेढ़े। लैम्प की रोशनी का और फीका पड़ जाना।

फिर वह सजग चेहरे से अतीत को पीछे धकेल देता है। पश्चात् वर्तमान से कटकर पीछे की ओर उल्टा बह जाता है और वह हाथ बढ़ाकर रिक्शावाले का कन्धा हिला देता है। वह एक झटके के साथ उठ ठहरता है। उसके जिस्म पर पहने लम्बे कोट को देखता है, हाथ में पकड़े बैग को देखता है, चेहरे पर फैले आत्मविश्वास को देखता है और डर जाता है। यह तो हमारा आदमी नहीं, किसी और का प्रतिनिधि है। इस तरह के लोग जब भी आते हैं, कुछ–न–कुछ खो जाता है। वह समझ गया कि आज उसकी बारी आ गयी है।

''किसी होटल में ले चलो।''

रिक्शावाले ने पैडल पर पाँव रखा। गद्दी पर बैठा। रिक्शा मोड़ी। मोड़कर रोकेगा, उसे बैठने के लिए कहेगा, लेकिन रिक्शा मुड़ने के दृश्य के पूरा होने से पहले वह समझ गया कि यह रुकेगी नहीं। रिक्शावाले अधखड़ा हुआ। दोनों पैडलों पर सारे जिस्म का ज़ोर डाला और खड़खड़ाती आवाज़ के साथ गति पकड़ता हुआ आगे बढ़ गया। मोड़ काटने से पहले उस आदमी ने पीछे मुड़कर ज़रूर देखा कि कहीं उसका पीछा तो नहीं किया जा रहा। खड़–खड़ की आवाज़ें छोटी–छोटी गेंदों की तरह अब भी हवा में इधर–उधर उछल रही हैं। फिर हवा बड़ी ज़ोर से इन्हें उछालती है और सब तरफ़ उछाल डालती है। एक–एक करके सारी आवाज़ें मर जाती हैं और वह फिर से अकेला इस तेज़ हवा के सामने खड़ा हो जाता है।

दूसरे लोगों की तरह वह भी अँधेरे का, रात का यात्री है। ऐसा कई बार हो चुका है कि वह आधी रात को शहरों में पहुँचा है, कोई सवारी नहीं मिली है, लेकिन फिर भी उसने रात काटने की कोई–न–कोई जगह खोज ही निकाली है। वह डरा हुआ तो नहीं लेकिन हैरान ज़रूर है। जगह–जगह यह सूनापन क्यों फैल गया है? न कहीं आदमी, न आदमज़ात। सब एक–दूसरे से डर रहे हैं। किसी अजनबी को देखते हैं तो पहली क्रिया भय की होती है और प्रतिक्रिया दहशत की। वह रिक्शावाला किसी सवारी के इन्तज़ार में ही तो स्टेशन के बाहर खड़ा था। फिर? आदमी को आदमी से दहशत हो गयी है। उसे अन्दर–ही–अन्दर एक कमीना सुख मिल रहा है कि लोग उससे भी डरना शुरू हो गये हैं। हम जिससे घृणा करते हैं, अन्दर–ही–अन्दर वही बनना चाहते हैं।

अत्याचार के ख़िलाफ़ लड़ने वाला जब शक्ति प्राप्त कर लेता है तो स्वयं कहीं बड़ा अत्याचारी बन जाता है। वह यहाँ छोटा ऑफ़िस खोलेगा, काम फैलायेगा, कर्ता–धर्ता वही होगा। उससे गहरी दोस्ती है, लेकिन शादी के लिए खुलकर हाँ नहीं करती। इसकी वजह वह भी जानता है। प्यार सिर्फ़ वक़्त–कटी ही तो नहीं रह गया है। शादी तो सुप्रबन्ध है। अब वह जल्दी ही यह सुप्रबन्ध कर लेगा।

सर्दी और हवा उसे मिलकर टहोका देते हैं–प्यार को फ़ुर्सत में सोच लेना, भोग लेना। उसकी व्यापारी–सोच इस निजता के बहाव को रोक देती है, काट देती है। अब वह स्टेशनी इलाक़े से बाहर आ गया है। दरम्यानी चौड़ाई की सड़क है। जैसे हर शहर में स्टेशन के बाहर सबसे पहले खाने–पीने की दुकानें होती हैं, वैसा ही यहाँ भी है लेकिन सब दुकानें बन्द हैं। कोई भी बाहर नहीं सोया हुआ। तो हैरान क्यों होते हो? कारण बताता है कि इस सर्दी में बाहर कोई क्योंकर सोयेगा। दुकानों के मुँह पर बड़े–बड़े तन्दूर बने हैं। ठण्डे गड़े हैं। ठण्ड में गुमसुम सिकुड़े बैठे हैं। उसके क़दमों की हल्की–सी आहट भी सर्वत्र ख़ामोशी की आवाज़–सी फटती फैलती है।

वह ठहर गया है। ज़मीन में हल्की–सी धमक हुई है। उसकी सारी इन्द्रियाँ सिमटकर कानों में आ गयी हैं। कुछ हिला है। कहाँ? कौन हो सकता है? वह तन्दूरों की ओर देखता है। क़ब्रिस्तान में लेटी हुई क़ब्रें उठ ठहरी हैं। सीधी खड़ी हो गयी हैं। कान आँखों को पकड़कर निगाह को एक तन्दूर पर केन्द्रित कर देते हैं। तन्दूर के निचले, सामनेवाले हिस्से में एक बड़ा–सा सुराख़ है। वहाँ से एक लम्बा–सा मुँह बाहर निकलता है। चाँद ऐन उस मुँह के ऊपर ठहर जाता है। मुँह पर का पिचका हुआ नाक बार–बार सिकुड़ता है, फैलता है। सूँघ रहा है। राख की तह से ढका हुआ आकृतिहीन मुँह। मुँह की आँखें इस पर पड़ गयी हैं। इसे दूर खड़ा देखकर कुछ आश्वस्त होती हैं। अब सरककर गर्दन भी बाहर आ गयी है। धीरे–धीरे शेष शरीर भी बाहर आ गया है। उसकी चौकस इन्द्रियों का खिंचाव कम पड़ गया है। कुत्ता है। इतनी सर्दी कि जानवर तन्दूरों की कोसी राख में घुसकर रात काटते हैं।

लेकिन नहीं, यह चौपाया अब खड़ा हो गया है। दो पाँवों पर। दो टाँगों पर। जिस्म पर लिपटी हवा–पंखे के कण–कण झाड़ रही है। यह

तो आदमी है। क़ब्र से बाहर निकल आया। चेहरे और शरीर का हर हिस्सा राख पुता है। चाँदनी इस राख सने शरीर पर पड़ती है, क्षणांश में मैली होती है और भर जाती है। वह राख–आकृति अब मात्र खड़ी होती है। भागते हुए हर दुकान के बाहर बने तन्दूर पर हाथ से थपाक करती जाती है। प्रत्येक उठ खड़ी हुई क़ब्र से एक–एक करके जीवित शव बाहर निकले हैं और पहली राख–आकृति के पीछे भागते हुए गली का मोड़ काट जाते हैं।

अब पहली बार उसे भय का एहसास हुआ है, लेकिन डरने की क्या बात है? कारण, शक्ति छोटे–से भय को धक्का देकर उसके अन्दर से बाहर फेंक देती है। भिखारी हैं। रात को कहाँ सोयेंगे? इन क़ब्रों की सुरक्षा ही उन्हें बचा सकती है। सब कुछ समझ में आ जाने के बावजूद डर उसके शरीर के बाहर थमा खड़ा है। इतने सारे जीवित लोग क़ब्रों में घुस गये हैं। अन्दर के अँधेरे, कोसी राख और अकेली ठण्ड की सुरक्षा में बैठकर अपने आप को बचा रहे हैं। इनके अपने अन्दर की शक्ति कहाँ गयी? इस शक्ति को कौन बूँद–बूँद करके सोख गया है? फिर एक क्षण के लिए उसके दिल में यह ख़याल आया ज़रूर कि क्यों न वह भी बाक़ी ठण्डी रात इस अधगर्म तन्दूर की सुरक्षा में काट ले? उसने अपनी इस क्षणिक कमज़ोरी को गाली दी और आगे बढ़ गया।

अब वह शहर की मुख्य सड़क पर चल रहा है। इतनी देर से बैग उठाया हुआ है। हाथ की उँगलियाँ बैग के हैंडल पर चमगादड़ के पंजों की तरह टेढ़ी होकर चिपक गयी हैं। वह सड़क पर बैग रखता है। जल्दी–जल्दी हाथ को खोलता है, बन्द करता है, फिर खोलता है। उँगलियों में रक्त का संचार शुरू हो जाता है। अब आगे कहाँ जायेगा? आगे जाकर होगा क्या? वह अपनी स्थिति का जायज़ा ले रहा है। उसे स्टेशन की सुरक्षा से बाहर आना ही नहीं चाहिए था। अँधेरे में चलने को क्या आगे बढ़ना कहा जायेगा? क्या वह लौट जाये? तेज़ हवा और अँधेरे का गठजोड़ हो चुका है। हवा उसे मारती है और अँधेरा हवा को ओट दे रहा है। कहीं–कहीं मकानों के बीच दुकानें ज़रूर होंगी, लेकिन इस अँधेरे में वह नाम तक भी तो नहीं पढ़ सकता।

चारों तरफ फैला गहरा चुप्प और घुप्प अँधेरा उसे हिलते हुए महसूस होते हैं। कोई कहीं चल रहा है। हवा का लगातार बहाव असन्तुलित हो

गया है। अँधेरे की काली चमड़ी हिल गयी है, लेकिन पैरों की आवाज़ तो सुनायी नहीं दे रही। तब उसे एक काला–सा आकार अपनी ओर बढ़ता दिखायी देता है जैसे अँधेरे को काटकर, तराशकर शरीर बना दिया गया हो। वह और उसका अन्दर मिलकर इस बढ़ते आकार को साँस रोके देख रहे हैं। सब तरफ़ फैले ख़तरे के एहसास ने उसे और चौकन्ना बना दिया है। चौकस कर दिया है। कुत्ता है। वह लम्बी साँस खींचता है–ख़तरा टल जाने की। जीवधारी तो है, उसकी तरह। तो क्या उसे आशंका थी कि कोई अशरीर जीव उसकी ओर बढ़ रहा था? यह तो सहज ज्ञान की बात है कि इतनी रात गये भी कुत्ते घूमते रहते हैं। उसका अन्दर इतना कस क्यों गया था? कार्य–कारण की शक्ति को क्या होता जा रहा है?

कुत्ता उसके पास आकर ठहर गया है। उसके बैग को सूँघता है, मुँह परे कर लेता है। फिर उसके चारों ओर छोटे–से दायरे में घूमता है और ऐन उसके सामने खड़ा हो जाता है। अब चाँद कुत्ते के थूथन पर आकर थम गया है। कुत्ता अपनी नाक को बार–बार सिकोड़ रहा है, फैला रहा है। वह उसकी आँखों में देखता है। लाल हैं। क्षणांश के लिए कुत्ते की आँखों में लालच–भरी चापलूसी उभरती है, जैसी कि पालतू कुत्तों की आँखों में आमतौर पर तैरती रहती है। फिर इस चापलूसी की जगह लालसा ले लेती है। आँखों का रंग लाल होना शुरू हो जाता है। कुत्ता सैकड़ों साल पीछे की तरफ़ यात्रा कर जाता है, लौट जाता है। घना जंगल, दनदनाता वह। साथ पूरा समूह। ताक़त का भरोसा। जिसे चाहा, चीर–फाड़ दिया। जंगल के अँधेरे में आग की छोटी–छोटी लपटों की तरह लपलपाती जीभें। स्प्रिंग की तरह कसा हुआ जिस्म। छलाँग। जिस्म में गड़ते दाँत। आखेट का मरने से पहले का संघर्ष। किसी को मारकर बार–बार अपनी ही शक्ति के सबूत से आश्वस्त होते संस्कार।

कुत्ते की जीभ तेज़ी से लपलपा रही है। इतनी सर्दी में भी जीभ से भूखे थूक की बूँदें नीचे ज़मीन पर गिर रही हैं। उसके सामने के नुकीले दाँत क्षणांश के लिए खुलते हैं, चाँदनी की रोशनी में चाकू की नोक की तरह चमकते हैं, बन्द हो जाते हैं। खुलते हैं, बन्द हो जाते हैं।

पहला ख़याल उसके दिल में आता है कि बैग उठाये और भाग खड़ा हो, लेकिन नहीं। जानवर से सामना होने पर भागना नहीं चाहिए, तेज़–तेज़ भी नहीं चलना चाहिए। पहला द्वन्द्व तो इच्छा शक्तियों में होता है।

मुख्य लड़ाई का हरावल तो यही है। पहले इच्छा शक्ति किसकी टूटती है? पहले वही मरेगा। जिस्मों की लड़ाई तो बाद में शुरू होती है। वह बैग उठा चुका है। सधे क़दमों से चल रहा है।

कुत्ता अपनी सदियों की पीछे की यात्रा से लौट आया है। वह जो तब था, अब नहीं रहा। स्वतन्त्र। दहाड़ता। दनदनाता। अपनी ही शक्ति के धनुष पर छूट जाने के लिए आतुर तीर। अचानक उसके गले से फँसी हुई आवाज़ें निकलना शुरू हो जाती हैं। वह पीछे मुड़कर देखता है। कुत्ते के गले से आवाज़ें किसी पिंजरे को तोड़कर बाहर आने की कोशिश कर रही हैं। हाँ, नगरपालिका की कुत्तागाड़ी में बन्द कुत्तों की आवाज़ें सुनी थीं न। मृत्यु के आभास से दहशत–ज़दा आवाज़ें। वह हाथ सड़क पर झुकाता है। बहाना करता है जैसे कि कोई पत्थर उठा रहा हो। फिर बाँह को ऊपर उठाता है। कुत्ते ने हवा में उछलते तेज़ पत्थर की क्षण भर पहले ही कल्पना कर ली है। 'कूँ–कूँ' की आवाज़ के साथ गली में मुड़ जाता है। उसके भागने से जो स्थान ख़ाली होता है, अँधेरे का सरकता सैलाब उसे झट–से भर देता है। हवा के झूले में अँधेरा फिर से तैरना शुरू कर देता है।

पता नहीं क्यों उसे अपनी बूढ़ी माँ का एक वाक्य याद आ जाता है। तब वह बहुत छोटा था। माँ बताती थी कि कुछ दिनों बाद हम नये देश में चले जायेंगे जो अपना होगा। तब फ़साद शुरू हो चुके थे। सरेशाम गलियाँ, सड़कें, मकान और बाज़ार सुनसान हो जाया करते थे। बलवई रात को ही मार करने के लिए निकला करते हैं। और माँ ने एक दिन उसके पिता से कहा था कि लोग डर गये हैं–उनके पीछे मृत्यु लगी हुई है। अब विशेष क्षण में यह विशेष वाक्य क्यों याद आ गया? वह भी मुड़कर देखता है–कहीं उसके पीछे भी तो कुछ लगा हुआ नहीं? नहीं। दिखायी तो कुछ दिया नहीं लेकिन तर्क तो सत्य को झुठलाता है। अपनी महसूस करने की ताक़त से, ज्ञानेन्द्रियों के माध्यम से, प्रभुज्ञान की राह से वह जान चुका है। उसे निश्चय हो गया है कि कोई कुछ पीछे लगा हुआ है। न वह ठहर सकता है, न चल सकता है। गर्दन के पिछले हिस्से पर गर्म हवा का स्पर्श होता है, किसी की गर्म–गर्म साँस है! वह झट–से कोट का उठा हुआ कालर नीचे कर देता है। गर्दन भी ठण्डी हो जाती है। यह ठण्डा होना उसे आश्वस्त कर देता है।

सड़क के किनारे के पेड़ के तने से लगकर वह थोड़ी साँस ले रहा है। पानी की छोटी–सी बूँद उसके गले पर पड़ती है। कालर के पास से क़मीज़ के अन्दर घुस जाती है और फिर उसकी छाती पर किसी कीड़े की तरह रेंग जाती है। बारिश नहीं, पत्तों पर जम गयी सर्दी धीरे–धीरे पिघल रही है। वह कन्धे सिकोड़ता है। क़मीज़ के बाहर हाथ से रगड़कर कमीज़ के अन्दर चल रहा कीड़ा मसल देता है। कालर उठाने के लिए हाथ उठाता है, फिर नीचे कर लेता है। गर्दन पर गर्म–गर्म श्वास के छू जाने की कल्पना ही उसे ठण्डा कर जाती है।

उसका 'होना' क्या है? उसके न होने से क्या होगा? सब ही न हों तो क्या अन्तर पड़ेगा? उसके अन्दर से एक नाम उभरता है–ईश्वर! फिर वह इस नाम को गले में ही दबा देता है। नाम याद करने पर ख़ुद को ज़लील गाली देता है। इतने सारे जीवित लोग शव बन गये हैं। सुख सिर्फ़ पोस्टरों में क़ैद हो गये हैं। अगर 'वह' है तो फिर आततायी है! सहारे के लिए, सहायता के लिए आततायी को बुलाना आत्महत्या है। सामनेवाले पेड़ की टहनी हिलती है। साथवाला पेड़ इस संकेत को ग्रहण कर लेता है। उसकी टहनियाँ भी हिलती हैं। फिर यकायक सारे पेड़ इस सांकेतिक भाषा में बातचीत शुरू कर देते हैं। टहनियाँ जहाँ वह खड़ा है, उसी कोण पर मुँह रखकर संवाद कर रही हैं। पत्ते मुड़ते हैं। रोशनी की बूँदें क्षणांश के लिए उनके पेट पर पड़ती हैं। रेंगते हुए साँप के पीले पेट की तरह पीले पत्ते। जिस तरफ़ से वह आया है, उसी तरफ़ लौट जाने के लिए टहनियाँ उसे कह रही हैं। वह इस ख़ामोश बातचीत को स्पष्ट समझ रहा है। हाँ, वह जहाँ से आया है, वहीं लौट जायेगा। वह फिर चल पड़ा है। शहर के बीचोबीच जंगल का एक छोटा–सा टुकड़ा है। आसपास पड़ी ईंटों से, बजरी से, वह अन्दाज़ा लगा लेता है कि जंगल का यह टुकड़ा अब बाग़ में बदल दिया जायेगा। वह ईंटों का ढेर फाँदकर जंगल की सीमा में आ गया है। एक बड़े पत्थर पर बैठ जाता है।

तभी उसे क़दमों की आहटें सुनायी देती हैं। लोग सैर के लिए निकल आये हैं! लेकिन इतनी जल्दी यह कैसे हो सकता है? फिर ज़मीन के ख़ाली टुकड़े में उसे कोई झुककर चलता दिखायी दिया।

अब उसकी सारी इन्द्रियाँ आँखों में सिमट आयी हैं। औरत है। बूढ़ी औरत है। काले पकड़े पहन रखे हैं। बड़ी–बड़ी आँखें हैं। वह मुँह ऊपर उठाती है। चाँदनी उसके चेहरे पर उछलकर बैठ जाती है। अब वह उसकी ओर देख रही है। बड़ी–बड़ी आँखों की अंगारे–सी गरमाई वह महसूस कर रहा है। कई बार बिना किसी तर्क की सहायता के, बिना बातचीत और बिना बहस के हम सत्य तक पहुँच जाते हैं। उसे देखकर उस औरत की आँखों में पहचान का, आश्चर्य का, चौंकने का अथवा किसी प्रकार का कोई भी भाव नहीं जागा।

इस औरत की आँखें हैं, लेकिन वह अन्धी है। उसे कुछ भी दिखायी नहीं देता। वह औरत फिर से चलना शुरू कर देती है, लेकिन किसी भी दिशा में आगे नहीं बढ़ रही। लगातार एक दायरे में घूम रही है। थोड़ी–थोड़ी देर बाद नीचे झुकती है और सूखी लकड़ी, टूटी टहनी उठा लेती है। उसने एक बग़ल के नीचे कुछ सूखी लकड़ियाँ दबा रखी हैं।

अब वह अपनी जगह से उठा। उसकी तरफ़ चल रहा है। उसके पैरों की धमक धरती से उठी, वायुमण्डल की लहरों पर फैली और उस औरत के पास पहुँच गयी। वह भी ठहर गयी है। वह सोच रहा है कि उससे पूछे क्या?

वह सूखी लकड़ियाँ क्यों चुन रही है? औरत ने फिर से दायरे में चलना शुरू कर दिया है। उसका साया उसके शरीर से लम्बा है, उसके आगे–आगे चल रहा है। अंगरक्षक है। वह इसके शरीर–गन्ध के आभास–माध्यम से इसके पास पहुँच गयी है। वह अपना प्रश्न दोहराता है–

''आप यह सूखी लकड़ियाँ क्यों चुन रही हैं?''

''शव जलाने के लिए। चिता के लिए।''

वह फिर से चलना शुरू कर देती है। किसी मन्त्र की एक पंक्ति वह लगातार दुहराये जा रही है। औरत थोड़ी दूर जाकर फिर ठहर जाती है। इसकी ओर उसका मुँह है। अन्धी आँखों से इसे देख रही है। बग़ल में दबी सूखी लकड़ियाँ टटोलकर देखती है–अभी कम है। शव के लिए थोड़ी पड़ेंगी। फिर दायरे में लगातार घूमना शुरू कर देती है। थोड़ी–थोड़ी देर बाद नीचे झुककर पेड़ की सूखी टहनी उठाती है और बग़ल में दबा लेती है।

बिना किसी तर्क के, बहस के, बातचीत के, कार्य–कारण के उसे दूसरे सत्य का पता चल जाता है। औरत उसकी चिता के लिए, उसका शव जलाने के लिए लकड़ियाँ चुन रही है।

वह पीछे मुड़ा। बैग उठाया। ईंटें फाँदकर सड़क पर आ गया। टुकड़ों–टुकड़ों में अन्दर बैठा भय आपस में जुड़ गया है। एक गोले की तरह उसके पेट में गोल–गोल घूम रहा है। वह और तेज़ चलना शुरू कर देता है। गोला और तेज़ चक्कर लगा रहा है। भय का गोला अब छाती पर आ गया है।

वह दौड़ना शुरू कर देता है। सन्नाटे में उसके दौड़ते पाँव फटते बारूद की तरह भयंकर आवाज़ें कर रहे हैं। मकानों के अन्दर क़ैद लोग सड़क पर फटती आवाज़ें सुन रहे हैं। बिस्तर पर लेटे बच्चों ने ये आवाज़ें सुनीं और माँ की छाती में दुबक गये। मर्दों ने ये आवाज़ें सुनीं और उन्होंने अपने कानों को हाथों से दबा लिया। दरवाज़ों के पास खड़े लोगों ने उसके पाँव की आवाज़ें सुनीं, लेकिन बाहर नहीं झाँका।

आतंक का गोला उसके गले में अटक गया है। साँस लेना दूभर हो रहा है। वह मुँह खोलता है। शरीर की सारी शक्ति लगाकर गोले को अपने गले से बाहर धक्का देता है। बाहर निकलते ही यह गोला छोटे–छोटे शब्दों में फूटकर छिटक जाता है। वह चीख़कर पूछता है–"क्या कोई यहाँ है?"

बिस्तरों पर लेटे हुए, दरवाज़ों पर खड़े हुए, कानों को हथेलियों से दबाये हुए सब लोगों ने उसके प्रश्न को सुना, लेकिन किसी ने भी उत्तर नहीं दिया। खिड़की के काँच पर क्षणांश के लिए रोशनी लपकी। फिर बुझ गयी। छिपकली की जीभ की तरह बाहर आयी, अन्दर चली गयी।

उसके गले में से दूसरा गोला फूटा, "इज़ देयर एनी बाडी देयर?"

वायु ने उसके वाक्य को आसपास के कई घरों में पहुँचा दिया। सबने फिर उसकी आवाज़ सुनी, लेकिन दरवाज़ा किसी ने भी न खोला। उसके बोलने से वायुमण्डल में जो कम्पन उत्पन्न हुए थे, फिर से समतल हो गये।

खिड़की के पास सिगरेट की लाल बिन्दी जलती–बुझती है। फिर खट की आवाज़ होती है तो सिटकनी लगा ली गयी है। वह बिल्कुल खिड़की के नीचे खड़ा होकर चीख़ता है–

"क्या कोई है? दरवाज़ा खोलो।"

उसका बोला वाक्य हवा के परों पर बैठकर ऊपर उठता है। खिड़की के पास पहुँचकर दस्तक देता है। खिड़की जेल के द्वार की तरह थोड़ी–सी खुलती है। एक चेहरा नीचे मुँह करके कहता है–

"चले जाओ, कहीं और चले जाओ। तुम भी मार दिये जाओगे।"

भड़ाक की आवाज़ा के साथ खिड़की बन्द होती है। वह तेज़ मोड़ काटता है। स्टेशन की तरफ़ मुँह करके दौड़ना शुरू कर देता है। हवा पीछे–पीछे दौड़ रही है–'चले जाओ, कहीं और चले जाओ' बोलते हुए। पेड़ों पर बैठे परिन्दे छोटी–छोटी उड़ान भरते हैं, फिर अपनी जगहों पर वापस जा बैठते हैं। हवा चलने से चुटकी भर रोशनी कहीं–कहीं छिटकी है, अँधेरे की छिपकली फिर इसे निगल जाती है। स्टेशन सामने है। वह धीमा हो जाता है। बोलती हवा उसे यहाँ तक खदेड़ने के बाद चुप होकर लौट जाती है।

वह स्टेशन के अन्दर गया है। प्लेटफ़ार्म पहले की तरह बिल्कुल सूना है। वह लगातार गर्दन घुमाकर बार–बार इधर–उधर देख रहा है, लम्बी दौड़ लगाने से पहले किसी डरे हुए पशु की तरह। उसने स्टेशन की घड़ी को देखा–एक बजा था। यह कैसे हो सकता है? वह जब यहाँ पर गाड़ी से उतरा था, उस वक़्त भी एक बजा था। वह अपने बड़े कोट की बाँह पीछे करता है। हाथघड़ी देखता है। वहाँ भी एक ही बजा है। कितनी देर से समय का बहाव थम गया है? यहाँ समय भी आगे नहीं चलता, बन्दी हो गया है। उसकी टाँगें अब भी काँप रही हैं। किसका भय है? कौन–सा भय है? वह क्यों डरे? किसने जोंक की तरह चिपककर उसके शरीर से ख़ून खींच लिया है, पी लिया है? अब वह टाँगें ज़मीन पर पटक रहा है, बाँहें ज़ोर–ज़ोर से हिला रहा है लेकिन जोंक तो अन्दर बैठी है। इस तरह से बाहर क्योंकर आयेगी? वह वापस जाकर क्या जवाब देगा? यहाँ से भाग क्यों निकला? लेकिन वह तो आया था। उसने तो अपना वादा पूरा किया था।

दूर से रोशनी का एक गोला इस ओर आता दिखायी दे रहा है। गाड़ी आ रही है। वह इसी गाड़ी से लौट जायेगा, लेकिन प्लेटफ़ार्म के पास दोहरी लाइन है। गाड़ी किस लाइन पर आयेगी? इतनी रात

गये कोई डिब्बे का दरवाज़ा न खोले तो? सही लाइन का पता होना ज़रूरी है।

तभी छोटा–सा लैम्प लिये एक आदमी उसकी तरफ़ बढ़ता चला आता है। सर्दी से बचने के लिए सिर–मुँह कम्बल से लपेट रखा है। उसकी आँखें तक दिखायी नहीं दे रहीं। उसके यह पूछने पर कि गाड़ी किस लाइन पर आयेगी, वह मुँह–सिर लिपटा आदमी दूसरी पटरी की तरफ़ इशारा कर देता है।

दूसरी तरफ़ तो प्लेटफ़ार्म नहीं? तो क्या हुआ? वह इस तरफ़ की पटरी के प्लेटफ़ार्म से नीचे उतरकर खड़ा हो जायेगा।

वह प्लेटफ़ार्म से नीचे उतर आया है। दोनों पटरियों के बीच जगह कम है। इसलिए वह इस तरफ़ वाली पटरी के बीचोबीच खड़ा है। रोशनी का गोला आगे बढ़ रहा है। दीवारों पर लगे पोस्टर पर यह रोशनी लगातार कूद रही है। पोस्टरों में बैठे शेर–शेरनियाँ उसकी तरफ़ देखकर मुस्करा रहे हैं। कागजों में से सरककर धीरे–धीरे बाहर आ रहे हैं।

रोशनी का गोला दूसरी पटरी पर बढ़ रहा है। वह इसी की ओर देखे जा रही है। अचानक गोला छलाँग लगाता है। प्लेटफ़ार्म के बाहर वाले सिरे पर पहुँचने से पहले गाड़ी ने पटरी बदल ली है। रोशनी का गोला उसकी ओर लपका आ रहा है। भागे। उधर छलाँग लगाये। रोशनी ने उसको क़ैद कर लिया है। उसने दोनों हाथ ऊपर उठा लिये हैं। रोशनी का गोला उसके ऊपर फटा कि फटा। गोले से टकराने के पूर्व उसने क्षणांश के लिए प्लेटफ़ार्म पर देखा। शेर–शेरनियाँ पोस्टरों से बाहर निकल आये हैं। मुसकराहटें और लम्बी हो गयी हैं। चिता के लिए सूखी लकड़ियाँ बीनती अन्धी बूढ़ी औरत प्लेटफ़ार्म पर खड़ी उसकी ओर देख रही है...गोला उसके ऊपर फटता है। उसके गिरने की किसी तरह की आवाज़ नहीं होती। बड़ी आवाज़ छोटी आवाज़ को खा गयी है।

गाड़ी आगे बढ़ गयी है। इस स्टेशन पर ठहरनी नहीं थी। शेर–शेरनियाँ पोस्टरों में लौट गये हैं। स्टेशन पर लगी घड़ी चलनी शुरू हो गयी है, लेकिन उसकी हाथ–घड़ी नहीं चली। शरीर के टुकड़े होने के साथ–साथ घड़ी के भी टुकड़े–टुकड़े हो गये थे।

जयहिन्द

बस शहर के अन्दर प्रवेश कर चुकी है। वह खिड़की से बाहर सिर निक. ाले हुए इस शहर की चमचमाती सड़कों, किनारों पर लम्बे सायेदार पेड़ों, उन पर दहकते लाल सुर्ख़ फूलों और क़तारों में बने एक–जैसे मकानों को हैरानी–भरी आँखों से लगातार देखे जा रही है। इस शहर के बारे में उसने बहुत कुछ सुन रखा था। हिन्दी के अख़बार में यह समाचार भी पढ़ा था कि दुनिया के सबसे ख़ूबसूरत शहर का इसे इनाम भी मिल चुका है!

उसका बाप इस शहर में पिछले दस साल से काम कर रहा है। वह अपनी माँ के साथ गाँव में ही जन्मी–पली है। बाप ने ही इस शहर में उसके लिए लड़का तलाश किया, शादी हुई और आज दुल्हन बनकर वह यहाँ पहुँच रही है। गाँव की सहेलियों ने उसकी क़िस्मत पर रश्क किया था। पक्के मकानोंवाले, पक्की सड़कोंवाले शहर में रहेगी–न गन्दा पानी, न कीचड़, न कीड़े और न बू। इसे कहते हैं क़िस्मत।

उसका पति उसे धीमी आवाज़ में बता रहा है कि यह शहर दो राज्यों की राजधानी है। दिल्ली की बड़ी सरकार इस शहर की अफ़सर है। पिछले पन्द्रह बरसों में उसने इस शहर की बहुत सारी इमारतों को बनाया है। फिर वह गर्दन अकड़ाकर उसे सूचना देता है कि वह छोटा–मोटा मज़दूर नहीं, हेड–मिस्त्री है। बड़ा मिस्त्री! सरकार के अफ़सर और ठेकेदार उसके हाथों के जादू की तारीफ़ करते हैं। जहाँ ईंट रख दे, वहाँ से एक सूत भी इधर–उधर करने की ज़रूरत नहीं होती!

वह गाँव के स्कूल में पढ़ी है। उसे हेडमास्टर शब्द का अर्थ पता है। पति भी हेड है। फिर तो बहुत सारे लोग उससे डरते होंगे, भाग–भागकर उसका काम करते होंगे। वह तो बस कुर्सी पर बैठा रहता होगा, टाँग–पर–टाँग रखकर।

हाय, कितना अच्छा शहर है। बस शहर के अन्दर दाख़िल हुई थी तो सड़कों के किनारे पर लगे बहुत बड़े बोर्ड पर लिखे इस वाक्य को कि–'शहर आपका स्वागत करता है!' पढ़कर वह हैरान और ख़ुश हुई थी।

शादी के लिए उसका पति और सास सिर्फ़ दोनों गाँव आये थे। पूरी बस करके बारात लाने की औक़ात उनमें न थी। अब बस धीमी होनी शुरू हो गयी है। साथवाली सीट पर बैठी सास उसका कन्धा छूकर कहती है–

"काकी, घुण्ड कर ले! घर आ गया!"

वह सिर पर से दुपट्टा आगे सरकाकर घूँघट निकाल लेती है।

वह सड़क के किनारे पर खड़ी है। पति दहेज में मिला ट्रंक उठाकर नीचे उतरता है, सास हाथ पकड़कर उसे नीचे उतारती है।

सड़क के किनारे एक पूरी–की–पूरी बस्ती बसी हुई है। दरवाज़े इतने छोटे कि अन्दर झुककर ही जाया जा सकता है। मिट्टी–गारे की बनी दीवारें, काली–स्याह टीन की छतें। जगह–जगह गँदले पानी के छोटे छोटे गढ़े रेढ़िगों पर सब्ज़ियाँ और दूसरा खाने–पीने का सामान रखे हुए चीख़ते हुए दुकानदार। कहीं कोई सायेदार पेड़ नहीं, सुर्ख़ दहकते फूल नहीं। उसके गाँव से भी ज़्यादा गन्दी और गलीज़ जगह। वह सकते में आ गयी है। अचानक वह ख़ूबसूरत शहर कहाँ ग़ायब हो गया? वह शहर, जिसके बारे में उसने इतना कुछ सुना है, अपनी चौथी की किताब में पढ़ा है!

अब वह अपने पति और सास के पीछे–पीछे चलती हुई झोंपड़ियों की तीन क़तारें पार कर चुकी है। वे लोग एक झोंपड़ी के आगे ठहर गये हैं। दरवाज़े की जगह पर पुराने तम्बू का बड़ा–सा टुकड़ा लटक रहा है। झोंपड़ के आगे बहुत–से लोगों की भीड़ लगी हुई है, उसका स्वागत करने के लिए। पति एक बूढ़े की ओर इशारा करता है। वह समझ जाती है कि उसका ससुर है। झुककर पाँव छूती है। सास उसे वहीं खड़ा रहने को कहकर झोंपड़ी के अन्दर चली गयी है। बाहर निकलती है तो हाथ में सरसों के तोल की शीशी है। उसे तम्बू के टुकड़े पर तेल गिराने के लिए कहती हैं। नयी दुल्हन का घर में प्रवेश होने से पहले दरवाज़े पर तेल गिराने का रिवाज़ है!

घर के अन्दर पाँव रखते ही पहला ख़याल उसके दिल में आता है कि वह एक अँधेरी गुफ़ा के अन्दर आ गयी है–न कोई खिड़की, न कोई

रोशनदान। किसी तेज़ गैस की तरह नीचे से, ऊपर से, दीवारों से और तम्बू के दरवाज़े से अन्दर आती हुई और फैलती हुई उमस, घुटन और बू। एकदम उसकी आँखों में अपने गाँव के आँगन में हाथ–पंखे की तरह धीरे–धीरे हिलते हुए नीम के पेड़ का दृश्य उग आया। फिर इस घर की गर्मी और अँधेरा उस पेड़ को खा गये।

वह चारपाई पर बैठ गयी है। पति पास ही पड़े टीन के ट्रंक पर बैठा है। आस–पड़ोस की औरतें अन्दर आ रही हैं। मुँह–दिखाई के पैसे उसकी झोली में डालकर बाहर निकल जाती हैं। एक बूढ़ी औरत झोली में पैसे डालने के बाद उसके पति से कहती है–''क्यों जयहिन्द, घरवाली आ गयी। मोया, अब मस्तियाँ मारना बन्द कर दे।'

औरत के जाने के बाद वह पति की ओर हैरानी–भरी आँखों से देखकर पूछती है–यह कैसा नाम है–जयहिन्द?''

पति का चेहरा कठोर पड़ जाता है। उसे एक–एक करके वे सारे मौक़े याद आ जाते हैं, जब इस नाम के कारण उसे अपमानित होना पड़ा। जिसने पहली बार यह नाम सुना, उसका मज़ाक़ उड़ाया। जिस दिन देश आज़ाद हुआ, उस दिन उसके पिता ने नशा किया था। अपने नेता का भाषण सुना था। बाप नशे में नाच–नाचकर सबको बता रहा था कि अब भूख के दिन, दुःख के दिन ख़त्म। अपना देश, अपना राज। बड़े नेता ने भाषण ख़त्म करने से पहले ज़ोर से एक शब्द कहा था–जयहिन्द! रेडियो पर भाषण सुन रहे उसके बाप और दूसरे लोगों ने ज़ोर के साथ कहा था–जयहिन्द! उसी रात वह पैदा हुआ। बाप ने उसका नाम 'जयहिन्द' रख दिया।

वह भी चार जमातें पढ़ा है। हाज़िरी बोलते वक़्त उसका नाम आता था तो सारे लड़के मिलकर कहते थे–जयहिन्द! झुग्गियोंवाली गली में वह लड़कियों के साथ खेलता था तो साथी उसे जयहिन्द कहकर तंग करते थे। पढ़ाई छोड़नी पड़ी। ईंट उठाकर मिस्त्री को देता था, ज़रा–सी देर लगती थी तो मिस्त्री कहता था–''ओये माँ दे जयहिन्द, ईंटें जल्दी पकड़ा!''

वह जब बड़ा हो गया, मज़दूर जीवन के सत्य का जब उसे पता चलना शुरू हो गया तब उसकी समझ में आया कि इस शब्द का अर्थ बदल गया है। जो लोग स्टेज से इसे बार–बार बोलते हैं, उन्होंने ही इसे गाली में बदल दिया है!

एक बढ़ी हुई दाढ़ीवाला जवान लड़का रात को मज़दूरों की क्लासें लिया करता था। उन्हें पढ़ना–लिखना सिखाता था। बताता था कि सरकार बदलने से हक़ नहीं मिल जाया करते। एक मालिक गया, दूसर आया। फ़र्क़ कहाँ से पड़ेगा! उस दाढ़ीवाले लड़के से उसने पूछा था कि लोग उसके इस नाम 'जयहिन्द' का मख़ौल क्यों उड़ाते हैं? दाढ़ीवाले ने बताया था कि ग़लत लोग जिस किसी चीज़ को इस्तेमाल करें, उसका अर्थ बदल जाता है। आज़ादी से पहले ग़रीब, भूखे–नंगे लोग यह शब्द सुनते थे तो उनका लहू ठाठें मारने लगता था। थोड़ा–सा अर्सा गुज़रा है। अब किसी को यह शब्द बोलते सुनकर उन्हें इसका अर्थ शोषण समझ में आता है। बिल्कुल इसी तरह 'जयहिन्द' का अर्थ भी बदल गया है। शब्द अपने अर्थ को खो चुका है। दाढ़ीवाले ने बताया था कि जब हम काम करने वालों का राज आयेगा, तब कोई भी इस नाम को गाली नहीं समझेगा।

बीवी अब भी उसकी ओर जवाब के इन्तज़ार में देख रही है। गर्मी की वजह से उसने सिर पर से चुन्नी उतारकर कन्धों पर गिरा ली है। उसका साँवला चेहरा दहक रहा है। झोंपड़ी में एक नशीली गन्ध फैल रही है। वह उसका हाथ पकड़कर धीरे–से दबा देता है। उसे बताता है कि बाप ने यह नाम क्यों रखा।

बाहर भाग–दौड़ की आवाज़ें आती हैं। बारिश की तेज़ बौछार पड़ रही है। उसकी सास और ससुर भागकर झुग्गी के अन्दर आ जाते हैं। वह फिर से चेहरा चुन्नी से ढाँप लेती है। थोड़ी देर के बाद बारिश बन्द हो गयी। ऊँची सड़क से बहकर सारा–का–सारा पानी नीचे झोंपड़ियों में आ गया है। बारिश शुरू हुई थी तो वह ख़ुश हो गयी थी–गर्मी कुछ तो कम होगी! लेकिन हुआ इसका उल्टा। यहाँ की मिट्टी से न तो वह अजीब–सी प्यारी–सी ख़ुशबू बाहर निकल रही है और न ही हवा में ठण्डक आयी है। सड़क से, बाहर के कीचड़ से सारी–की–सारी बदबू झोंपड़ी में घुस आयी है और धड़धड़ाती हुई गोल चक्कर काटे जा रही है।

कच्ची दीवारों पर निगाह पड़ती है। वह सिहर जाती है। छोटे–छोटे सूराख़ों से पतली टाँगों वाले काले–स्याह कीड़े–मकौड़े बाहर निकल आये हैं। क़तार–की–क़तार मुँह उठाये नीचे से ऊपर की ओर जा रहे हैं।

तभी झोंपड़ी के बाहर से कोई आदमी नाम लेकर उसके पति को बुलाता है। पति उठकर बाहर जाता है। उस आदमी का हाथ पकड़कर अन्दर लाता है, ट्रंक पर अपनी जगह बिठाता है। दाढ़ीवाला मुस्करा कर कहता है, "अरे, इनसे कहो मुँह से कपड़ा हटा लें। बेचारी गाँव की खुली हवा से आयी हैं। यहाँ साँस बन्द हो रही होगी।"

पति इशारा करता है। वह चुन्नी हटा देती है। पति बताता है कि यही रात को मज़दूरों को पढ़ाने आते हैं। हम अनपढ़ लोगों की तरफ़ से सारी लिखा–पढ़ी करते हैं। दाढ़ीवाला अख़बार में लिपटी सूती साड़ी निकालकर उसे देता है, फिर कहता है–"आपको पता नहीं जयहिन्द कितना अच्छा मिस्त्री है? सब लोग इसके इशारे पर चलते हैं। अब तो यह बड़ी–बड़ी किताबें पढ़ लेता है।"

वह ख़ुश हो जाती है। पति उस आदमी से पूछता है–"क्यों साथी, बस्ती का क्या फ़ैसला हुआ?"

अब वह सतर्क होकर बैठ गयी है। यह बस्ती का कौन सा झगड़ा और फ़ैसला है। दाढ़ीवाला मुँह नीचे करके बताता है–"भाई, जगह तो कल शाम तक ख़ाली करनी होगी।"

"क्यों?"

"जो सड़क शहर के अन्दर आती है, उसके सिर पर तुम लोगों की यह बस्ती है। बाहर के लोग आते हैं, तो क्या सोचेंगे? इसी शहर को दुनिया के ख़ूबसूरत शहर का इनाम मिला है!"

"लेकिन आप लोग बड़े कमिश्नर से मिलने गये थे, उसने क्या कहा?"

"भाई, चीफ़ कमिश्नर यहाँ फूलों का बाग़ लगाना चाहता है। तुम्हें पता नहीं, उसे सुन्दरता और कला से कितना प्यार है! उसकी किताबें सारी दुनिया में मशहूर हैं। वह चाहता है कि बाहर के लोग इस शहर में जब प्रवेश करें तो इस गन्दी बस्ती की जगह फूल, घास, पेड़–पौधे और सुन्दरता देखे।"

"और साथी क्या कहते हैं?"

"कहना क्या है? ग़ुस्से की बातें करते हैं। पुलिस से दंगा करना चाहते हैं। तुम उन लोगों को समझाओ कि चुपचाप कल सामान समेटकर यह जगह छोड़ दें। अभी लड़ाई का वक़्त नहीं आया। पिछली

बार ज़िद की थी तो क्या हुआ था? लाठी चली, सिर फूटे। लोगों को अपने सामान से हाथ धोना पड़ा। पुलिस तुम लोगों का सामान गाड़ियों में भरकर ले गयी थी।''

अब वह पहली बार दाढ़ीवाले से पूछती है, ''हम जायेंगे कहाँ?''

वह मुस्करा देता है–''डरिए मत! यह पहली बार नहीं हो रहा। बस्ती तीसरी बार उजाड़ी जा रही है। कल किसी नयी जगह बस जायेगी।''

वह चला जाता है। अब इस ख़ूबसूरत शहर से उसे डर लगने लगा है। बाहर जो लिख रखा है कि शहर आपका स्वागत करता है, वह सब झूठ है। पति आज पहली बार बेबस हुआ है। उसे किसी प्रकार का हौसला नहीं दे पा रहा।

रात घिर आयी। झुग्गी के बाहर ईंटों से बने चूल्हे पर सास रोटी बना रही है। गीली ज़मीन, गीली लकड़ियाँ और कसैला धुआँ, यह सब देखकर उसकी भूख मर चुकी है। अब काले लम्बे चींटे सिर्फ़ दीवारों पर ही नहीं चल रहे बल्कि नीचे ज़मीन पर भी फैल गये हैं। अन्दर आने वालों के पैरों तले आकर कुछ चींटे कुचले जा चुके हैं। वह देख चुकी है कि घर में दो चारपाइयाँ हैं। झोंपड़ी के बाहर बिछी हुई हैं। वहाँ सास–ससुर सोयेंगे। उसे नीचे ज़मीन पर पति के साथ सोना पड़ेगा। उसे चींटों और कीड़ों से बहुत दहशत है। पति से कहती है, 'मैं ज़मीन पर नहीं लेटूँगी।''

''क्यों?''

''मुझे चींटों से डर लगता है। बाहर चारपाई पर लेटेंगे।''

पति पहले सोचता है कि ना कर दे, लेकिन नहीं! नयी–नयी आयी है। कुछ दिन रहेगी तो यह सारे डर ख़त्म हो जायेंगे। वह 'हाँ' में सिर हिला देता है।

सास ने खाना सामने रख दिया है। घर में उसके पहली बार आने की ख़ुशी में हलवा बना है। वे लोग नीचे बैठकर ही खाना खा रहे हैं। पति थोड़ी–थोड़ी देर के बाद हाथ मारकर चींटों को परे कर देता है। वह अपने तहमद से हाथ पोंछकर फिर से खाना शुरू कर देता है। वह अपनी माँ–से हौले–से अन्दर सोने के लिए कहता है। सास हैरान होकर बहू को देखती है, फिर 'हाँ' कर देती है।

अब वे दोनों पास–पास बिछी चारपाइयों पर लेटे हैं। आसपास की

झुग्गियों के लोग खाने–पीने से फारिग होकर लेटने की तैयारी कर रहे हैं। पति बीड़ी–पर–बीड़ी सुलगाकर लोगों के सो जाने की प्रतीक्षा कर रहा है। कभी–कभी हाथ बढ़ाकर उसकी बाँहें या गाल को सहला देता है। ठण्डी हवा चल पड़ी है। अब वह बू, गर्मी, उमस और गन्दगी के बारे में कुछ नहीं सोच रही, कुछ नहीं महसूस कर रही। पति का छू लेना भर उसे अच्छा लग रहा है।

चारों ओर ख़ामोशी छा गयी है। झुग्गी के दायीं ओर ज़मीन का एक ख़ाली टुकड़ा है। काले रंग की बहुत सारी कारें वहाँ खड़ी हैं। वह पति से इनके बारे में पूछती है। पति समझाता है, ''किराये की कारें हैं। थोड़े दिनों के बाद ठेकेदार पैसे देगा। तुझे घुमाऊँगा।''

अब पति हौले–से सरककर उसकी चारपाई पर आ गया है। वह पहली बार पति के खुरदरे हाथों को अपने हाथों से पकड़कर सहलाती है। पति एक हाथ छुड़ाकर उसके गालों पर फेरता है। तभी एक टैक्सी मोड़ काटकर ख़ाली जगह की ओर मुड़ती है। पूरी–की–पूरी रौशनी इनकी चारहाई पर पड़ती है। वह उछलकर अपनी चारपाई पर आ जाता है। ड्राइवर ने इन्हें साथ–साथ लेटे देख लिया है। वह ज़ोर–से हॉर्न बजाता है। टैक्सी ख़ाली जगह पर जाकर ठहर जाती है। शायद उसने बाक़ी टैक्सीवालों को कुछ बताया है। उनके हँसने की आवाज़ यहाँ तक पहुँचती है।

अब वे दोनों बिना हिले–डुले अपनी चारपाइयों पर पड़े हैं। पति फिर से हाथ बढ़ाकर उसकी छाती पर रख देता है। अब उसके शरीर में तनाव आ गया है। वह पति के हाथ को ज़रा ज़ोर–से दबाती है। वह उसकी चारपाई पर आ जाता है।

टैक्सीवाले भी जानते हैं, आज शादी की पहली रात है। पति उसे बाँहों के घेरे में लेता है कि दो–तीन टैक्सियों की रोशनियाँ जल जाती हैं, लेकिन पति अब चारपाई से उठ नहीं रहा। वह उसे दोनों हाथों से धक्का दे रही है। हँसने की आवाज़ें फिर से सुनायी दे रही हैं। वह पूरे ज़ोर–से पति को परे धकेलती है।

''उठो, अपनी चारपाई पर जाओ।''

''क्यों? पागल तो नहीं हो गयी!''

"मैं कहती हूँ, उठ जाओ यहाँ से!"

वह देखता है कि पत्नी का साँवला चेहरा ग़ुस्से और नफ़रत से कितना अजीब और कठोर हो गया है। उसे थोड़ा–सा डर लगता है। दिमाग़ वहाँ से उठने के लिए कहता है, लेकिन शरीर साथ नहीं देता। वह फिर से उसे बाँहों में घेरना चाहता है। दो–तीन रोशनियाँ फिर जल उठती हैं।

इस बार वह उसे पूरे ज़ोर–से धक्का देती है। वह आधा चारपाई के नीचे लुढ़क जाता है। तेज़ कहकहों की आवाज़ उभरती है। उसका हाथ उठता है और पूरे ज़ोर से घरवाली के मुँह पर पड़ता है। थप्पड़ की आवाज़ ख़ामोश रात में गूँजती है।

वह चारपाई से उठकर सड़क पर उगी झाड़ी के पीछे चला जाता है। थोड़ी देर बाद लौट आता है। निढाल–सा चारपाई पर लेट जाता है। घरवाली उसकी ओर पीठ करके लेटी हुई है। उसने दोनों हाथों से अपना चेहरा ढाँप रखा है। उसका जिस्म बिना हिले–डुले कराा कराया चारपाई पर पड़ा है।

हवा चलनी बन्द हो गयी है। गन्दी ज़मीन से निकल रही गन्दी बू, उमस, गरम हवा फिर से चारों ओर फैल गयी है।

अश्वारोही

जार्जेट के पीले पत्ते–सी यह दोपहर नवंबर की।

हाँ, सबसे पहले याद आती है, तो वहाँ की धूप। किसी अभिजात वर्ग की महिला की–सी, धीरे–धीरे आती थी, चुपचाप सिमटी बैठी रहती थी और उसे वापस जाने की सदा बहुत जल्दी रहती थी। हम सब अपने कमरे में बैठे बड़ी आतुरता से उसकी प्रतीक्षा करते थे। उसके आने की आहटें जब छोटे–छोटे आकारों में लॉन में बिछ जाती थीं, तो उसकी अगवानी करने के लिए भागते हुए बाहर आते थे, लेकिन सुकान्त सबसे बाद में आया करता था।

मैं राधा के साथ छुट्टियाँ बिताने उनके यहाँ आयी थी। हम दोनों ने साथ ही एम.एस–सी. की है। उसका मकान बहुत दूर से दिखायी देना आरम्भ हो गया था।

मकान के बरामदे में पाँव रखते ही मैं आश्चर्यचकित ठहर गयी। मुझे भय लग रहा है। नये स्थान पर आने से जो उत्सुकता मन में उठती है, उसका कहीं नामोनिशान तक नहीं। इस मकान से इतने निकट का साहचर्य क्यों लग रहा है, जैसे एक लम्बी अवधि के बाद मैं 'अपने घर' लौट आयी हूँ।

लॉन में छोटी–छोटी कटी हुई घास का हरा कार्पेट बिछा है। छोटे–छोटे पौधों पर फूल बड़े गर्व से सिर ताने झूम रहे हैं और उनके पीछे यूक्लिप्ट्स के पेड़ों की पंक्तियाँ अंगरक्षकों की तरह बड़ी गम्भीरता से तनी खड़ी हैं। ये सब भी परिचित हैं।

हम सब चाय पी रहे हैं। राधा की माँ बहुत सुन्दर है। पीले रंग की साड़ी, गले में तराशे हुए काले पत्थरों की माला, बिल्कुल बीच में से काढ़े हुए बाल, किसी बौद्ध भिक्षुणी की तरह वात्सल्य से भरा चेहरा। मन चाहा, उनकी गोद में सिर रखकर ख़ूब ज़ोरो से रो दूँ।

और तब उन्होंने बताया कि सुकान्त आ गया है। उन्होंने बड़ी दबी आवाज़ में यह सूचना दी। मुझे लगा, कमरे में बड़े अदृश्य ढ़ग से कुछ घटना हो गयी है। राधा को देखा, उसका चेहरा भावविहीन हो गया है। माँ ने आगे बताया कि वह कुछ दिन पहले ही वापस आया है।

राधा ने अपने परिवार के सब सदस्यों की जानकारी तो मुझे पहले ही दे रखी है, पर यह सुकान्त कौन है, इस विषय में तो कभी कुछ नहीं बताया। इस पहाड़ी स्थान पर उन लोगों का सबसे बड़ा होटल है–सौ कमरोंवाला। उसके पिता तथा बड़े भाई सारा कामकाज देखते हैं। राधा ने बता रखा है कि वे बहुत रात गये घर लौटते हैं। दूसरे दिन कहीं दोपहर को ही वे अपने कमरों से बाहर निकलते हैं। बड़े भाई सेना में मेजर थे। भारत–चीन युद्ध में उनकी एक टाँग बेक़ार हो गयी, अतः समय से पूर्व ही सेना से निवृत्त हो गये हैं। पिता पहले छोटे ठेकेदार थे, द्वितीय महायुद्ध के दिनों व्यापार ख़ूब बढ़ा और जब देश स्वतन्त्र हुआ, तो आधे–पौने मूल्य में एक अंग्रेज़ से यह होटल ख़रीद लिया। बहुत–बहुत कमाई की। आरम्भ के दिनों में तो कुछ समय के लिए यह स्थान इस प्रदेश की राजधानी रहा, अतः प्रायः सारे कमरे सरकारी किराये पर चढ़े रहते थे।

हम तीनों ने एक साथ ही ऊपर देखा, एक बहुत लम्बा साया मेज़ पर पड़ रहा है। फिर राधा एकदम–से उठी और उससे लिपट गयी। राधा के सब प्रश्नों के उत्तर में, कितने दिनों के बाद मिले हो, आँख मारकर यह सूचना दी कि बहुत सुन्दर हो गये हो आदि। वह मात्र मुसकराता ही रहा। फिर उससे मेरा परिचय कराया गया, वह कुछ न बोला। अपनी माँ के पास ही सोफ़े पर बैठ गया। माँ ने उसका हाथ अपने दोनों हाथों में ले लिया। दोनों कोई बात किये बिना भी वैसे मुसकराये जा रहे हैं। बौद्ध भिक्षुणी–सी दिखने वाली माँ की आँखों में शताब्दियों का प्यार, बाढ़ आयी नदी की तरह उमड़ आया है, सब विचित्र लगा। वे मौन बैठे हैं, फिर भी यह आभास बड़े बल से हो रहा है कि लगातार आपस में बातें कर रहे हैं। उनके बीच कोई अदृश्य यन्त्र रखा है, जिसके माध्यम से वे एक–दूसरे को सब कुछ बता रहे हैं। माँ के छोटे–से कान के पास से एक–दो बाल बाहर लटक आये हैं। उसने बड़ी संगीतमय गति से हाथ उठाकर वे बाल पीछे कर दिये हैं। राधा ने कितनी देर हुई चाय का प्याला बनाकर उसके सामने रखा है। माँ ने उसे पीने को कहा, तो उसने उठा लिया।

यह बिल्कुल अजीब बात है कि उसने आधी बाँहों की क़मीज़ पहन रखी है, चाहे गले पर ख़ूब कसकर मफ़लर लपेट रखा है। इस नवंबर के महीने की सर्दी में स्वेटर और बड़ा कोट पहने होने पर भी मुझे ठण्ड लग रही है। उसका रंग एकदम गोरा है। अपनी माँ पर गया है। राधा तो साँवली है। सुकान्त का चेहरा लम्बा है। बालों को ख़ूब कसकर कंघी की हुई है—वे सिर पर इस प्रकार लेटे हैं, जैसे बाल न होकर कोई कपड़ा हो। उसकी आँखें सदा नीचे देखती रहती हैं। सबसे अधिक चौंका देने वाली अनुभूति यह हुई कि वह वहाँ है ही नहीं, किसी और स्थान पर बैठा है। यह बात सोचकर मैं उदास हो गयी।

मेरे पिता साहित्य के प्रोफ़ेसर हैं। जब वह शेक्सपियर अथवा इलियट की एक—एक पंक्ति पर घण्टों सिर धुनते रहते हैं, तो मुझे बड़ी हँसी आती है। इससे तो मेरा विज्ञान अच्छा है—एकदम तथ्य, किसी प्रकार का द्वन्द्व अथवा द्विधा नहीं। मेरे पास उनकी बातें सुनने, लेखकों, कवियों को पढ़ने का कभी समय ही नहीं रहा। एम.एस—सी. की है, अमेरिकी सरकार की स्कॉलरशिप मिल गयी है। कुछ महीनों में वहाँ चली जाऊँगी। विज्ञान में डॉक्टरेट करूँगी—बिल्कुल निश्चित लक्ष्य और सीधा रास्ता।

माँ ने उठकर बिजली जला दी है। सुकान्त की आँखें ऊपर उठीं और दरवाज़े पर लगे एक चित्र पर थम गयीं। मैंने उसकी निगाहों का असुरसण किया। इतनी दूर से स्पष्ट कुछ भी दिखायी नहीं दे रहा है। गहरे—मटमैले लाल रंग में लिपटी—लिपटायी दो आकृतियाँ हैं—एक दूर है, अस्पष्ट है, दूसरी अभी सामने ही है। लगता है, पहली आकृति की तरह यह भी अभी—अभी चलकर चित्र में से अन्तर्धान हो जायेगी। मैं उठकर वहाँ चली गयी।

चित्र काफ़ी ऊँचाई पर लगा है। शीर्षक अथवा चित्रकार का नाम भी पढ़ा नहीं जा रहा है। कन्धे के पास से आवाज़ आयी— "सबावाला का चित्र अश्वारोही है।"

न तो मुझे अश्वारोही शब्द का अर्थ समझ में आया है और न ही सबावाला नाम मेरे लिए कोई मतलब रखता है। मेरे चेहरे पर आये नासमझी के भाव उसने देख लिये हैं, अतः फिर बताया कि चित्र का शीर्षक है—'द राइडर्स'। उस दिन हिन्दी का ज्ञान न होने पर मुझे पहली बार शर्म आयी। सीखती भी कैसे? पहले सीनियर कैम्ब्रिज की, फिर

विज्ञान की पढ़ाई में इतने वर्ष लगे। जब मैं वहाँ से पीछे हटी, तो उसने कहा–"मुझे पक्का निश्चय है, मुझसे नहीं, किसी से भी नहीं, उस किसी से, जो वहाँ उस समय उस कमरे में उपस्थित नहीं है, एक दिन दूसरा अश्वारोही भी इस चित्र में से चलकर बाहर निकल जायेगा।"

और मुझे उसी सुकान्त से प्यार हो गया। इसमें शर्म आने की क्या बात है? जो सत्य है, उसको मेरा मन–मस्तिष्क सदा मानता रहा है। अपने को अब भी दोष नहीं देती। डेस्टिनी, हाँ डेस्टिनी ही मुझे घर से दूर यहाँ छुट्टियाँ बिताने के लिए ले आयी है। वह भी तो पहले यहाँ नहीं था। वही अदृश्य विधि उसे भी कुछ दिन पहले यहाँ वापस ले आयी है। इस सबका निर्णय तो शताब्दियों पूर्व हो चुका है कि मैं सुनीता एक दिन यहाँ आऊँगी और उस व्यक्ति से, जिसको जानना तो दूर, जिसके बारे में अभी कुछ सुना ही नहीं, जिसका नाम सुकान्त है, प्रेम करने लगूँगी। कोई सीमा और स्थिति प्रकृति में अब भी है, जो विज्ञान से परे है, कार्य–कारण सम्बन्ध से मुक्त है, तर्कातीत है। इस मिस्टर से मुझे प्यार हो गया है और भय भी लग रहा है।

हम सब उठे। राधा मेरा कमरा दिखाने के लिए साथ हो ली। वह भी हमारे पीछे–पीछे आ रहा था। उसके चलने से आहट तक न होती थी, जैसे कोई सीक्रेट सर्विस एजेंट रहा हो। कमरे में आते ही एक और बात का पता चला–उसकी खिड़कियाँ बाहर की ओर खुलती थीं। सुकान्त ने एक–एक करके तीनों को खोल दिया। मैं खुली खिड़की के पास आकर खड़ी हो गयी। नीचे देखते ही मन्त्रमुग्ध रह गयी। नीचे घाटी थी। उसका आरम्भ का भाग पीला दिखा, फिर जहाँ से धूप पड़नी कम हो गयी है, उसका रंग श्यामल था और नीचे पहुँचते–पहुँचते वह एकदम काली–स्याह हो गयी थी। नीचे जाने और कितनी गहरी होगी? वहाँ पर ठहरे हुए जो सबसे पहले विचार मेरे मन में आया, वह यह था कि नीचे छलाँग लगा दी जाये–देखूँ, भला इसका तल कहाँ है? फिर मैं बहुत डर गयी। लगा, उस अदृश्य यन्त्र द्वारा सुकान्त ने मेरे मन की बात सुन ली। उसने वह दरवाज़े जित्ती खिड़की बन्द कर दी।

शाम को हम सबको उनके होटल में ही खाना खाना था। मैंने राधा से शिकायत अवश्य की कि जब उसने मुझे परिवार के अन्य सब सदस्यों के बारे में बताया था, तो सुकान्त के बारे में रहस्य क्यों रखा? उसने कहा,

क्योंकि वह यहाँ नहीं था, अतः उसके बारे में कुछ बताना आवश्यक न समझा। यह उत्तर मुझे बेतुका लगा, पर बात को आगे बढ़ाने की ज़रूरत मुझे न लगी।

उसकी पैंट वही थी। एक पूरी बाँहोंवाली ऊँचे गले की जर्सी उसने पहन ली थी। उस पीली जर्सी से उसकी त्वचा का रंग इतना मिलता था कि पता चलना कठिन हो राह था कि जर्सी कहाँ समाप्त होती है, और उसका गला कहाँ से आरम्भ होता है? माँ कैसी स्नेहसिक्त आँखों से उसे देख रही है, जैसे वह कोई छोटा–सा बच्चा हो, जिसे हाथ बढ़ाकर गोदी में ले लेने को सभी का मन मचल रहा हो। बैठक में रखी पुस्तकों के नाम मैंने पढ़ लिये थे। यह मैं जानती हूँ कि ये पुस्तकें राधा न पढ़ती होगी। उसका मेरी तरह कला अथवा साहित्य से दूर का भी सम्बन्ध नहीं। तो ये सब माँ की होगी। शरत् तथा रवीन्द्र की पुस्तकों के पूरे सेट सजे रखे थे। यह शायद शरत् का ही प्रभाव है कि उस लड़कियों–से दिखने वाले लड़के का इतना कोमल नाम–सुकान्त–उन्होंने रखा।

होटल सचमुच बहुत बड़ा है। डाइनिंग हॉल को देखकर यह आभास हुआ, जैसे कोई ऑपेरा हाउस हो। पिता ने कैसे सहज भाव से राधा को गोद में उठा लिया है। मुझे देखते ही मेरा माथा चूम लिया। उनकी बड़ी–बड़ी मूँछों का स्पर्श कितना नटखट है। वह कितना ऊँचे बोलते हैं। ये पंजाबी लोग सारी बातें कितने ज़ोरदार तरीक़े से कहते हैं। बड़े भाई ने भी आगे बढ़कर हमारा स्वागत किया। बनावटी टाँग के कारण कुछ लँगड़ाकर चलते हैं, परन्तु फिर भी सैनिक अधिकारियों की तरह उनमें चुस्ती–दुरुस्ती अभी तक है और उनका लहजा बहुत अधिकारपूर्ण है। राधा से बड़े निश्चल–भाव से पूछा कि उसका कहीं कोई अफ़ेयर चला है या अभी वैसी ही है–अपने विषय की तरह–ड्राई और बोर।

जैसे अँधेरे में माचिस की तीली जले और सब कुछ उजला जाये, वैसे ही मेरे मन में यह बात कौंध गयी कि सुकान्त का स्वागत करना तो दूर, किसी ने उसकी ओर देखा तक नहीं। कहीं कोई दुराव है–टेंशन है। मात्र माँ और उसके बीच कोई पक्की सन्धि है। माँ थोड़ी–थोड़ी देर बाद उसकी बाँह को उँगली से छू देती है और उस पीली जर्सी से पीले चेहरे पर बड़ी मीठी मुसकराहट फैल जाती है।

बार के पास बहुत ऊँचे स्टूल रखे हैं। सुकान्त ने दो डग भरे, वहाँ पहुँच गया, स्टूल को थोड़ा टेढ़ा किया और उस पर बैठ गया। यह सब कुछ इतने मशीनी ढंग से हुआ कि मैं समझ गयी, वह इसका अभ्यस्त है। पिता के चेहरे पर पल–भर के लिए खिंचाव आया, माँ ने देखा, वह मूक–सी प्रार्थना करती लगी और उनका चेहरा पहले की तरह स्वस्थ हो गया।

बार के सामने लगे बहुत बड़े दर्पण में वह पूरा–का–पूरा दिखायी दे रहा है। वह बार–बार यान्त्रिक ढंग से माथे पर पीछे की ओर हाथ फेरता है, जैसे बालों की किसी लट को पीछे कर रहा हो, हालाँकि उसके माथे पर एक बाल भी न आया हुआ था।

खाने की मेज़ के चारों ओर बैठे हम सब बातचीत जारी रखने की चेष्टा कर रहे हैं। नाटक के उन पात्रों की तरह इसमें असफल हो रहे हैं, जो अपनी भूमिका और संवाद, दोनों भूल गये हों। फिर वेटर ने हम सबके आगे प्लेटें लगानी आरम्भ कर दीं। मैंने सोचा था, उसकी प्रतीक्षा की जायेगी, उसे बुलाया जायेगा, पर नहीं, मुझसे पूछे बिना न रहा गया तो माँ ने बताया, वह फिर खा लेगा। मुझे क्रोध आ गया। इन सबका व्यवहार उसके प्रति इतना शत्रुतापूर्ण क्यों है? मैं उठी और एकदम से उसके पास पहुँच गयी। उसने मुझे जाते हुए दर्पण में अवश्य देख लिया होगा, पर इसका ज़रा भी आभास मुझे न दिया। मैंने माँ की तरह उसकी बाँह छू दी। जब वह मुड़ा और पूरी आँखें खोलकर मेरी ओर देखा, तो मेरा तो जैसे लहू जम गया। उसका चेहरा बिल्कुल मृत था पर आँखें चमक रही थीं–बहुत ज़ोर से। धीरे–धीरे उसका चेहरा सहज हो गया–समाधि टूटने के बाद, शरीर शायद किसी बहुत लम्बी यात्रा से लौट आया है। उसके चेहरे पर वही पीली–उदास मुसकान लौट आयी है। जब मैंने उसे बताया कि हम खाने के लिए उसकी प्रतीक्षा कर रहे हैं, तो बिना किसी हील–हुज्जत के वह खाने की मेज़ पर मेरे साथ आ गया। सब लोग इतनी देर से हमें 'वॉच' कर रहे हैं। उसने बैठते ही माँ की ओर देखा। दोनों में मौनालाप हुआ और फिर सब कुछ ठीक हो गया। तब उसने कहा–

तेज़ थी इतनी कि सारा शहर सूना कर गयी
रात–भर बैठा रहा मैं उस हवा के सामने।

पिता के चेहरे पर यह सुनते ही फिर से क्रोध के भाव आ गये। फिर इस शत्रुतापूर्ण व्यवहार के सारे कारण समझ में आ गये। यह कामकाजी आदमी हैं, सुकान्त के शराब पीने और कविताएँ पढ़ने की आदत के कारण उससे नाराज़ रहते हैं। फिर शायद राधा ने भी मेरे पूछने पर आज शाम ही तो बताया था कि वह कोई काम नहीं करता। सारा दिन या तो कविता–पुस्तकें पढ़ता रहता है अथवा झील पर जाकर शिकार करता रहता है।

जब हम उठे, तो रिकॉर्ड प्लेयर पर नूरजहां गा रही थी–

आहें न भरी शिकवे न किये
कुछ भी न ज़बा से काम लिया।

हम लोग अन्दर बैठे हैं। दोपहर होने को आयी है। मैंने तो फिर भी हीटर लगा रखा है। सुकान्त माँ के पास बैठा अंग्रेज़ी की कोई कविता सुना रहा है। मैं सोच रही हूँ, पापा यहाँ होते तो उनका मन ख़ूब लगता। सारा दिन उसके साथ कविताओं में उलझे रह सकते थे। राधा बार–बार बाहर देख रही है। रोशनदान थोड़े–से उजले हो गये हैं। देवदार के बड़े–बड़े वृक्ष मज़े से झूम रहे हैं। उनकी लम्बी टहनियाँ किसी शरारती बालक की तरह हाथ हिलाकर हमें बाहर बुला रही हैं। एक छोटी–सी पीली–सी किरण दरवाज़े के पास बड़े दबे पाँव आयी है और सहमी बैठी है। राधा बाहर जाती है। वापस आकर बताती है कि धूप आ रही है, जैसे वह कोई बड़ी महत्त्वपूर्ण सूचना दे रही हो। लॉन के ठीक सामने पहाड़ की एक चोटी है। उसके पीछे से सूर्य रेंग–रेंगकर ऊपर चढ़ आया है। क्षण–भर में लॉन का रंग बदल गया–साँवले से पीला सुनहला हो गया जैसे किसी मायावी ने अपने थैले से निकालकर धूप वहाँ फैला दी हो। राधा भागकर बाहर चली गयी, मैं और माँ भी पीछे–पीछे हो लीं।

माँ के लम्बे बाल आज खुले हैं। चेहरे का दायाँ भाग लगभग ढका हुआ है। हवा चलने से बाल हिलते हैं, तो भ्रम हो जाता है जैसे कोई काला नाग वहाँ पर सरक रहा हो। बड़ी–सी बिन्दी माथे पर गोल अंगारे–सी दहक रही है। राधा स्वेटर बुन रही है। मैं अगाथा क्रिस्टी का उपन्यास पढ़ रही हूँ। वह दरवाज़े पर दिखा। सोचा 'हमारे पास थमेगा' पर नहीं, चुपचाप पास से निकल गया जैसे हम वहाँ पर हों ही नहीं।

माँ–बेटी के चेहरे पर तो कोई भाव न आया, लेकिन मुझे बुरा लगा। यह भी कोई बात है? शिष्टाचार भी तो कुछ होता है। वह दूर एक कोने में बैठ गया और एक कविता की पुस्तक पढ़ने लगा। मैंने उपन्यास बन्द करके नीचे रख दिया। काले पुलोवर में वह किसी आर्केस्ट्रा का निर्देशक लग रहा है–अभी हाथ उठा दे तो संगीत की एक सिम्फ़नी बह निकले। मैं अनजाने में शायद काफ़ी देर से उसकी ओर देखे जा रही हूँ। मुझे इस प्रकार देखना नहीं चाहिए था। बीच में कितना ही अन्तराल क्यों न हो, किसी अदृश्य ढंग से शरीर का शरीर से, आत्मा का आत्मा से सम्बन्ध स्थापित हो जाता है। यही तो सम्मोहन है। हमारे बीच एक अदृश्य सम्बन्ध स्थापित हो गया है। उसके शरीर ने शायद मेरी बातों को रिसीव करना आरम्भ कर दिया है। उसने सिर उठाकर देखा और फिर हाथ हिलाकर मुझे बुला लिया और मैं उठकर बिना क्षण भर सोचे उसकी ओर चल पड़ी। अब सोचती हूँ तो यही निर्णय करती हूँ कि वह क्षण ही, जब मैंने उसे लगातार देखा था, इस सारी स्थिति का केन्द्रबिन्दु है, जब उसकी आत्मा ने मुझे पुकार लिया था। मै उसके पास बैठ गयी। उसके हाथ में एक लम्बी–सी पुस्तक है, जिसका नाम मैं न पढ़ पायी। वह इसे खोल लेता है। मैं जानती हूँ, माँ–बेटी अवश्य हमारी ओर देख रही हैं। माँ का मन तो बहुत कड़ा है। क्या मेरे मन की बात अभी तक न समझी होगी? उसने धीमे स्वर में एक कविता पढ़नी आरम्भ कर दी–

जार्जेट के पीले पल्ले–सी यह दोपहर नवंबर की
आलिंगन में घायल फूलों की माला–सी
सोने के हंसों–सी धूप यह नवंबर की
साँझ हुए हंसों–सी दोपहर पाँखें फैला
नीले कोहरे की झीलों में उड़ जायेगी।

और बिना किसी कारण के उसके कन्धे पर सिर रखकर मैं फूट–फूटकर रोने लगी। उसने मेरा चेहरा अपने दोनों हाथों में ले लिया। उन रहस्यपूर्ण एक जोड़ी आँखों ने झट–से मेरे आँसू सोख लिये। उसके हाथों की मज़बूत पकड़ ने मेरे तन–मन को आश्वासन दिया था तो साथ–ही–साथ डरा भी दिया था। यह मुझसे कुछ पूछता क्यों नहीं? मेरी आत्मा की प्रत्येक बात को क्या डिटेक्टिव की तरह पहले से ही समझ लेता है? अब सोचती हूँ कि क्या वह कविता सुनने पर मेरी रुलाई फूटी थी या वातावरण इतना शून्य था कि मैं रो पड़ी। या सुकान्त की

उपस्थिति ही रुला देने के लिए बहुत काफी थी अथवा प्यार हम सबको निर्बल बना देता है। तब मेरा कविता से दूर का भी सम्बन्ध न था। यह भी न जानती थी कि यह कविता किसकी है। अब जान गयी हूँ। अब तक धूप अपने घर जाने के लिए उठ पड़ी है। मैं ओर सुकान्त घर के अन्दर जाने के लिए उठे। जब माँ–बेटी के पास पहुँचे, तो उन दोनों का चेहरा देखकर मैं उलझन में पड़ गयी–जहाँ पहले इन दोनों की आँखों में मेरे प्रति प्यार–आदर का भाव बहता था, वहाँ अब अवहेलना की आग जल रही है। तो अब माँ भी सुकान्त के विरोधियों में सम्मिलित हो गयी हैं। यह किस जन्म का बैर है कि मेरा उसके थोड़ा–सा समीप होना इतना कुछ हो गया? माँ का चेहरा कैसे एक उपेक्षित कोण पर तना हुआ है। और मैं यह देखकर आश्वस्त हो गयी कि इस सबका सुकान्त पर कुछ प्रभाव नहीं पड़ रहा है। वह उसी निर्विकार ढंग से मेरा हाथ पकड़े हुए है। उसने माँ को बताया कि उसने मुझे कविता सुनायी है। उसकी आवाज़ सुनते ही जैसे जादू हो गया। माँ फिर से स्नेहमयी हो गयीं, लेकिन राधा वैसे ही विरोध का भाव धारण किये बैठी रही। कर ले जो उसका जी चाहे। मुझे अच्छी तरह जानती है। क्या इसके न चाहने से मैं सुकान्त से परे हट जाऊँगी?

और फिर सुकान्त का भी तो कुछ पता नहीं चलता। इतने दिनों से यहाँ हूँ, प्रायः साथ रहते हैं, फिर भी निजी प्रकार का कोई प्रश्न आज तक मुझसे नहीं पूछा। यह निर्णय करना भी तो कठिन हो जाता है कि किसी कविता की पंक्ति कोट कर रहा है अथवा अपनी बात कर रहा है? अब जैसे दरवाज़े के अन्दर पाँव रखते हुए उसने कहा, ''अशोक वृक्ष के नीचे एक श्वेत चीता सो रहा है।''

मैं आज तक यह निश्चय नहीं कर पायी कि उसने यह बात मुझसे कही थी, या किसी से भी नहीं, जैसा कि उसका स्वभाव है, और इसी बात ने मुझे मोह लिया है।

कमरे के अन्दर जाते हुए अचानक सबावाला की पेंटिंग पर फिर निगाह पड़ गयी। दूसरा अश्वारोही अब भी उसमें से निकल भागने की चेष्टा कर रहा है।

स्मृति कोई हिंसक जंगली पशु है, जो घात में लगी बैठी रहती है। हमारे थोड़ा–सा भी सचेत न रहने पर अँधेरे में से छलाँग लगाकर आ दबोचती है। फिर जब तक कोई क्षत–विक्षत न हो जाये, कहाँ छोड़ती है?

झील का काला जल चादर–सा बिछा हुआ है। सुकान्त और सुनीता यहाँ बैठे हैं, परिवार के सदस्य थोड़ी दूर पर लेटे विश्राम कर रहे हैं। पक्षियों के समूह–के–समूह किसी अजान प्रदेश की यात्रा पर उड़े जा रहे हैं। बर्फ़ गिरने के दिन समीप जो आते जा रहे हैं। सारे–के–सारे पक्षी झील के दूसरे किनारे की ओर से उड़ान भर रहे हैं और उसकी बन्दूक़ वैसी–की–वैसी पड़ी है। इतनी दूर तक वह मार नहीं कर सकती। कोई पक्षी उसकी पहुँच में आयेगा तो ही उसे मारेगा।

उन दोनों की निगाह एक ही समय आकाश की ओर उठी। एक जलपाँखी अपने समूह से अलग होकर वापस लौट आया है। वह किसी लड़ाकू विमान की तरह सिर उठाये ऊपर की ओर नब्बे के कोण पर उड़ा जा रहा है। सुनीता ने सोचा, यह अपने झुण्ड में सम्मिलित होने के लिए लौटा जा रहा है।

यह भी सुकान्त की बन्दूक़ की रेंज में नहीं आयेगा। कितनी तीव्र गति से अपने शक्तिशाली डैने फैलाये उड़े जा रहा है? अब नहीं आयेगा, नहीं आयेगा।

आयेगा, लौटकर आयेगा। उसने हाथ बन्दूक़ पर रख दिया है। इसे आना है। उसे सुकान्त को थोड़े कुछ करना है? पक्षी की आत्मा पर तो बहुत समय पूर्व ही इस गोली का नंबर लिखा जा चुका है। आखेट को तो अपने आप अहेरी के पास आना है और प्रार्थी बनकर कहना है–मुझे मारो। मेरे प्राण मुक्त करो। देखो, मैं आ गया।

अब उस जलपाँखी ने डैने हिलाने बन्द कर दिये हैं। थोड़ा–सा कोण बदलकर उसने नीचे की ओर डाइव कर दिया है। अब उसके पंख शरीर से बिल्कुल सटे हुए हैं–किसी बमवर्षक विमान की तरह जैसे अबाध गति से अपने लक्ष्य की ओर बढ़ा चला जा रहा है। चाहे भी तो डाइव को बीच में तोड़ नहीं सकता।

सुनीता ने इतना ही देखा कि बन्दूक़ उठी, उसके कन्धे तक पहुँची और धाँय की एक आवाज़ हुई। यह सारी प्रक्रिया ठुमरी की तरह बड़े लयबद्ध ढंग से सामने आयी। गोली उसकी लम्बी ग्रीवा पर लगी है। पानी की सतह पर गिरने के पूर्व एक बार फिर उसके पंख खुले। उसकी आत्मा ने अन्तिम क्षणों में भी अहेरी से संघर्ष करने की चेष्टा की। पानी के तल के साथ उड़ता हुआ वह जलपाँखी दूर, बहुत दूर, झील के दूसरे किनारे पर जो लगभग आधा मील परे रहा होगा, जा गिरा।

सुकान्त अब पक्षी को लाने की चेष्टा करेगा, पर वह तो बिल्कुल निश्चल बैठा है।

उस पक्षी की सीटी की तेज़ आवाज़ गोली की आवाज़ के साथ अब भी गूँज रही है। परिवार के दूसरे सदस्य भी अब इधर देख रहे हैं। वे लोग उठ खड़े हुए हैं और इधर ही आ रहे हैं।

उस दिन सुनीता के मन में क्या किसी प्रेत का वास हो गया था? मुस्कान से पूछा–"पक्षी को उठाकर लायेगा नहीं क्या?" सुकान्त ने उसकी ओर देखा, फिर झील के दूसरे किनारे की ओर देखा। यदि वहाँ तक चक्कर काटकर जायेगा, तो कम–से–कम तीन मील की दूरी हो जायेगी। उसने कपड़े उतारे और ठीक उस पक्षी की तरह झील में डाइव कर गया।

क्या सुनीता जानती न थी–दिसम्बर के दिन हैं, झील का काला जल बीच में कई स्थानों पर पाले के कारण जम चुका होगा। सच है। किसी प्रेत ने, जो मन में आ बैठा है, उससे सुकान्त को पक्षी लाने के लिए कहा है। परिवार के सब सदस्य अब भागते हुए उधर जा रहे हैं। माँ सबसे पहले पहुँची है। उनका जूड़ा खुल गया है। वह बड़े ज़ोरों से हाँफ रही हैं। फिर उन्होंने बहुत लम्बा श्वास खींचा और ज़ोर–से बोलीं–"सुकान्त!" पहाड़ों ने जवाब दिया–सुकान्त। स्थिर जल पर, वायुमण्डल में ध्वनियाँ फैलीं–सुकान्त।

उनके गले में इतनी ज़ोर–से बोलने के कारण नीली नसें उभर आयी हैं। इतनी कसी हुई हैं, जैसे 'चटाक' से अभी टूट जायेंगी।

राधा, पापा भी पहुँच गये हैं। अपनी बनावटी टाँग के कारण मेजर साहब सबके बाद में आये। इतनी सर्दी में भी उनके चेहरे पर पसीना चू रहा है। दूर, काले जल में एक हाथ उठा। शायद माँ की आवाज़ की प्रतिध्वनि उसने सुन ली है।

"सुकान्त, लौट आओ!" माँ के गले पर फिर से शंख सरीखे उभार उभर आये हैं पर नहीं, सुकान्त आगे की ओर तैरता जा रहा है।

माँ ने उसकी ओर देखा। बिना पूछे सुनीता ने बता दिया कि उसने ही वह पक्षी उठाकर लाने को कहा है।

"मैं जानती थी, तुम मेरे बेटे की हत्या करके ही चैन लोगी। अब उसे लौटाकर लाओ, लौटाओ।"

उसकी रुलाई फूट आयी है। मेजर, पापा। राधा सब चुप खड़े हैं।

"अरे हत्यारे, खड़े क्या देख रहे हो? भागकर मोटरबोट लेकर उसके पीछे जाओ। मेरे सुकान्त को कुछ हो गया तो...?"

तीनों को जैसे होश आ गया। सब लोग चौकीदार के केबिन की ओर भागे।

यह सब हो–हल्ला देखकर वह बहुत डर गयी है। माँ ने फिर से अपने पर अधिकार कर लिया है। उसने उनका हाथ कसकर पकड़ लिया है। फिर दोनों का शरीर उड़कर जैसे तैरते हुए सुकान्त के शरीर के पास पहुँच गया है। एक उसके दायें तैर रही है, दूसरी बायें। उसके लौट आने के लिए तीन आत्माएँ संघर्ष कर रही हैं।

अब सुकान्त उस किनारे पहुँच गया है। उसने दोनों हाथ हिलाये, जो इतनी दूर से छोटे–छोटे सिग्नल–से लग रहे हैं। उसने पक्षी उठाया। उसके पंखों को अपनी गरदन के पीछे की ओर फैलाकर गाँठ दे दी और इस ओर लौट आने के लिए फिर से झील में छलाँग लगा दी।

नारी का शरीर प्रेरणा केन्द्र है तो पुरुष की आत्मा संग्रहण–उपकरण है। बीच में कितनी ही दूर हो जब नारी–शरीर वायुमण्डल द्वारा समाचार सन्देश देना आरम्भ करता है तो पुरुष–शरीर उसी क्षण उसे ग्रहण कर लेता है। वहाँ तक आवाज़ नहीं पहुँचती, फिर भी सुकान्त जानता है कि वे दोनों उसे बुला रही हैं, डर गयी हैं। वह और तेज़ी–से तैरने की चेष्टा कर रहा है।

दोनों साँस रोके खड़े हैं। दोनों की आत्माएँ बहुत कड़े संघर्ष में पड़ गयी हैं। शरीर वहाँ से अनुपस्थित है और सुकान्त की सुरक्षा के लिए उसके साथ हो लिया है।

अब वह दिखायी दे रहा है। फिर उसका आगे बढ़ना थम गया। अब वह एक ही स्थान पर बड़ी तेज़ी–से हाथ चला रहा है, परन्तु आगे बिल्कुल नहीं बढ़ पा रहा है। जाते हुए जिस जलमार्ग से गया था, उसका पानी अभी जमा न होगा। अब किसी ऐसे जलभाग में फँस गया है, जो पाले के कारण बर्फ़ बन गया है। उसके शरीर की छटपटाहट को इतनी दूर खड़ी ये दोनों अनुभव कर रही हैं।

मोटरबोट की गर्जना सुनायी दी। अब तक किनारे पर बहुत–से लोग जमा हो गये हैं। झील के किनारे बने बोटिंग क्लब से फ़ोन करके डॉक्टर को भी बुलाया जा चुका है।

मोटरबोट वहाँ पहुँची, उसे उठाकर बीच में डाला गया और अब वह द्रुत गति से वापस लौट रही है। मेजर साहब ने उसे कन्धे पर उठाया, बनावटी टाँग के होते हुए भी चार लम्बे डगों में स्ट्रेचर तक पहुँच गये।

उसका शरीर बर्फ़ में हुए संघर्ष के कारण स्थान–स्थान से कट गया है। माँ ने उसका ख़ून–भरा हाथ अपने हाथों में ले लिया है। क्षण–भर के लिए उसने आँखें खोलीं, दोनों में उस चिर–परिचित मुसकान का आदान–प्रदान हुआ। डॉक्टर ने कोई टीका लगाया।

राधा उस जलपाँखी के पंखों की गाँठ खोलकर उसके गले से अलग करती है। फिर इसे भी सुकान्त के पास स्ट्रेचर पर लिटा देती है। आखेट और अहेरी कितनी शान्ति से आसपास लेटे हैं।

सुकान्त ख़तरे से बाहर है। यदि थोड़ा समय और बोट वहाँ न पहुँचती, तो जाने क्या हो जाता? रक्त बहुत बह गया है। इसलिए कमज़ोरी तो होगी ही।

उस असमय में जाने मुझे क्या सूझी कि मैंने माँ का हाथ पकड़कर उन्हें बता दिया कि मैं सुकान्त से प्रेम करती हूँ। यह सुनकर वह प्रसन्न न हुई। उस बौद्ध भिक्षुणी–सी दीखने वाले चेहरे पर शताब्दियों का घनीभूत दुःख उभर आया।

आजकल वह कुरते में ही लेटा रहता है। सुनीता को यह रहस्य पता चला कि वह मात्र ऊँचे गलेवाले पुलोवर क्यों पहनता है! उसके गले की दायीं ओर उभरी हुई कण्ठ–हड्डी के पास एक बहुत लम्बा घाव है। शायद किसी जंगली पशु ने यह घाव किया होगा। सुकान्त ठीक हो जाये, तो पूछेगी कि यह कैसे हुआ?

माँ ने दो दिन से अन्न ग्रहण नहीं किया। इस जानलेवा ठण्ड में नंगे पाँव चलती हैं। उनके माथे की बिन्दिया और बड़ी हो गयी है, और अधिक दहक रही है। उनके हाथ में आजकल पुस्तकें नहीं, रुद्राक्ष की माला रहती है।

वह सुबह–शाम रोज़ मन्दिर जाती हैं। तब ही अन्न खायेंगी, जब सुकान्त चारपाई से उठेगा। आज सुनीता भी उनके साथ मन्दिर चल पड़ी है। सुकान्त सोया हुआ है। बाज़ार में एक शिव–मन्दिर है। सोचा, माँ वहाँ जायेगी, परन्तु नहीं। वह एक पगडण्डी से नीचे उतर रही है। आजकल

वह नहीं के बराबर बातचीत करती है। वे दोनों वहाँ पहुँच गयीं। मन्दिर बहुत जीर्ण–शीर्ण स्थिति में है। सामने गन्दे पानी का तालाब है। पीपल के बने पेड़ पर बैठे अनगिनत परिन्दे गरदनें झुकाये प्रार्थनारत हैं। दोनों ने तालाब में पाँव धोये।

दोनों अन्दर गयीं। उसके पाँव दरवाज़े पर ही थम गये। माँ काली का मन्दिर है। ताम्रवर्णी मूर्ति उस आधे अँधेरे में भी चमक रही है। किसी तेज़ सुगन्धवाले पदार्थ का ढेरों धुआँ उड़ रहा है। साँस लेना भी कठिन हो रहा है। सुनीता चाहने पर भी आँखें बन्द नहीं कर पा रही। उस बौद्ध भिक्षुणी–सी सुन्दर, सुकोमल माँ की पूज्या देवी कितनी विकराल है? फिर उसने भी माँ काली से वर माँगा–सुकान्त के चिर संग का।

माँ भी वरदान माँग रही हैं–यह साँवली लड़की, जिसका नाम सुनीता है, किसी यक्षिणी–से भरे–भरे शरीरवाली लड़की यहाँ से अपने–आप चली जाये। माँ काली, यह श्यामली तो अब मुझे अच्छी लगने लगी है। तुम तो सब आपदाओं का सत्यानाश कर देती हो, क्या मेरे सुकान्त को इससे न बचा सकोगी? अब उस दिन की सारी घटना का तुम्हें पता है। इसके कारण ही सुकान्त मरते–मरते बचा। माँ, इस मोह से मुझे बचाओ, सुकान्त को बचाओ। उसके साथ ठहरती है, तो लगता है, जैसे जन्म–जन्मान्तर से उसकी संगिनी है,पर वह तो माया है। सुकान्त की आत्मा में प्रवेश पा गयी तो उसका क्या होगा? माया ने कभी किसी को कोई सुख दिया है क्या? मैं तो इसे पहले दिन देखते ही जान गयी थी कि न तो इसके भाग्य में सुख है और न उसके, जो इसके साथ रहेगा। माँ, तुम तो सर्व दुःखहारा हो, शक्तिमयी हो, इस विपत्ति से बचा लो, नहीं तो मेरा विश्वास टूट जायेगा।

दोनों वापस आती हैं, पीपल के पत्ते और उस पर बैठे पक्षी अँधेरे में गुम हो गये हैं। वह माँ से कुछ पूछना चाह रही है। कल रात शायद पिता बहुत पीकर आये थे। माँ का रोटी न खाना, नंगे पाँव चलना उन्हें पसन्द न था। बहुत ऊँची आवाज़ में उन्होंने कहा था– ''अब क्या तुम भी जान दे दोगी? मैं कुछ कहता हूँ, सुकान्त सबको एक–एक करके मार देगा, पर याद रखो, कुछ हो गया तो मैं उसको गोली मार दूँगा। तुम्हारा लड़का ख़ूनी है। इससे तो अच्छा था कि वह वापस ही न आता।''

वह जानती है, पिता नशे में ऐसी बातें कह गये हैं। सुकान्त और हत्यारा? फिर भी उसने माँ से पूछ ही लिया।

"तो तुमने रात को उनकी बातें सुन लीं? हाँ सुनीता बेटी, वह एक प्रकार से ठीक ही कहते हैं। सुकान्त की एक बड़ी बहन थी, मात्र एक वर्ष बड़ी थी। दोनों में बहुत प्यार था। वह भी अपनी इस बेटी को पूजा–प्यार की दृष्टि से देखते थे, क्योंकि उसके जन्म के पश्चात् ही उसका व्यापार एकदम बढ़ा–चढ़ा था। दोनों एक ही कक्षा में साथ–साथ पढ़ते थे। उन दिनों सुकान्त को पिता ने एक नयी मोटर साइकिल ले दी थी। वह दिन जब वह घटना घटी, मुझे अब भी याद है। दोनों बहुत सुन्दर लग रहे थे। जब वह भाई के पीछे बैठी, तो इस दुर्घटना का आभास मुझे पहले ही हो गया, पर मैं करमजली उस समय चुप रही। माँ काली ने रात ही सपने में बरजा था कि उसे सुकान्त के साथ न भेजूँ। उस दिन मौसम बहुत अच्छा था। सड़क पर फ़ौजी ट्रकों का बहुत बड़ा क़ाफ़िला नीचे आ रहा था। फ़ौजी ट्रक एक बँधी गति के साथ सदा एक लाइन में चलते हैं। सुकान्त जन्म से ही सारे काम को बहुत जल्दी करता है। वह तंग पहाड़ी सड़क पर एक–एक गाड़ी को बड़ी तेज़ी से काटकर आगे निकल रहा था और पीछे बैठी बहन और भी तेज़ चलने के लिए उसका उत्साह बढ़ा रही थी। सुकान्त ने एक ट्रक से अपनी मोटर साइकिल आगे बढ़ायी ही थी कि सामने से एक बस आ गयी। वह घबरा गया। उसने गलत साइड की ओर ले जाकर मोटर साइकिल बचाने की कोशिश की। बस छूकर आगे निकल गयी। वह मोटर साइकिल से छिटककर नीचे जा गिरा, परन्तु एक बहुत बड़े सैनिक ट्रक का पहिया बेटी की छाती पर से गुज़र गया। वहीं, उसी पल उसकी मृत्यु हो गयी। जब उसे घर लाये, तो क्षण भर के लिए भी यह सन्देह न होता था कि वह मर चुकी है। चेहरा बिल्कुल न बिगड़ा था। लगता था, अभी–अभी अपनी विशेष मुद्रा से झटककर उठ बैठेगी। उस रात सुकान्त के पिता ने दुःख और नशे में इसे गोली मारने की कोशिश की, परन्तु उनका निशाना चूक गया। तब से वह इसे अपनी बड़ी बेटी का हत्यारा समझते हैं। फिर सुकान्त का यहाँ रहना कठिन हो गया। वह दार्जिलिंग एक पर्वतारोहण संस्था में शिक्षण के लिए चला गया।

कोई चिन्ता नहीं। वह किसकी परवाह करती है। आज ही पापा को पत्र लिखेगी। स्पष्ट बता देगी, वह सुकान्त से विवाह करना चाहती है। आग लगे अमेरिका जाने को। उसने प्रथम श्रेणी में एम.एस–सी. कर रखी है।

खड़े–खड़े किसी भी कॉलेज में नौकरी मिल जायेगी। पापा उसे अच्छी तरह से जानते हैं। कोई विरोध करके देखे तो सही।

सुकान्त ठीक हो गया है। दोनों बहुत लम्बी सैर करने को जाते हैं। घर के अन्य सदस्यों ने अब उसकी स्थिति को स्वीकार कर लिया है। फिर पिता आजकल शायद रोज़ पीकर आते हैं। सुकान्त ठीक से चलने–फिरने लगा है। माँ अब भी नंगे पाँव ही रहती हैं। जाने और कौन सी मुराद माँ काली से माँग रखी है?

पेड़ चुपचाप खड़े उनका आना–जाना देखते रहते हैं। पत्र–पुष्प–विहीन उनका शरीर कितना गरिमापूर्ण लगता है! सुकान्त बहुत लम्बे–लम्बे क़दम उठाता है। उसे एक प्रकार से भागकर उसके साथ चलना पड़ता है। जाने कहाँ पहुँचने की इतनी जल्दी सब समय उसे रहती है। वह पूछती है कि सब कुछ जानते हुए भी वह उस दिन झील में क्यों कूद पड़ा था? फिर उस किनारे पर थम जाता, वापस तैरकर आने की चेष्टा क्यों की? सुकान्त उसे चकित होकर देखता है–''तुम स्वयं मुझे बुला रही थीं और अब तुम्हें कुछ भी याद नहीं? तुम भी तो मेरे साथ–साथ तैर रही थीं।'' हाँ, सुकान्त ठीक कहता है। सचमुच जब वह लौट रहा था तो वह उसके साथ ही तो थी।

आजकल वह थोड़ा–बहुत बोलने लगा है। उसका कम बोलना सुनीता को बिल्कुल अखरता नहीं। इसी स्वभाव ने तो उसका मन मोह लिया है। फिर सुकान्त और वह आपस में बोलें भी तो क्या? इतनी शताब्दियों की जान–पहचान है, कहने–सुनने को बाक़ी रह ही क्या गया है। सुकान्त अपने आप बताता है ''आजकल रोज़ रात को मुझे एक ही सपना बार–बार आता है। मैं एक बहुत तेज़ भाग रहे अश्व पर बैठा हूँ। उसका अंग–प्रत्यंग प्रत्यंचा की तरह कस गया है। मैं उसे रोकने की भरसक कोशिश करता हूँ, पर वह है कि अन्धड़–सा भागा ही जा रहा है। और जानती हो, उसका रंग क्या है? सफ़ेद, बिल्कुल सफ़ेद।''

स्मृति घास में दुबके बैठे मटमैले साँप की तरह है। ज़रा–सी चूक हुई कि कैसे छिटककर सिर उठाती है और डस लेती है। यह स्मृतिदंश कितना विषाक्त होता है? तन और मन, दोनों को इसके विरुद्ध चौकस रखना कितना आवश्यक है?

वह फिर से वही पीला पुलोवर पहनने लगा है। आज दोपहर को अकेला ही जाने कहाँ निकल गया। फिर पिछले दो दिनों से उसकी आँखों में इतनी सारी अस्वाभविक–सी दिखने वाली चमक कहाँ से आ गयी है? पहले उसने सोचा, माँ से पूछे, वह कहाँ गया है? फिर विचार बदल दिया। तभी उसके शरीर में ख़तरे के सिग्नल जलने–बुझने आरम्भ हो गये। हो न हो, वह होटल में ही गया होगा। वह बड़ी तेज़–तेज़ चलकर वहाँ पहुँच गयी। उसका विचार ठीक निकला। सुकान्त उस बड़े से हॉल में अकेला बैठा पी रहा है। सारा हॉल ख़ाली पड़ा है। वह सुकान्त के साथ, पास बैठ गयी। आज उसे स्पष्ट लगा कि इस घर में कोई रोमांचपूर्ण नाटक चल रहा है। पिता इतने दिनों से लगातार पी रहे है, देर से घर आते हैं। बेटा कल तक ठीक था, आज दोपहर से ही वह पीने लगा है। ये सब लोग क्या किसी त्रासदी के पात्र हैं? क्या अदृश्य सूत्रधार इनके प्राणों पर अधिकार किये बैठा है, जो बिना कोई कारण बताये इनसे यह सब कुछ करवा रहा है।

उसकी उपस्थिति का पता सुकान्त को इतनी देर बाद चला है। उसके मुँह पर वही पीली–सी मुसकराहट लौट आयी है। वह बताता है–"मैं अकेला तो न बैठा था। मेरे पास अभी–अभी 'कोई' बैठा था, इस पासवाली कुर्सी पर। तुम्हारे आने पर वह 'कोई' उठ गया।"

तो इसे आज ख़ूब नशा हो चुका है। सुनीता सोचती है कि यह सब कुछ देखते हुए भी वह इससे विवाह करने का अपना निश्चय बदल क्यों नहीं देती। पर नहीं। बाहर बर्फ़ गिरनी आरम्भ हो चुकी है। खिड़कियों के शीशे पर किसी पक्षी के सफ़ेद पंखों की तरह बर्फ़ छू–छू जाती है और फिर वायु के स्पर्श के नीचे गिर जाती है। एक–दो व्यक्ति भागकर अन्दर आ गये हैं। उन्होंने उत्तरी ध्रुव के यात्रियों की तरह कपड़े पहन रखे हैं। शरीर का अंग–प्रत्यंग ढक रखा है।

सामनेवाला बड़ा दरवाज़ा खुलता है। यहाँ से गिरती हुई बर्फ़ का कटा हुआ दृश्य दिखायी देता है। फिर वेटर दरवाज़ा बन्द कर देता है, लेकिन खिड़की पर बर्फ़ की दस्तकें लगातार सुनायी दे रही हैं। बर्फ़ जैसे कोई अतिथि हो, जो खिड़की के रास्ते अन्दर आना चाहती हो।

सुकान्त के हाथ मेज़ पर रखे हैं। उसकी लम्बी पीली उँगलियाँ

रोशनी की लकीर की तरह वहाँ पर सोयी हुई हैं। शायद किसी ग्राहक ने वेटर को रिकॉर्ड लगाने के लिए कहा। बड़े गुलामअली ख़ां की आवाज़ उभरती है–

का करूँ सजनी आये न बालम...

उसने पहली बार नोट किया कि सुकान्त की नाक थोड़ी–सी टेढ़ी है, इसीलिए इतनी प्यारी लगती है।

सुकान्त कब से युद्ध कर रहा है, परन्तु वह निर्जन का विस्तार है कि बढ़ता ही जा रहा है। पृथ्वी एक छोर से दूसरे छोर तक बर्फ़ के अथाह विस्तार में लीन हो गयी है और वह चलता ही जा रहा है। और तो सब कुछ भूल गया है, यही चलने की क्रिया है, जो मस्तिष्क पर सदा रेंगती रहती है। यहाँ से वहाँ तक, इधर–से–उधर। वह चाह रहा है, यह जो ठुमरी चल रही है, इसके एक–एक शब्द को सम्बल बना ले और इस अपार विस्तार से बाहर निकल आये। उसका निस्तार हो जाये–'आये न बालम...'

सुनीता सोच रही है, इसे साथ ले जायेगी। सजे–सजाये सुकान्त को उसके साथ देखकर उसकी सखियाँ जल न जायेंगी क्या?

सुनीता उसके हाथ को अपने हाथों में पकड़कर दबा रही है। वह फिर उसके पास लौट आया है।

"जब मैं सवेरे उठा तो वे सब मर चुके थे।"

वह अब डर गयी है। जाने उसे कितना नशा हो चुका है। वह पूछती है, कौन सब मर चुके थे? वह उसकी बात का उत्तर नहीं देता, बात आगे बढ़ाता है–"मैं बिल्कुल अकेला था। पर नहीं, मैं अकेला नहीं था। सदा मेरे साथ कोई चलता रहता था–कभी दायें, कभी बायें, कभी आगे। मैं उससे बातें करता रहता, परन्तु वह कभी मेरी किसी बात का उत्तर न देता।"

वह उसको बाँह से पकड़कर ज़ोर–ज़ोर से हिला रही है। वहाँ बैठे उन दे आदमियों को भी 'कुछ होने' का आभास शायद हो रहा है। "देखो, मत आओ। वह पक्षी आ गया है। लोहे के बड़े–बड़े पंखोंवाला। तुम भी आओ, मेरे साथ चलो।"

और फिर वह उसके कन्धे पर सिर रखकर सो गया। उसके बाल सुनीता के कण्ठ से छू रहे है। कितना सुख मिल रहा है। वह थक गयी है। जाग जाये तो आतंकपूर्ण बात फिर आरम्भ कर देगा। कल जब होश में आयेगा, तो ख़ूब डाँटेगी।

मेज़ पर सात मोमबत्तियाँ जल रही हैं और रोशनी की सात गोल परछाइयाँ छत पर पड़ रही हैं। आज रात सब लोग घर पर ही खाना खा रहे हैं। इतने टूरिस्ट आजकल होटल में आकर ठहरते नहीं, अतः मैनेजर ही कामकाज देख लेते हैं। सुकान्त दिन को वहाँ से आकर सो गया है। वह अपने कमरे में बैठी इलियट की कविताएँ पढ़ रही है। कल से घर में एक नया मेहमान आया हुआ है। उसकी नाक बहुत लम्बी है। राधा ने बताया, वह डॉक्टर है, पिता का मित्र है। जब दिन को वह दोनों होटल से वापस आये थे, तो कितने स्वाभाविक ढंग से ये लोग एकदम चुप हो गये थे। सुकान्त को देखते हीउस लम्बी नाकवाले आदमी की आँखें कैसे चमक पड़ी थीं? उनमें शर्म का वह भाव आ गया था जो किसी तथ्य की पुष्टि पर दिखायी पड़ता है। अब वह बैठी पढ़ रही है तो माँ की अचानक ऊँची उठ गयी आवाज़ कमरे तक आती है–"तुम झूठ बोलते हो। मैं जानती हूँ, तुम दोनों कौन सी साज़िश कर रहे हो, तुम डरकर यह बात कह रहे हो..."

माँ ने किसी से कहा "झूठ बोलते हो। कौन कैसा षड्यन्त्र कर रहा है?"

हम सब भोजन की मेज़ के चारों ओर बैठे हैं। साथ रखी छोटी मेज़ पर शराब की बोतल पड़ी है। पिता इसमें से गिलास में बार–बार शराब डालते हैं और बड़ी जल्दी–से पी जाते हैं। मेजर अपनी टाँग को थोड़े–थोड़े समय पश्चात् हाथ से दबाते हैं। इस बला की सर्दी में उनकी कटी हुई टाँग में दर्द बढ़ जाता है।

बाहर बर्फ़ गिर रही है बिना किसी आवाज़ के। बिजली शाम को फ़ेल हो गयी है। इसीलिए मोमबत्तियाँ जलायी गयी हैं। मछलीघर के पीले, उदास पानी में सुनहरी मछलियाँ तैर रही हैं और सात मोमबत्तियों की सात परछाइयाँ छत पर पड़ रही हैं।

पिता ने बहुत–सी शराब ढाली और सुकान्त के आगे कर दी। माँ उनको ऐसा न करने के लिए आँखों में ही बरजती रहीं, परन्तु नशे के कारण वह समझ न सके। सुकान्त ने माँ की यह मुद्रा देख ली थी। आज उसका मन तथा शरीर, दोनों बहुत अलग लग रहे हैं।

"अम्मा, तुम चिन्ता मत करो। बहुत नहीं पीऊँगा।"

"ठीक है, ठीक है।" जवाब पिता ने दिया–कुछ अतिरिक्त उत्साह के साथ।

मेज़ पर सात मोमबत्तियाँ जल रही हैं और रोशनी की सात गोल परछाइयाँ छत पर पड़ रही हैं। मछलीघर में सुनहली मछलियों ने तैरना बन्द कर दिया है–शायद थक गयी हैं। लकड़ियाँ चटक–चटककर जल रही हैं। उनकी उठती हुई आग की लपटों के कारण दीवारों पर अलग–अलग आकार बनते हैं और फिर बड़ी जल्दी मिट जाते हैं। खिड़की के पास ही लगे हुए पेड़ की टहनी शीशे के साथ किसी पागल कुत्ते की तरह लगातार सिर पटक रही है, जिससे ध्वनियों के छोटे–छोटे धमाके कमरे में इधर–उधर बिखर गये हैं। मछलियों ने फिर से उस पीले उदास जल में धीरे–धीरे तैरना आरम्भ कर दिया है। सुकान्त पापा की किसी बात के उत्तर में कह रहा है–"पापा, वह औरत बड़ी सुन्दर थी। जब मैं छोटा था तो आप होटल साथ ले जाया करते थे। मुझे बहुत–सी टॉफ़ियाँ देकर बाहर बिठा देते थे और स्वयं उसके कमरे में चले जाया करते थे। वह कोई टूरिस्ट थी न, जो सीजन ख़त्म होते ही वापिस चली गयी। पापा, आपकी मिस्ट्रेस थी बहुत सुन्दर। देखो, कितनी पुरानी बात याद आ गयी। आज मुझे सब कुछ फिर से याद आ रहा है।"

पापा का चेहरा लाल सुर्ख़ हो जाता है। ग़ुस्से के कारण उनके कान के नीचेवाली नस ज़ोर–ज़ोर से फड़क रही है। वह सुकान्त को डाँट देते हैं।

सुकान्त की आँखें इतनी ज़ोर से क्यों चमक रही हैं, रोशनी के दायरे में बद्ध किसी पशु की आँखों की तरह? पापा की डाँट का उस पर कोई प्रभाव न पड़ा। उसने ख़ुद ही हाथ बढ़ाकर बोतल में से और शराब ढाल ली। "पापा, तुम शेक्सपियर पढ़ा करो। मैकबेथ ज़रूर पढ़ना–लाइफ़ इज़ ए टेल, टोल्ड बाई एन इडियट, फूल आफ़ साउंड एंड फ़्यूरी, सिग्नीफ़ाइंग, नथिंग..."

माँ अब उसे चुप होने को कहती है। पापा बोलते हैं–"यह क्या चुप होगा। तुम माँ–बेटे जाने कैसी–कैसी किताबें दिन–रात पढ़ते रहते हो। देखो, क्या–क्या बक रहा है। तुम मानती क्यों नहीं कि डॉक्टर ठीक कहता है।"

बड़ी नाकवाले ने ज़ोर से सिर हिलाकर उनकी बात का समर्थन किया।

मेज़ पर फल रखे हैं। इन्हें काटने के लिए एक पतला, लम्बा, बड़ी तेज़ नोकवाला चाकू पास पड़ा हुआ उस पीली रोशनी में भी चमक रहा है।

फिर भी सुकान्त ही बोला, "द टाइम इज़ आउट आफ़ जायंट।"

आज वह शायद मात्र अंग्रेज़ी बोलने के मूड में है। लकड़ियाँ ज़ोर से चटकीं, खिड़की के शीशे पर पेड़ की टहनी ने पागल कुत्ते की तरह सिर पटका। सुनहली मछलियों ने फिर तैरना बन्द कर दिया है। दीवारों पर आकार बन रहे हैं, बिगड़ रहे हैं। दीवार पर लगी सबावाला की पेंटिंग का दूसरा अश्वारोही बड़ी तेज़ी–से भाग रहा है। टहनी शायद ज़ोर से खिड़की पर लगी। पटाक की आवाज़ के साथ शीशा टूट गया। हवा का तेज़ झोंका आया और मेज़ पर रखी सातों मोमबत्तियाँ एक साथ बुझ गयीं।

सुकान्त ने कहा–"अम्मा, वह सफ़ेद चीता आ गया..."

और अशोक वृक्ष के नीचे सोया वह सफ़ेद चीता जाग पड़ा। खिड़की के रास्ते छलाँग लगाकर वह अन्दर आ गया। मेज़ पर पड़ा फल काटनेवाला चाकू बड़ी ज़ोर से अँधेरे को काट गया और फिर किसी के नीचे गिरने की आवाज़ आयी। सबावाला के चित्र में से उस अँधेरे में दूसरा अश्वारोही भागकर बाहर हो गया।

मेजर साहब ने खिड़की बन्द कर दी। लम्बी नाकवाले ने मोमबत्तियाँ जला दीं।

सुकान्त नीचे गिरा पड़ा है और उसके गले से रक्त की धाराएँ बह रही हैं। पिता उसे देखते ही चीख़–चीख़कर कहते हैं–"यह पागल है! पागल है! डॉक्टर ठीक कहता है..." फिर वह ज़ोर–से हँसने लगे। मेजर आगे बढ़कर उन्हें कन्धे से पकड़कर झकझोर देता है। वह फिर हाथों में सिर पकड़कर बैठ जाते हैं।

इतनी सारी घटना को ग्रहण करने में सुनीता के मन–मस्तिष्क को कुछ समय लगता है। फिर उसका मुँह खुला और अचानक एक लम्बी चीख़ निकली, जो अब सारा जीवन उसके मस्तिष्क के अँधेरे बन्द कमरे में गूँजती रहेगी।

माँ गिरे हुए सुकान्त के ऊपर लेट–सी गयी है। जहाँ घाव हो गया है, वहाँ अपना चेहरा रखकर ख़ून बन्द करने की कोशिश कर रही हैं। लम्बी नाकवाला और मेजर उन्हें खींचकर पीछे करते हैं। वह बौद्ध भिक्षुणी

नहीं रहीं। रक्त–सना चेहरा अपनी पूज्या देवी महाकाली–सा हो गया है। रक्त–पान कर रही कापालिका बन रही हैं।

लम्बी नाकवाला डॉक्टर सुकान्त की टाई खोल रहा है, ताकि घाव को बाँध सके। सफ़ेद चीता फिर से अशोक वृक्ष के नीचे आकर सो गया है। मेजर और डॉक्टर सुकान्त को उठाने की कोशिश कर रहे हैं। क्षण भर के लिए होश आता है। वह पीली उदास मुसकान उसके चेहरे पर तैर आती है। वह हम सबकी ओर देखता है और फिर धीरे–से कहता है, "गुड नाइट, अम्मा! गुड नाइट, सुनीता! गुड नाइट एवरी बडी!"

मेज़ पर सात मोमबत्तियाँ जल रही हैं और रोशनी की सात गोल परछाइयाँ छत पर पड़ रही हैं।

"वी बिगिन टू लिव व्हेन वी हैव कनसीव्ड लाइफ़ इज़ ए ट्रेजेडी!"

हाँ, अब जीवन बिल्कुल पूर्ण हो गया है। पहले क्रोध आता था, किस बात पर प्रसन्नता होती थी, अब ऐसा कुछ नहीं होता। जो कुछ व्यतीत हो रहा है, उसे ऐसे सहे जा रही हूँ, जैसे वह मुझ सुनीता के साथ नहीं अपितु किसी अन्य के साथ बीत रहा हो।

अमेरिका जाने की आवश्यकता नहीं पड़ी। अपने देश में, अपने घर में, सब कुछ हो गया है। मन बिल्कुल शान्त है। आकांक्षाएँ अब अपने घेरे में नहीं लेतीं। यहीं विश्वविद्यालय में पढ़ाती हूँ। किसी सुन्दर लड़की को देखती हूँ, किसी साड़ी का अच्छा प्रिंट देखती हूँ, या कभी मौसम ही अच्छा होता है तो यूँ ही आँखें भर–भर आती हैं।

हाँ, अब भी उस ताम्रवर्णी लाल–लाल आँखोंवाली काली की मूर्ति कई बार सपने में, जागते हुए भी अपने मन में दिख जाती है। पापा मेरे कुछ बताये बिना ही मेरी स्थिति को समझ गये हैं। यह जो मुझ में ठहराव आ गया है, इसे देखकर उन्हें सन्तोष होता है। उनका विचार है, अब जीवन सुख से बीतेगा। माया अपने दर्पण में बाँधकर परछाईं को झटकायेगी नहीं।

समय बीत जाये तो जो मुख्य–मख्य बातें हुई हैं, वे तो याद रहती ही नहीं। याद रह जाता है विभक्त प्रभाव अथवा टुकड़ों में बँटे छोटे–छोटे दृश्य। अब सुकान्त, उसकी अम्मा या अन्य किसी का चेहरा चाहने पर भी याद नहीं आता।

हाँ, सुकान्त सचमुच पागल था। उस रात मैं अम्मा के पास ही सोयी थी। सारी रात उनके वक्ष पर सिर रखकर काँपती रही। मस्तिष्क की चारदीवारी में क़ैद वह चीख़ क्या अब मुझे कभी मुक्त न करेगी? कहीं खिड़की के रास्ते कूदकर सफ़ेद चीता फिर से अन्दर न आ जाये। दरवाज़ा ज़ोर–से बजा। मैंने पूछा–"कौन है?"

जवाब आया, "मैं हूँ, मैं हवा हूँ।"

सारी रात यही प्रश्नोत्तर होते रहे। अम्मा ने बात फिर से आगे बढ़ायी, "हाँ बेटा, इसीलिए राधा ने तुम्हें सुकान्त के बारे में कुछ न बताया था क्योंकि वह पागलख़ाने में था। तुम लोगों के आने के कुछ दिन पूर्व ही ठीक होकर घर आया था। डॉक्टरों ने कहा था, अब किसी प्रकार की कोई ऐसी बात न हो जिससे उसका मानसिक सन्तुलन बिगड़े। तुम उसके समीप आ रही थीं, तभी हम सबको अच्छा न लग रहा था, कहीं फिर उसका मन अशान्त हो गया, तो? जब मोटर साइकिल–दुर्घटना में बहन मरी, पिता उसे हत्यारा समझने लगे, तभी से वह बहुत चुप हो गया था। फिर वह पर्वतारोहण संस्था में दाख़िल हो गया। वहाँ से वे लोग किसी बहुत ऊँचे पहाड़ पर चढ़ने गये थे और एक रात बर्फ़ीले तूफ़ान में सुकान्त के सब सहयोगी दब गये, वह अकेला रह गया। पूरे सात दिन और सात रात वह लगातार अकेला चलता रहा। और वह बताता है कि उन दिनों वह कभी भी अकेला न होता था। 'कोई' सदा उसके साथ–साथ चलता रहता था। उस किसी 'कोई' ने उसे मृत्यु से बचा लिया। वायुसेना के विमान इस खोये हुए दल की खोज कर रहे थे। इस तरह सुकान्त को बचा लिया गया। तब से जब–जब बर्फ़ गिरती है, वह पागल हो जाता है। पहली बार भी बिल्कुल ऐसे ही उसने गले में चाकू मार लिया था..."

जैसे किसी रहस्य–कथा का कोई सूत्र मिल जाये और सारी स्थितियाँ स्पष्ट हो जायें, वैसे ही सब कुछ समझ में आ गया।

अब सारे दृश्य कट गये हैं, टूटे काँच के–से। सुबह मैंने उस घर से विदा ली। मछलीघर की ओर देखा। रात को इसे ढँकना शायद हम लोग भूल गये थे। पानी जम गया है और वह सारी–की–सारी मछलियाँ मर गयी हैं। घर से थोड़ा दूर जाकर पीछे मुड़कर देखा। वह दरवाज़े जितनी बड़ी खिड़की खुली थी, उसमें सुकान्त खड़ा था। बड़े ज़ोर–से मृत फूलों का

गुच्छा हिला–हिलाकर मुझे विदा कर रहा था। उसने वही ऊँचे गलेवाला पीला पुलोवर पहन रखा था।

वह लम्बी नाकवाला पागलों का डॉक्टर था। ज़रूर उसे अपने साथ ले गया होगा। पता नहीं, वहाँ के लोग सुकान्त को पीला पुलोवर पहनने देते होंगे, कविता–पुस्तकें पढ़ने देते होंगे, या नहीं?

राधा अमेरिका चली गयी है। उसने वहीं पर विवाह कर लिया है।

वे जो जाग्रत क्षण कभी–कभी जन्म ले लेते हैं, क्या उनका विस्तार और गहराई अब जीवन का अभिन्न अंग बन गये हैं? सचमुच जहाँ विज्ञान समाप्त हो जाता है, क्या वहीं से साहित्य का आरम्भ होता है? मिस्ट्री को, व्यक्ति मन को, जो सबसे बड़ी मिस्ट्री है, क्या कोई ज्ञान के द्वारा सुलझा पाया है? ये जाग्रत क्षण ही क्या अब जीवन की निधि बन गये हैं?

उस मकान की खिड़कियाँ बाहर की ओर खुलती थीं। नीचे की घाटी इतनी मोहक थी कि जी चाहता था, उसी क्षण नीचे छलाँग लगाकर आत्महत्या कर ली जाये। लॉन में लेटी पीले जार्जेट के पल्ले–सी धूप...मैं, प्रोफ़ेसर शर्मा की बात नहीं मानती, मांस के दरिया में यथार्थ होगा, मुझे तो 'नील झील' पसन्द है, जहाँ पक्षियों को मारना मना है। आकाश से बमवर्षक विमान की तरह नीचे डाइव करता जलपाँखी...फल काटनेवाले चाकू। अभी सफ़ेद चमकदार, अभी रक्तस्नात अंगारे–सी दहकती अम्मा के माथे की बिन्दी, गले में अजगर–सी सरकती काले पत्थरों की माला. ..हाँ, मैं तो भूल ही गयी, इस नये प्रिंट की साड़ी मुझे आज ही लेनी है। सिन्दूरी रंग का सनमाइका टेबल बनवाना है। श्वेत घोड़े पर सवार होकर अन्धड़ गति से वह अश्वारोही आख़िर चला ही गया...क्या मैं उसकी गति को बाँध पाती? सबावाला की पेंटिंग में दूसरा अश्वारोही बाहर निकलकर अब तक अवश्य मरुस्थल में खो गया। इतने चाहने पर भी सुकान्त का चेहरा याद क्यों नहीं आता? लॉन पर लेटी धूप...पागल कुत्ते की तरह शीशे पर सिर पटकती पेड़ की टहनी...बर्फ़ का अपार विस्तार... अशोक वृक्ष के नीचे सोया श्वेत चीता...विदा का वह क्षण...मृत फूलों को ज़ोर–ज़ोर से हिला रहा सुकान्त, मछलीघर में मरी हुई सुनहरी मछलियाँ और फिर इन सारे कटे हुए दृश्यों का मरुस्थल में खो जाना, बाहर को खुलती दरवाज़े जितनी खिड़की...काली घाटी...काली झील...श्वेत तना हुआ अश्व। अशोक वृक्ष...श्वेत चीता, जलपाँखी, अम्मा औ...र सु...का–...त...

शब्द! शब्द! शब्द!

"मैं कल वापस जाऊँगा।"

कैप्टन मेहता ने यह वाक्य बहुत धीरे–धीरे, एक–एक शब्द अलग–अलग बोलकर कहा। यहाँ इतने दिन रहने के बाद उसे पता चल गया है कि अगर प्रत्येक शब्द थोड़े–थोड़े अन्तराल के बाद बोला जाये तो वह वाक्य का अर्थ समझ जाती है।

यहाँ सूरज शाम को तीन बजे के आसपास डूबना शुरू हो जाता है। पेड़ और उनकी टहनियाँ हिलना बन्द हो चुकी हैं। दिन भर की थकान के बाद ये भी सूरज के संग सो जायेंगी।

तीन बजे वाली शाम के साथ कुछ देर के लिए ख़ामोशी की विशाल और सघन चादर दूर–दूर तक फैल जाती है। परिन्दे अपने–अपने घोंसलों में पहले से ही पहुँच चुके हैं। पेड़ की एक शरारती टहनी को अभी तक नींद नहीं आयी है। धीरे–धीरे हिल रही है–

देवी उसके वाक्य का अर्थ समझ गयी है। यह उस हिलती हुई शाख़ के क़रीब ही ठहर गयी है। टहनी के साये की लकीर उसके माथे पर लम्बी पड़ती है। फिर छोटे–से नाक के सिरे को छूकर बड़े–बड़े फूलों वाली साड़ी पर बिछ जाती है और अगले क्षण वह फिर से माथे पर लौट आती है।

सूरज थोड़ा और नीचे सरकता है। साड़ी पर बने फूलों का रंग उड़ गया है। जवाब में वह हमेशा की तरह चुपचाप खड़ी है। इस ख़ामोशी के दो लम्बे हाथ आगे बढ़ते हैं, बीच के फ़ासले को तय करते हैं, मेहता के अन्दर प्रवेश कर जाते हैं और लोहे के पंजों की तरह उसकी आत्मा में नाख़ून गड़ा देते हैं।

देवी अपनी जगह से चल पड़ती है। पेड़ की टहनी किसी शरारती बच्चे की तरह डाँट खाकर हिलना बन्द कर चुकी हैं। देर

से लौटा एक परिन्दा कभी एक पेड़ पर बैठता है, कभी दूसरे पर। अपना घर तलाश कर रहा है। अँधेरे में इतना आतंकित है कि पंख भी धीरे–धीरे हिलाता है।

वे घर के गेट के पास पहुँच चुके हैं। देवी आगे है, मेहता पीछे। उसकी टाँग का ज़ख़्म पूरी तरह नहीं भरा, इसलिए धीरे–धीरे चल पाता है। देवी गेट के पास प्रतीक्षा कर रही है। उसके चेहरे पर से शब्दों के वाक्य–के–वाक्य फूट–फूटकर इधर–उधर बिखरते हैं, फिर बड़े असहाय–से होकर ठहरी हुई हवा में विलीन हो जाते हैं। मेहता इन सारे वाक्यों को महसूस कर रहा है, शब्दों की असहायता को ग्रहण कर लेता है।

अब उसने देवी का हाथ पकड़ लिया है। अँधेरे के भय से गेट पर बाँसों और कँटीली तारों के साथ उगी हुई कली बेल ज़ोर–से काँपती है। अंगारों की तरह दहकते फूल आश्वासन में धीरे–से हिलते हैं, बेल काँपना बन्द हो जाती है।

अब देवी की उँगलियों के पोरों से शब्दों की बाढ़ टूटकर बाहर निकल आयी है। मेहता का जो हाथ देवी के हाथ में है, इस शब्द–बाढ़ के आक्रमण को बड़े सहज भाव से, बड़ा सबल होकर सह रहा है। एक पेड़ से दूसरे पेड़ पर जाता हुआ परिन्दा अब उड़ता दिखायी नहीं दे रहा। उसे अपना घर मिल गया है। बाँसों का बना मकान गेट से थोड़ी दूरी पर है। पतली पीली–पीली उँगलियों की तरह रोशनी की लकीरें–ही–लकीरें दिखायी दे रही हैं।

दूर पूरब की ओर से हवा का झोंका चलता है। हवा अँधेरे से नहीं डरती। ऊँचे–ऊँचे पेड़ों से हवा टकराती है तो तट की ओर आती लहरों की तरह आवाज़ के गोले उछलते हैं। हवा गेट के पास पहुँच रही है। लम्बी–लम्बी घास से छू भर लेती है। तट से लौटती लहरों की तरह थकी–थकी आवाज़ धीरे–धीरे चलकर आगे आती है और उन दोनों के पास आकर ठहर जाती है।

देवी के कन्धे थोड़ा काँपते हैं। वह समझता है ठण्ड के कारण, लेकिन नहीं। हवा का पहला झोंका तो उसके पास चुपचाप खड़ा है। दूसरा झोंका अब बड़े–बड़े पेड़ों से टकराकर इधर बढ़ रहा है। उसके कन्धे अब भी क्यों काँपे जा रहे हैं?

दूसरा झोंका मेहता के बालों को झिंझोड़ देता है, फिर देवी के कन्धों से छूकर, साँस रोककर वहीं ठहर जाता है। हवा उसे सब कुछ समझा देती है। वह देवी के दोनों गालों पर हाथ रख देता है। हाथों का दबाव बढ़ता है। अब शब्दों की ज़रूरत नहीं रही। देवी का सिर उसकी छाती के साथ लग गया है। थोड़ी–थोड़ी देर के बाद सिर हिलता है। वह उसके मुँह पर आ गये कटे हुए बालों को दोनों हाथों से पीछे करता है। छोटी–सी नाक को दो उँगलियों में पकड़कर उसका मुँह ऊँचा कर देता है।

अब शब्द देवी की आँखों से फूट रहे हैं। वह उसकी लम्बी, बिना कटी हुई दाढ़ी और नीचे की ओर झुकी हुई मूँछों को अपने हाथ की एक उँगली से धीरे–से छू भर देती है। मेहता आज की शाम का दूसरा वाक्य बहुत हौले–हौले, शब्द–शब्द करके बोलता है–

''मैं थोड़े दिनों में लौट आऊँगा।''

देवी अब उसे लगातार देखे जा रही है। सिर हिला देती है। मेहता को पता लग गया है कि वह वाक्य का अर्थ समझ गयी है। वह अब अपना पूरा हाथ उसकी दाढ़ी पर ऊपर से नीचे की ओर दो बार फेरती है। वह उसके हाथ की उँगली को अपने दाँतों में पकड़कर धीरे–से दबाता है, फिर होंठों से चूसकर छोड़ देता है। देवी अब भी अपने शब्दहीन प्रश्न के जवाब का इन्तज़ार कर रही है। वह उसके कन्धों को बाँह के घेरे में ले लेता है। दोनों गेट के अन्दर दाख़िल हो जाते हैं। किसी परिन्दे की तरह उसके झुके हुए कन्धे जल्दी–जल्दी मेहता की बाँह के घेरे में सिकुड़ जाते हैं, फिर फैल जाते हैं। वह ठहर जाती है। सिर ऊपर उठाकर उसकी आँखों में देखती है। मेहता जानता है सवाल का जवाब माँग रही है।

''अच्छा, बाबा! अगली बार आऊँगा तो दाढ़ी कटवा दूँगा।''

वह मुसकराती है और चलना शुरू कर देती है। अब वह बैठक के दरवाज़े पर पहुँच गये हैं। कर्नल साहब की आवाज़ बाहर तक पहुँच रही है। देवी अपने कन्धों से उसकी बाँह को हटाना चाहती है। अन्दर उसका बड़ा भाई कर्नल खन्ना और भाभी जो बैठे हैं। मेहता और ज़ोर–से उसके कन्धों को बाँह के घेरे में ले लेता है। देवी डर गयी है पर उसकी नाक को चुटकी में पकड़कर फिर दबाता है, और दोनों अन्दर प्रवेश कर जाते हैं।

खन्ना सर्दियों में भी बीयर पीता है। उसके हाथ में पकड़ा लम्बा गिलास वहीं का वहीं बीच में ही थम गया है। उसकी गालों की उभरी हड्डियाँ और ज़ोर से चमक उठी हैं। मेहता देवी को बाँहों के घेरे में लिये खन्ना के पास पहुँच गया है। खन्ना उठ ठहरा है। मिसेज़ भी अपनी जगह से उठकर उनके पास आ खड़ी हुई है। मेहता देवी की ओर मुँह करके एक–एक शब्द को अन्तराल में बोलते हुए खन्ना से कहता है–

''सर! मैं आपकी बहन से शादी करना चाहता हूँ।''

खन्ना की उँगलियाँ और ज़ोर–से गिलास पर कस गयी हैं। मिसेज़ ने उनकी बाँह को पकड़ लिया है। अब खन्ना देवी की ओर देख रहा है। देवी 'हाँ' में सिर हिलाती है। खन्ना के चेहरे पर से तनाव कम हो जाता है। गालों पर उभरी हुई हड्डियाँ चमकना बन्द कर देती हैं। देवी मेहता की बाँह को परे हटाकर भाई की छाती पर सिर रख देती है। खन्ना गिलास को मेज़ पर रखता है। अब वह खिड़की के पास जाकर खड़ा हो गया है। पीठ ज़ोर–ज़ोर से हिल रही है। सुबकने की आवाज़ कमरे में इधर–उधर चहलक़दमी कर रही है। मिसेज़ उसके पास जाकर कहती है–

''डोंट बी सिल्ली, डार्लिंग! स्कॉच की बोतल निकालो। लेट्स सेलीब्रेट।'

कर्नल खन्ना की पीठ हिलनी बन्द हो गयी है। वह रूमाल से चेहरा साफ़ करता है। अलमारी से स्कॉच निकालता है। कार्क खुलने की आवाज़ कमरे में उछलती है, इठलाती है। वह मेहता के गिलास में एक पैग डालता है। मेहता और डालने के लिए कहता है। खन्ना बोतल टेढ़ी करता है। तभी देवी अपने भाई के हाथों से बोतल लेकर परे रख देती है। खन्ना, मिसेज़ खन्ना और मेहता–तीनों देवी की ओर देखते हैं। मिसेज़ कहती है–

''मेहता! डाँट सहने की आदत डाल लो। अब तुम मेरिड आदमी बन रहे हो।''

तीनों ने ज़ोर से कहकहा लगाया। आवाज़ देवी तक न पहुँची, लेकिन हँसने की मुद्रा ने उसे अर्थ दे दिया। अब वह भाभी की ओर बनावटी ग़ुस्से से देख रही है।

देवी, खन्ना, मिसेज़ खन्ना–तीनों एक ही बात सोच रहे हैं। पन्द्रह दिन पहले यह रहस्यपूर्ण कैप्टन यहाँ पहुँचा था। ऐसा होगा, किसी ने सोचा तक न था।

उस रात भी वे तीनों बैठक में बैठे थे। खन्ना बीयर पी रहा था। तभी बरामदे के आगे जीप के ठहरने की आवाज़ आयी। खन्ना बाहर निकला। उसकी यूनिट के सुरक्षा–मेजर ने पैर जोड़कर सैल्यूट किया था। बताया कि जीप में एक घायल आदमी है। टाँग में गोली लगी है। वर्जित क्षेत्र में घुसकर उनका पता पूछ रहा था। मेजर के सुरक्षा–सैनिकों ने उसे पकड़ लिया था। घायल आदमी ने बेहोश होने से पहले मात्र इतना बताया था कि वह इंटेलिजेंस का कैप्टन है।

साथ के सैनिक उस घायल को उठाकर बैठक में ले आये थे। उसे सोफ़े पर लिटा दिया। सैनिक बाहर चले गये। सुरक्षा–मेजर को खन्ना ने वहीं ठहर जाने का संकेत किया था।

खन्ना ने सोफ़े पर पड़े आदमी को ध्यान से देखा। पैंट की एक टाँग पर जमे हुए ख़ून के बड़े–बड़े धब्बे थे। उसकी बढ़ी हुई दाढ़ी के बाल भी ख़ून से सने हुए थे। ऊपर वाला होंठ कटा हुआ था। वह आदमी विद्रोहियों का जासूस भी तो हो सकता है। दिल्ली से उन्हें तो कोई सूचना नहीं कि इंटेलिजेंस का कोई कैप्टन उनके क्षेत्र में काम कर रहा है।

देवी उठकर उसके पास आ गयी थी। वह बेहोश आदमी अपने हाथ को बार–बार कसकर बन्द कर रहा था, खोल रहा था। देवी ने उसका हाथ पकड़कर देखा। दो उँगलियों के नाख़ून जड़ से खींचकर बाहर निकाल दिये गये थे। बिना नाख़ून की उँगलियों के सिरों पर ख़ून जम गया था।

मिसेज़ खन्ना ने अलमारी से शराब की बोतल निकाली थी। उनका शरीर कसे हुए तार की तरह अन्दर–ही–अन्दर लरज़ रहा था। ऐसे आदमी की उपस्थिति किसी–न–किसी ख़तरे की पूर्व–सूचना है। पिछले तीन साल से विद्रोहियों से भरे इस इलाक़े में रहकर उन्हें भी अब ख़तरे का पूर्वाभास हो जाता है।

सुरक्षा–मेजर ने उसके मुँह को दोनों ओर से हाथ से दबा दिया। होंठ खुल गये। खन्ना ने बोतल से ही उसके मुँह में शराब डाली। घायल को होश में लाने का यह सबसे जल्द और आसान तरीक़ा है।

शराब उसके गले में अटकी थी, फिर नीचे उतर गयी। वह एक बार ज़ोर–से खाँसा और उसने आँखें खोल दी थीं। कर्नल खन्ना को उसने अपन नाम और नंबर बताया। कर्नल ने मानने से इनकार कर दिया। उन्हें

इस प्रकार की कोई सरकारी सूचना नहीं कि इंटेलिजेंस का कोई कैप्टन उनके इलाक़े में काम कर रहा है।

उस घायल ने दिल्ली का एक टेलीफ़ोन नंबर दिया था। कर्नल को कहा था कि बात शुरू करते ही उस नंबर पर बताये कि ब्लैक–पीकाक को गोली लगी है। सुरक्षा–मेजर ने लाल टेलीफ़ोन से दिल्ली का नंबर मिलाया था।

इसी बीच देवी कमरे में गरम पानी ले आयी थी। गीले कपड़े से उसकी दो उँगलियों पर जमे लहू को साफ़ किया। घायल का हाथ और बाँह कपड़ा छूते ही दर्द से तन जाते हैं। फिर उसने ख़ून से सनकर जम गये दाढ़ी के बालों को भी गरम पानी से पोंछकर अलग–अलग किया। अब घायल का कटकर सूज गया होंठ बाल हटने के बाद साफ़ दिखायी दे रहा है।

लाल टेलीफ़ोन बजा। दिल्ली का नंबर लग गया। खन्ना ने फ़ोन उठाया। बात करते ही उसे पता चल गया कि दिल्ली से बोलने वाला तीन स्टारवाला जनरल है। जनरल ने कंफ़र्म कर दिया कि ब्लैक–पीकॉक उनका कैप्टन है। वह जो कुछ कहे, उस पर अमल किया जाये।

तब सुरक्षा–मेजर ने फ़ोन करके यूनिट के डॉक्टर को बुलाया। घायल ने बताया कि वह कैप्टन मेहता है। उसने पहला वाक्य देवी से कहा था–

''मुझे कुछ खाने को दीजिये। दो दिन से भूखा हूँ।''

मेहता ने यह वाक्य तेज़–तेज़ बोला था। देवी उसकी ओर बस देखे जा रही है। मेहता हैरान है कि यह कटे बालों वाली दुबली–सी लड़की इतनी साधारण बात को क्यों नहीं समझ रही?

कर्नल खन्ना ने तब कड़ी आवाज़ में कहा था–

''शी इज़ डैफ एंड डंब।''

गूँगी–बहरी। कैप्टन मेहता का शरीर एक बार ज़ोर–से काँपा था। उसने उठकर बैठने की कोशिश भी की थी, लेकिन घायल टाँग शरीर का बोझ सँभाल न पायी। अगले कटे होंठ को दाँतों में दबाकर वह सोफ़े पर लेट गया था।

अब खाना खाने के बाद उसमें ताक़त लौट आयी है। मिसेज़ खन्ना ने उसे बता दिया था कि देवी जन्म से गूँगी और बहरी नहीं है। पाँच

साल की आयु में छत से नीचे गिरी थी। सिर फट गया। वह बच तो गयी लेकिन बोलने और सुनने की ताक़त खो बैठी। अब अगर धीरे–धीरे बोला जाये तो वह होंठों के हिलने से शब्दों को समझ लेती है। हाँ, कर्नल खन्ना ने अपनी बहन को गूँगों–बहरों के स्कूल में भी दाख़िल कराया था, लेकिन देवी तीसरे दिन ही होटल से अपने भाई–भाभी के पास लौट आयी थी। नहीं, उसे लिखना–पढ़ना भी नहीं आता।

देवी जानती है, भाभी उसके बारे में बता रही है। उसके कमज़ोर कन्धे और सिकुड़ गये हैं। मेज़पोश पर बने परिन्दे को वह लगातार देखे जा रही है जैसे कि अभी–अभी वह परिन्दा वहाँ से उड़ेगा और बाँस–खिड़की से बाहर उड़कर जायेगा।

देवी का एक हाथ मेज़ पर रखा है। कैप्टन पीली रोशनी–सरीखी उसकी उँगली को छूकर कहता है–

"मेरी दाढ़ी साफ़ करने के लिए शुक्रिया।"

यह वाक्य उस मिस्टीरियस कैप्टन ने धीरे–धीरे बोला है। देवी अर्थ समझ गयी। उसके सिकुड़े कन्धे अब फैल गये हैं। आँखों में छोटी–सी मुस्कान जन्मी है, जिसे सिर्फ़ उस इंटेलिजेंस कैप्टन की आँखों ने ग्रहण किया है। अब देवी मेज़पोश पर बने परिन्दे को नहीं देख रही, उसके उड़ने की प्रतीक्षा नहीं कर रही। अपनी छोटी–सी नाक सिकोड़े कैप्टन मेहता की लम्बी दाढ़ी को देख रही है।

यूनिट का डॉक्टर आया। मेहता की टाँग देखी। बताया कि गोली हड्डी में नहीं लगी। मांस को काटती हुई बाहर निकल गयी है। कर्नल खन्ना ने बताया कि हेलिकाप्टर मँगवाया जाये, कैप्टन का सैनिक हस्पताल में पहुँचना ज़रूरी है। तब मेहता ने उसे बताया था कि यहीं पर उसकी पट्टी कर दी जाये, वह अस्पताल नहीं जायेगा।

डॉक्टर ने उसकी बात मानने से इनकार कर दिया। पहली बार कैप्टन मेहता के चेहरे पर ग़ुस्सा झलका है। उसकी छोटी–छोटी आँखें बिल्कुल स्थिर हो गयी हैं। उनका रंग और काला पड़ गया है। कमरे में उसके ग़ुस्से की बू फैल रही है।

देवी को आज पता लगा है कि शब्द अर्थहीन हो गये हैं। यह रहस्यपूर्ण कैप्टन बिना बोले सब कुछ बता सकता है। उसकी तरह शब्दहीन भाषा में बातचीत कर सकता है। कैप्टन के सारे भावों को, शब्दहीन वाक्यों को उसका अन्तर ग्रहण कर रहा है।

अब डॉक्टर असहाय–सा हो गया है। वह कर्नल खन्ना की ओर देखता है। खन्ना जानता है कि कैप्टन को अस्पताल भेजना चाहिए, लेकिन नहीं। कैप्टन के शरीर से निकल रहे ख़तरे के संकेत कर्नल की इन्द्रियाँ भी ग्रहण कर रही हैं। वह डॉक्टर की ओर देखकर 'हाँ' में सिर हिला देता है।

डॉक्टर देवी की ओर देखता है। वह डॉक्टर के बक्से से कैंची, पट्टियाँ आदि निकालकर मेज़ पर रखती है। मिसेज़ खन्ना कैप्टन मेहता को बताती हैं कि देवी नर्स का काम जानती है। समय गुज़ारने के लिए यूनिट के छोटे हस्पताल में रोज़ जाती है। कैप्टन को यह बात सुनकर सन्तोष होता है। क्यों? इसका कारण डॉक्टर के वहाँ से जाने के बाद मालूम हुआ।

अब बैठक में सोफ़े की पीठ पर सिरहाना रख दिया गया है। सामने छोटी मेज़ है। कैप्टन उठ बैठा है। उसकी दोनों नाख़ून उखड़ी उँगलियों पर भी पट्टियाँ बँधी हैं। कमरे में देवी, खन्ना, सुरक्षा–मेजर और मिसेज़ खन्ना हैं।

कैप्टन बताता है कि वह इस इलाक़े में आठ महीने से काम कर रहा है। अंडरग्राउंड विद्रोहियों में उसने एक इंफ़ार्मर बना लिया था। उसी सम्पर्क ने कैप्टन को धोखा दिया। परसों रात आया तो साथ दो विद्रोही सशस्त्र सैनिक थे। कमरे के बाहर इतने सारे पाँवों की आवाज़ से ही कैप्टन समझ गया था कि सम्पर्क ने, इंफ़ार्मर ने आज की रात धोखा दिया है। लेकिन कैप्टन निहत्था था। उसने दरवाज़ा खोल दिया। वह शारीरिक यन्त्रणा, टॉर्चर सहने के लिए तैयार था।

उसकी उँगलियों के दो नाख़ून उखाड़ने के बाद इंफ़ार्मर और विद्रोही उसके निहत्थेपन से अति–आश्वस्त हो गये थे। कैप्टन भी इसी क्षण की प्रतीक्षा में चुपचाप टॉर्चर सह रहा था। यह उन लोगों की ग़लती थी कि केवल तीन आदमी उसे पकड़ने के लिए भेजे गये। कर्नल खन्ना ने पूछा–''ग़लती थी?''

''क्योंकि मैंने उन तीनों का ख़ून कर दिया।''

किसी ने भी उससे पूछने की कोशिश नहीं कि तीन सशस्त्र आदमियों को उस निहत्थे ने कैसे मार दिया? सबको अब तक पता चल गया है कि हिप्पियों–सा दिखने वाला यह मिस्टीरियस कैप्टन जो कुछ

कहता है, कर सकता है। वह अस्पताल भी इसलिए नहीं गया कि बहुत सारे लोगों को उसकी पहचान का पता नहीं लगना चाहिए। तभी यह जानकर कि देवी को नर्स का काम आता है, उसे सन्तोष हुआ था। ऐसे लोग बिना नाम, बिना पहचान और बिना असली चेहरे के चुपचाप एक जगह से दूसरी जगह अपना काम करते रहते हैं।

फिर कैप्टन उन्हें सूचना देता है कि आने वाली कल की रात को सौ विद्रोही पड़ोस के शत्रु–देश में गुरिल्ला युद्ध की ट्रेनिंग के लिए सीमा पार कर रहे हैं। कर्नल अपने सुरक्षा–मेजर की ओर देखता है। मेजर अपमानित आवाज़ में कहता है–

"रबिश! हमें हमारे कान्टेक्ट्स ने ऐसी कोई सूचना नहीं दी।"

कैप्टन उसकी ओर देखता भर है। उसकी इस फ़ालतू बात का कोई जवाब नहीं देता। उसे कहने पर कागज़–पेंसिल लायी जाती है। वह साथ फैले हुए जंगल का नक़्शा बनाता है। फिर पेंसिल द्वारा खींची गयी लाइन एक सँकरा रास्ता बन जाती है। कर्नल और उसके सैनिकों को आज रात ही चल पड़ना चाहिए। विद्रोही सिंगल–फाइल, एक ही पंक्ति में इस सँकरे रास्ते पर चलकर सीमा पार करेंगे। जवानों की एक टुकड़ी को जहाँ रास्ता ख़त्म होता है, वहाँ विद्रोहियों से पहले पहुँच जाना चाहिए। विद्रोही सशस्त्र होंगे। पीछे से जंगल को आग लगा देनी चाहिए। विद्रोही भी जानते हैं कि एक बार उस सँकरे रास्ते से भागकर जंगल में जाने की कोशिश करेंगे तो जंगल उन्हें जला डालेगा। सिवाय आत्म–समर्पण के कोई चारा नहीं।

कर्नल खन्ना इस ऑपरेशन से तीन दिन बाद लौट आया था। जैसा कैप्टन मेहता ने बताया, वैसा ही हुआ था। बिना एक गोली चलाये विद्रोहियों को पकड़ लिया गया था, लेकिन...

"लेकिन क्या?" कैप्टन मेहता ने पूछा।

"लेकिन उनका लीडर, जो अपने आप को ब्रिगेडियर कहता है, क़ैद नहीं हो सका। हो सकता है, जंगल में जल गया हो।"

कैप्टन ने हाथ का गिलास मेज़ पर रख दिया। उसका इंफ़ार्मर उसे बता चुका था कि ब्रिगेडियर ही इन विद्रोहियों को सीमा पार करायेगा। जंगल का चप्पा–चप्पा वह हथेली की लकीरों की तरह जानता है। कैप्टन धीमी आवाज़ में कहता है–

''उसका बचकर निकल जाना ठीक नहीं हुआ।''

कैप्टन के यह वाक्य बोलते ही कमरे में चारों ओर ख़तरा फैल गया। देवी ने महसूस किया कि भय का एक गोला उसके चारों ओर लगातार चक्कर लगाये जा रहा है।

कैप्टन ने कर्नल को बताया कि वह तीन दिन निकम्मा नहीं बैठा है। देवी को शब्दों के आकार सिखाता–समझाता रहा। अब देवी के लिए शब्द शरीर धारण कर लेते हैं। उसने अपनी बात का सबूत देने के लिए देवी की ओर मुँह करके कहा था–

''नर्स! क्या आपका मरीज़ सिगरेट पी सकता है?''

देवी के चेहरे पर मुस्कान लपकी। उसने रखे काग़ज़ के टुकड़े पर पेंसिल से छोटा–सा वाक्य लिखा–

''नहीं! सेहत के लिए ठीक नहीं।''

और आज पहली बार कर्नल खन्ना ने भी महसूस किया कि यह कैप्टन सचमुच बहुत बडी मिस्ट्री है, रहस्य है। जो देवी गूँगे–बहरों के स्कूल से भाग आयी थी, पढ़ने से इनकार कर दिया था, उसे तीन दिन में ही इस कैप्टन ने शब्दों का शरीर सिखा और समझा दिया है।

और देवी के लिए बीच के दिन इतनी तेज़ी से गुज़र गये जैसे आये ही न हों। मेहता के साथ वह शाम को प्रतिदिन घूमने जाती है। अब उसे पता चला है कि मेहता जो शब्द बोलता है, बस वही अर्थवान हैं, और कुछ नहीं। वैसे भी यह रहस्यपूर्ण कैप्टन बहुत कम बातचीत करता है। भाभी ने उसके कम बोलने के बारे में एक दिन कहा था तो कैप्टन ने सादा, छोटा–सा जवाब दिया था–''मुझे बहुत बोलने वाले लोग अच्छे नहीं लगते।''

वे दोनों सैर करते रहते थे और ख़ामोशी उनके बीच बतियाती रहती थी। एक–दूसरे के छोटे–छोटे स्नेह–संकेत लिये दौड़ती फिरती थी। देवी सोचती है–फिजूल में ही मेहता ने उसे लिखना सिखाया। इसके साथ चलो, रहो तो भाषा की, शब्दों की दोनों के बीच आवश्यकता ही नहीं रहती।

सुबह हो गयी है। मेहता दिल्ली जा रहा है। जाते ही छुट्टी लेगा। आज के दसवें दिन लौट आयेगा। पापा को साथ लायेगा। शादी यहीं होगी।

देवी ने लाल बार्डर वाली सफ़ेद साड़ी डाल रखी है। उसके कटे हुए काले बाल सफ़ेद कन्धों को छू रहे हैं और हाथों में फूलों का गुच्छा है। गेट के बाहर जीप पहुँच गयी है कैप्टन को स्टेशन तक ले जाने के लिए। खन्ना, मिसेज़, देवी–तीनों गेट पर खड़े हैं। देवी उसे हाथों में फूलों का गुच्छा पकड़ाती है। कैप्टन अचानक हाथ बढ़ाकर गेट पर लगी बेल की तार जैसी पतली टहनी तोड़ लेता है। टहनी को गोल करके गाँठ लगाता है और देवी की अनामिका में बेल की टहनी से बनी अँगूठी डाल देता है। जाने से पहले वह खन्ना को कहता है–

"उसका बचकर निकल जाना ठीक नहीं हुआ।"

ख़तरा गेट के आसपास घूमता है और जीप स्टार्ट होने की आवाज़ उसे खा जाती है।

कैप्टन को दस दिन बाद लौटना था, आज पन्द्रह दिन हो गये हैं। न कोई चिट्ठी, न कोई ख़बर।

स्टेशन बाँस के बने इस मकान से दस मील दूर है, लेकिन पहाड़ गाड़ी की आवाज़ को उछालकर यहाँ तक पहुँचा देते हैं। भाभी उसे बता देती है, गाड़ी आ गयी। देवी गेट पर खड़ी हो जाती है। साँप की तरह बलखाती हुई छोटी सड़क की ओर देखती है और ध्वनिहीन बोलती है–

"तुम कब आओगे?"

देवी आज भी गेट पर खड़ी है। पेड़ों की टहनियाँ नीचे से ऊपर हिल रही हैं, देवी को अन्दर लौट जाने के लिए कह रही हैं। हवा का झोंका आता है, सुर्ख़ पत्ते समेटकर बुहारता हुआ देवी के पाँवों के पास पटककर फिर लौट जाता है। आज वक़्त से पहले ही सूरज को बादल खा गये हैं। देवी गर्दन मोड़कर मकान की ओर देखती है, बिल्कुल उसकी तरह है–चुपचाप, स्तब्ध और प्रतीक्षारत। रसोई के धुएँ की पतली–सी लकीर बाहर निकलती है; ऊपर आने की कोशिश करती है, हवा इसे जल्दी ही छितरा देती है।

कर्नल खन्ना भी आज बहुत टेंशन महसूस कर रहे हैं। मिसेज़ के कहने पर वह कुछ देर पहले कैप्टन मेहता के बताये हुए दिल्ली के नंबर पर फ़ोन बुक करा चुके हैं। लाल फ़ोन बजता है। खन्ना फ़ोन पर बात करता है। आज भी वह तीन स्टारवाला जनरल फ़ोन पर बात करता है। मेहता के बारे में पूछने पर जनरल कड़ी आवाज़ में कहता है–

"ब्लैक–पीकाक इज़ डेड। दिल्ली पहुँचने से पहले ही किसी विद्रोही ने उस पर ग्रेनेड फेंक दिया। रास्ते में ही कैप्टन मारा गया।"

खन्ना कहता है कि उसे इस ख़बर का पता नहीं चला, अख़बारों में भी नहीं आयी। जनरल बताता है–"ऐसे लोगों की मृत्यु की ख़बर अख़बारों में नहीं आया करती।"

और फिर जाने क्यों खन्ना जनरल को सूचना देता है कि कैप्टन की उसकी बहन से शादी होने जा रही थी।

जनरल की ओर से थोड़ी देर कोई जवाब नहीं मिलता। फिर एक लम्बी साँस की आवाज़ फ़ोन पर आती है। जनरल यह कहकर फ़ोन बन्द कर देता है–"आय एम सॉरी, कर्नल! वैसे ब्लैक पीकाक मेरी इकलौता लड़का था।"

खन्ना फ़ोन नीचे रख देता है। हाँ, जनरल का सरनेम भी तो मेहता है। और सबसे पहली बात जो उसे याद आती है, वह उस मिस्टीरियस कैप्टन का आख़िरी वाक्य–

"उसका बचकर निकल जाना ठीक नहीं हुआ।"

देवी अब भी गेट पर खड़ी है और बार–बार ध्वनिहीन वाक्य दोहरा रही है–

"तुम कब आओगे?"

मुस्कान

"ख़ूबसूरत औरतें हमेशा बेवकूफ़ होती हैं और बदसूरत औरते अक़्लमन्द," यह वाक्य मनु ने कुछ ऊँचा बोला। वह भी जानता है, उसके पास बैठे दोस्त भी जानते हैं कि यह फ़िक़रा उसने 'मुस्क.ान' का उद्घाटन करने आयी अभिनेत्री को सुनाने के लिए बोला है। हमेशा औरतों के ख़िलाफ़ उनके सामने बोलना मनु की आदत है। शायद इसलिए बहुत सारी औरतें उसकी दोस्त हैं। चापलूसी करने वाले चमचा मर्दों के बजाय ख़िलाफ़ बोलने वाले मर्द औरतों को हमेशा अच्छे लगते हैं। अभिनेत्री नीति ने पास आकर तीखी आवाज़ में पूछा–

"क्या कहा आपने?" वह बहुत सुन्दर है जैसा कि अक्सर फ़िल्मी औरतें होती हैं। मनु ने अपनी सोयी हुई आँखों को उसके चेहरे पर टिकाया, सिर ऊपर उठाकर उसे नीचे से ऊपर तक देखा और मुस्कराकर जवाब दिया, "मैं कह रहा थ कि ख़ूबसूरत औरतें हमेशा बेवकूफ़ होती हैं। आपने शायद अंग्रेज़ी नहीं पढ़ी। कहते हैं न–ब्यूटी एंड ब्रेन डोंट गो टुगेदर"

तब तक मनु की पत्नी भी उनके पास आ गयी है। बहुत सारे प्रेसवाले और फ़ोटोग्राफ़र, जो मनु की पत्नी के दोस्त हैं, उस मेज़ के पास साथ आये हैं। सब मनु के भी दोस्त हैं, जानते हैं, जब मनु बोलेगा तो बातों की गोलियाँ छूटेंगी–फ़िल्मी पत्रिकाओं के लिए इससे अच्छी मसालेदार ख़बर और क्या होगी? मनु की पत्नी किरण उसे घूर रही है, चुप हो जाने के लिए।

"आप हैं कौन? परिचय तो दिया नहीं?" कोई भी प्रसिद्ध आदमी किसी अनजान का परिचय जब सारे लोगों के सामने माँगता है तो असल में उसे अपमानित कर रहा होता है।

''मैं आपकी सहेली किरण का, 'मुस्कान' की मालकिन का हस्बैंड हूँ।''

''बस!'' नीति का निचला होंठ ऊपर उठ आया है। बस 'यही कुछ' की मुद्रा में प्रेसवालों, मनु के दोस्तों, सबको लगा कि आज मनु हार गया है। कभी–न–कभी तो बराबर की टक्कर का मिल ही जाता है।

मनु ने हौले–से गिलास उठाया, बाक़ी की शराब पी, गिलास नीचे रखा। साथ खड़े फ़ोटोग्राफ़र से सिगरेट माँगा, फिर माचिस माँगी, सिगरेट का कश लिया और दोनों चीज़ें फ़ोटोग्राफ़र को वापिस कीं। किसी की बात का जवाब जान–बूझकर देर से देकर भी हम उसे कचोट सकते हैं। ''बस नहीं, साहब। मेरा नाम मनु है। मैं किरण का पति हूँ। दो बच्चे हैं। लड़की दस साल की, लड़का पाँच साल का। बच्चे मैं और भी पैदा कर सकता हूँ, लेकिन 'दो के बाद कभी नहीं वाली बात मानता हूँ। मेरी उमर चालीस है। क़द पाँच फुट दस इंच और वज़न 170 पौंड। एम.ए. पास कर रखी है।''

अभिनेत्री के चेहरे पर भूखी शेरनी आ बैठी है। कैमरे के फ़्लैश चमक रहे हैं और मनु जैसे कुछ हुआ ही नहीं वाले अन्दाज़ में सिगरेट पी रहा है। उसके जवाब में फुलझड़ी बड़े कमरे में फूट चुकी है, कहीं क़हक़हों की शक्ल में, कहीं खुली हँसी की आवाज़ में।

किरण मनु को जलती आँखों से घूरती है। नीति की बाँह पर हाथ रख उसे परे ले जाती है। प्रेसवाले और फ़ोटोग्राफ़र भी उन दोनों के वहाँ से हटने पर, उनके साथ दूसरी मेज़ की तरफ़ चले जाते हैं। उन्हें पता है, अब थोड़ी देर के लिए मनु के फ़ायरवर्क्स बन्द।

एक प्रेसवाला नीति से पूछता है कि वह बम्बई में इतनी बिज़ी है, इतनी सारी फ़िल्मों में काम कर रही है, फिर यहाँ आने का वक़्त कैसे निकाल लिया 'मुस्कान' के उद्घाटन के लिए।

नीति को अब पहली बार सब लोगों का ध्यान अपनी ओर बाँटने का मौक़ा मिला है। सधी हुई अभिनेत्री है। ग़ुस्से को पल भर में अपने चेहरे से पोंछ लेती है। लोगों के लिए सब कुछ लुटा देने वाले रोल करने में वह माहिर है।

''बिज़ी हूँ तो क्या हुआ? मैं अपने दोस्तों को कभी नहीं भूलती। आप शायद जानते नहीं, कुछ साल पहले मैं किरण के साथ मॉडलिंग

करती थी। मुझे फ़िल्मों में ब्रेक मिल गया, लेकिन जैसे ही किरण का ख़त आया कि उसने एड–एजेंसी शुरू की है तो बम्बई में सब कुछ छोड़–छाड़कर यहाँ आ गयी। किरण अगर कहे तो इसकी एजेंसी के लिए मैं मॉडलिंग करने को अब भी तैयार हूँ।'' उसने बोलना बन्द किया। सुनने वालों की तरफ़ इस तरह से देखा कि तालियाँ क्यों नहीं बजाते? क्योंकि सारे–के–सारे मेहमान विज्ञापन एजेंसियोंवाले हैं, अख़बारवाले हैं, फ़ोटोग्राफ़र हैं और ऐसी पार्टियों के लटकों से वाक़िफ़ हैं, 'ठीक वक़्त' पर तालियाँ बजाना उन्हें आता है।

''पर यार, एजेंसी का नाम अंग्रेज़ीवाला रखना था, यह 'मुस्कान' क्या हुआ?'' नीति ने किरण के कन्धे पर हाथ रखकर पूछा।

किरण बताती है कि अंग्रेज़ी के कई नाम सोचे, गोल्डन टच, सन–रेज़, स्माइल वग़ैरह, पर मनु ने कहा कि कोई नयी बात होनी चाहिए। उसने यही नाम चुना है। मनु और उसके दोस्त अपनी मेज़ से उठकर वहाँ आ गये हैं। जवाब मनु पूरा करता है।

''आप जानती हैं न मैडम, किरन को विज्ञापन की दुनिया में 'गर्ल विद अ गोल्डन स्माइल' कहा जाता है। एड–एजेंसी इसकी है। सारे मुल्क में इसकी मुस्कान घर–घर में फैली हुई है। बस 'मुस्कान' नाम रख दिया।'' यह जवाब देते हुए मनु की आवाज़ दब गयी है। कन्धे थोड़े झुक गये हैं, आँखें और ज़्यादा सो गयी हैं। नीति उसके हाथों से ख़ाली गिलास लेती है, मेज़ पर रखती है, पास खड़े वेटर की ट्रे से शराब का गिलास उठाती है, उसे पकड़ाती है, और फ़िल्मवालों का सबसे सस्ता वाक्य बोलती है।

''यू आर ए जीनियस।'' मनु उसे आँखें पूरी खोलकर देखता है, प्रेसवाले दोस्त से फिर सिगरेट माँगता है और दो लम्बे क़दम उठाकर अपनी मेज़ पर वापिस चला जाता है।

वह शराब का गिलास बिना पिये मेज़ पर रखता है और दरवाज़े के बारह निकल जाता है। मकान की बालकनी में नवंबर की हवा निधड़क घूम रही है। उसने आधी बाँहों का स्वेटर पहन रखा है, फिर भी गर्मी लग रही है। क़मीज़ की बाँहें ऊपर चढ़ा लेता है। एक बार सर्दियों में बाँहें ऊपर चढ़ाने की आदत पर किरण ने टोका था तो उसने जवाब दिया था कि क़मीज़ की बाँहें नीची हों तो लगता है, हाथ क़ैद हैं। ऐसे जवाब सुनकर पत्नी उसकी ओर ऐसे देखती है जैसे पागलों को देखा जाता है।

वह शाम को घण्टों बालकनी में खड़ा रहता है। रेलिंग पर बाँहें टिकाये, सिगरेट सुलगाये, लोगों को शाम के वक़्त पैदल, स्कूटरों पर, कारों पर अपने घरों की ओर लौटते देखना उसे हमेशा अच्छा लगता है। लोगों के चेहरे से पता चल जाता है कि वे दफ़्तर जा रहे हैं या घर लौट रहे हैं, लेकिन मनु तो घर के बाहर जाता ही नहीं, न किसी काम पर, न किसी दफ़्तर। उसे शायद तभी घर लौटते लोग देखना अच्छा लगता है। उसकी लड़की रानी ने एक बार पूछा था–

''पापा, इतनी देर बालकनी में खड़े क्या देखते हो?''

''रानी बेटी, किसी दिन कारें गिनता हूँ, किसी दिन स्कूटर, किसी दिन साइकिलें।''

''क्यों?''

उसने रानी बेटी का कान छूकर कहा था।

''इससे मैथ्ज़ अच्छा हो जाता है। तुम भी गिना करो। मैथ्ज़ में नंबर कम आते हैं न!''

''ओ पापा! यू आर फ़नी!''

हाँ, पहले जो बातें किरण को अच्छी लगती थीं, रानी को अच्छी लगती थीं, अब दोनों को फ़नी लगती हैं। किरण को फ़नी लगता है कि अब दो मंज़िला मकान है, खाने–पीने की कमी नहीं, फिर भी मनु घण्टों चुप रहता है। कोई तकलीफ़ भी तो नहीं बताता। कोई एतराज़ भी तो नहीं करता।

उसके सारे दोस्त, ख़ासकर शादीशुदा उसकी बीवी की सदाबहार मुस्कान देखकर कितना रश्क करते हैं। अपनी बीवियों को किरण की मिसाल देकर मुस्कराने की सलाह देते हैं। कई बार उसके अमीर दोस्तों ने उन दोनों के सामने अपनी बीवियों को डाँटा है–''इन दोनों को देखो। नपी–तुली आमदनी है। फिर भी किरण हरदम मुस्कराती रहती है और तुम? शिकायतों ने चेहरे पर धरना दे रखा है। सब कुछ है, सूरत फिर भी रोनी।''

हाँ, यह ठीक है। किरण हर वक़्त, हर हालत में मुस्कराती रहती है। मनु ने इस मुस्कान के अनगिनत रूप देखे हैं। ग़ुस्से होगी तो होंठ थोड़े टेढ़े करेगी, मुस्करायेगी। ख़ुश होगी तो निचले होंठ पर जीभ का सिरा छुयेगी, मुस्करायेगी। गर्मी होगी तो 'उफ़' कहते ही दोनों होंठों की लम्बाई

बढ़ायेगी, मुस्करायेगी। सर्दी होगी तो 'हाय कितनी ठण्ड' कहकर होंठों को सिकोड़कर मुस्करायेगी। और...और...हर हालत में मुस्कान। विज्ञापन की दुनिया में उसका नाम है–'द गर्ल विद अ गोल्डन स्माइल? छोटा नाम 'स्माइल गर्ल'। कपड़ों, साड़ियों वग़ैरह की ग्रुप–मॉडलिंग में बाक़ी मॉडल लड़कियाँ अब उसके साथ ग्रुप में फ़ोटो खिंचवाने से इनकार करती हैं क्योंकि किरण की घातक मुस्कान से उन्हें डर लगता है, हीनभावना पैदा होती है। इस मुस्कान की बदौलत दो मंज़िला मकान है, कार है, आज अपनी विज्ञापन एजेंसी शुरू हो गयी है।

यह सलाह मनु ने ही दी थी कि उद्घाटन उसकी फ़िल्मवाली सहेली से करवाया जाये। प्रेसवाले आयेंगे, फ़ोटोग्राफ़र आयेंगे, बड़ी–बड़ी कम्पनियों के डायरेक्टर आयेंगे, घर के सामने भीड़ आयेगी, फिर पुलिस आयेगी और उद्घाटन एक समाचार बन जायेगा। बालकनी के नीचे, घर के आगे अब भी सैकड़ों लोग खड़े हैं, नीति की एक झलक पा जाने के लालच में।

पहले यह मुस्कान सिर्फ़ उसकी थी, अब घर–घर की है। कैलेंडरों पर साड़ियों, साबुनों के, सिरदर्द की गोलियों, सैनेटरी टावल्ज़, जूतों, टायरों के इश्तहारों में। हिन्दी या अंग्रेज़ी की किसी भी पत्रिका के किसी भी पेज पर उसकी मुस्कान का दमकता सूरज।

कितने बरस हुए होंगे इस बात को, जब यह मुस्कान उसके घर से निकली और हर घर की बन गयी। आठ–दस लेखकों की बीवियों को लेकर उसके एक पत्रकार दोस्त को कोई लेख लिखना था। पत्रिका का फ़ोटोग्राफ़र भी उसका दोस्त था। पत्रकारों, फ़ोटोग्राफ़रों, लेखकों का अड्डा जमाने की जगह उसका घर हुआ करता था, अब भी है, वजह? क्योंकि किरण मुस्कराकर बीयर या शराब गिलासों में डालती थी। किसी को चढ़ जाये तो मुस्कराकर डाँटती थी। यही वजह है कि इन सबकी बीवियों में वह अप्रिय थी, बदनाम थी। 'बेहया औरत' का तमगा उसे उन दिनों ही मिल चुका था। साथ के लेखक दोस्त मनु से कितना जलते थे। लिखता अच्छा है, खाता अच्छा है, बीवी भी अच्छी है। उसे उनके जलने से मज़ा आता था, क्योंकि वह जानता है कि बहुत सारे लेखकों को उनकी क़लम उतना बर्बाद नहीं करती जितना उनकी बीवियाँ।

किरण की फ़ोटो छपी थी और नीचे एक वाक्य–वक्तव्य, कि उसे अपने लेखक पति मनु की सारी कमज़ोरियाँ अच्छी लगती हैं क्योंकि वह लिखता अच्छा है।

लेख छपने के कुछ दिन बाद फ़ोटोग्राफ़र दोस्त आया था और बताया कि किसी छोटे लाले ने नये ब्रांड की माचिस बनायी है, साथ किरण का फ़ोटो छापना चाहता है। पाँच सौ रुपये देगा। फ़ोटोग्राफ़र का क़द पाँच फुट से छोटा, लेकिन नाम समरजीतसिंह। मनु ने उसे खा जाने वाली आँखों से देखकर कहा था–

''ओए चूहे! माचिस और औरत की क्या तुक है?''

समरजीत को अपने 'चूहे' नामकरण पर कभी एतराज़ नहीं हुआ था, क्योंकि जवाब देना उसे भी आता था, ''ओए हेमिंग्वे की औलाद, तू बस कहानियाँ डाला कर। दुनिया में क्या हो रहा है, इससे तुम लेखकों को क्या वास्ता? अगर मोटरों के टायरों की मज़बूती के साथ औरत की तस्वीर छप सकती है तो माचिस के साथ क्यों नहीं?''

किरण ने भी मज़ाक़ किया था।

''चूहे भाईसाहिब, आज दिन के वक़्त तो नहीं लगा ली?''

''देख किरन, तू चूप रह। अक़्ल की बात से तुम औरतों का क्या वास्ता? अब पीने की बात तुमने ही छेड़ी है तो ला, फ़ौजी रम पिला।''

रम का आधा गिलास चढ़ाने के बाद चूहे ने बताया था कि किरण को माचिस के इश्तहार के लिए पाँच सौ रुपये मिलेंगे और उसे सौ रुपये। पाँच सौ की बात सुनकर किरण के चेहरे पर मुस्कान आयी थी। टेबल फ़ैन की ओर देखा था। फिर छत देखी थी, जिसमें पंखा लगाने का कुण्डा था, लेकिन पंखा नहीं। उसे किरण की यह आदत बहुत पसन्द थी कि किसी चीज़ के घर में न होने को लेकर आम औरतों की तरह बखेड़ा खड़ा नहीं करती थी, सिर्फ़ उस जगह को देखकर, जहाँ वह अनुपस्थित चीज़ होनी चाहिए, मुस्करा दिया करती थी। चूहे ने आख़िरी दाँव चलाया था।

''अरे पाँच सौ से एक महीना विस्की पियेंगे। फ़ौजी रम पी–पीकर पेट भी अटैनशन हो गया है।''

बात पक्की हो गयी। चूहे की अगली फ़रमाइश थी कि विज्ञापन के साथ हिन्दी में लाइन मनु लिखे।

''इश्तहार तो अंग्रेज़ी में चलते हैं, हिन्दी में लाइन क्यों?''

चूहे ने जल–भुनकर समझाया–

"क्योंकि माचिस सिर्फ़ तेरी अमीर माँएँ इस्तेमाल नहीं करतीं, ग़रीब माँएँ भी इस्तेमाल करती हैं। और उन्हें हिन्दी आती है अंग्रेज़ी नहीं।"

उसके ना–नू करने पर किरण ने डाँटती–मुस्कान का वार किया था–"इतने बड़े लेखक बने फिरते हो, एक फ़िक़रा नहीं लिखा जाता?"

मनु ने आधे वाक्य का विज्ञापन बनाया था, माचिय जलाते हाथों की तस्वीर के ऊपर 'हमारी माचिस जलाइये और...' दूसरी तस्वीर में किरण का मुस्कराता चेहरा, फुलझड़ी जलाते बच्चे की मुस्कानवाला।

माचिस बहुत बिकी। इसलिए नहीं कि किरण की तस्वीर थी, इसलिए कि दूसरी माचिसों की तरह खोलते हुए डिबिया टूटती नहीं थी, लेकिन इसके बाद घर के बाहर इश्तहारवालों के फ़ोटोग्राफ़रों की लाइन लग गयी थी।

तब किरण को बम्बई के ब्लेज़वालों का और पार्कर एंड पार्करवालों का बुलावा आया था। मनु को साथ चलने के लिए कहा था।

"नहीं, काम करना हो तो अकेले जाने की आदत डालो। फिर मैं साथ दूँगा तो शायद कांट्रेक्ट मिले ही न।"

"क्यों, क्यों नहीं मिलेगा? उन लोगों ने अपने आप बुलाया है।"

मनु ने उसे बताया कि फ़िल्मी दुनिया में, विज्ञापन की दुनिया में विवाहित औरतों का भाव गिर जाता है। मॉडल के कुँवारे होने का एक अतिरिक्त आकर्षण होता है। किरण को सलाह भी दी थी कि बम्बई में किसी को यह भी बताने की ज़रूरत नहीं कि उसका पति है, एक बच्ची है। हाँ, काम जम जाये तब दूसरी बात है।

किरण पन्द्रह दिन बम्बई लगाकर लौटी थी तो शिकायत की थी–"अजीब लोग हैं। यह किसी स्कूटर का विज्ञापन था। मुझे झुककर सीट पर बैठने के लिए कहा। तस्वीर सलवार–क़मीज़ में खींची जानी थी, शायद पंजाब में इन स्कूटरों की बिक्री कम थी। फ़ोटोग्राफ़र भी अजीब झक्की, कहने लगा, कमीज़ के सारे बटन खोल दीजिए। गर्मी के मौसम के लिए स्कूटर की इश्तहार है।"

"शुक्र करो, उसने शार्ट्स पहनकर फ़ोटो खिंचवाने के लिए नहीं कहा।"

"ठीक सलाह थी। स्कूटर गर्मी के मौसम की सवारी है।"

"अरे आगे सुनो, क़मीज़ के बटन तो मैंने खोल दिये। ब्रा देखकर वह जल–बुझ गया। कहने लगा, इसे उतारकर आओ।"

"ठीक कहा उसने। देखो, जब तक औरत के जिस्म के कुछ ज़रूरी हिस्से नज़र न आयें, लोगों की निगाह इश्तहार पर पड़ती कहाँ है?"

किरण का मुँह सूज गया।

"सुनो किरण, एक बात का फ़ैसला कर लो। जिस दुनिया में गयी हो, उसके तौर–तरीक़े मानकर ही चलना होगा। विज्ञापन की दुनिया का सबसे ज़रूरी आदमी है फ़ोटोग्राफ़र। वह किसी भी मॉडल को बना सकता है। बर्बाद कर सकता है।"

"लेकिन मैं तुम्हारा भी तो सोचती हूँ। लोग क्या कहेंगे? तुम्हें बुरा नहीं लगेगा क्या?"

"मेरी छोड़ो, अगर मैं औरतों के अपने अलग अधिकारों के बारे में लिखता हूँ तो उसमें विश्वास भी करता हूँ।"

और थोड़े वक़्त में किरण नंबर एक मॉडल बन गयी।

जूतों का इश्तहार है तो पति की तस्वीर के साथ–'जूता आप पहनें और आपकी पत्नी...' दूसरी तरफ़ किरण की तस्वीर–चमत्कृत मुस्कानवाली। तौलियों के इश्तहार–बड़ा–सा तौलिया लपेटे किरण। 'द फ़ैदर टच' किरण की मुस्कान–आओ, लेकिन मुझे धीरे–से छूना–वाली।"

पहले मकान था किराये का, तीन साल बाद अपना घर है। नंगी दीवारें धीरे–धीरे ढँकती गयीं–सामने लगी सबावाला की पेंटिंग, शायद दस हज़ार में आयी थी। कोने में सजा जापानी टेलीविज़न, उसके बाद कार।

पहले मनु दो वक़्त रोटी खाता था, अब दो वक़्त अच्छी शराब पीता है। हमेशा कमरा बन्द करके लिखता था। अब घर लेने के बाद जब वह तीन घण्टे बाद बन्द कमरे से बाहर आया था तो किरण ने पूछा था–

"कितने मिल जाते हैं एक कहानी के?"

"यही कोई दो सौ!"

वह मुस्करायी 'बस्स' वाली मुस्कान।

"मत सिर खपाया करो! पाँच सौ तो तुम्हें एड की एक लाइन के मिल जाते हैं।"

मनु सच की हमेशा इज़्ज़त करता है। किरण ने कहा तो सच है। पहले उसका 'सिर खपाना' कम हुआ, अब कई सालों से बन्द है।

टी.वी. पर विज्ञापन आने शुरू हुए तो किरण की मुसकानें घर–घर में खिलने लगीं। एक विज्ञापन को तो डाइजेस्ट वालों ने वर्ष के सबसे अच्छे विज्ञापन का पुरस्कार भी दिया था।

इस विज्ञापन से पहले घर में पहली और आख़िरी लड़ाई हुई थी। किरण को दो महीने बाद पता चला था कि उसे दूसरा बच्चा होने वाला है। पहली बार बिना मुसकान मनु पर बरसी थी–

''तुम मुझसे जलते हो। मेरा कैरियर बर्बाद करने पर तुले हो। इस मोटे पेट के साथ मुझे कौन माडल लेगा? क्यों? अपना घर जो माडलिंग के पैसों से ख़रीदा है, अच्छा नहीं लगता? सारी ज़िन्दगी रम पीते रहे हो, विस्की पचती नहीं है क्या?''

उसे अब मनु के ग़ुस्से से डर भी नहीं लगता। मनु आम मर्दों की तरह दिन में दो–तीन बार ग़ुस्से नहीं होता। साल में एक आध बार और तब उसके सिर पर ख़ून सवार हो जाता है।

किरण के सामने जब पहली बार उसे ग़ुस्सा आया था तो उसकी जान निकल गयी थी। दोनों बस में कहीं जा रहे थे। नयी–नयी शादी हुई थी। शायद मनु का हाथ उसके कन्धे पर था। पिछली सीट पर तीन आदमी धीरे–धीरे आवाजें कस रहे थे। किरण डर गयी। मनु के हाथ कन्धे से परे किया था। मनु ने बाह फैलाकर उसके दोनों कन्धों पर रख दी थी। पीछे से आवाज़ आयी थी, ''भाई, फ़िल्म की शूटिंग मुफ़्त में देख लो।''

दूसरी आवाज़ पर ''यार, हीरो ज़रा पहलवान लगता है।''

मनु सीट से उठा, पीछे मुड़ा। वह किसी पर हाथ उठाने से पहले गालियाँ देकर उसे चौकस भी नहीं करता। लड़ाई की यह ट्रिक उसे एक फ़ौजी ने बतायी थी।

उसने उन तीनों में सबसे तगड़े आदमी की नाक पर हथेली रखी थी, सिर के पिछले सिरे पर दूसरा हाथ रखा था। हथेली दबाकर मुँह पीछे किया और हाथ दबाकर सिर आगे। नाक की हड्डी चिटखने की आवाज़ साफ़ सुनायी दी थी। ख़ून के छींटे आसपास गिरे थे। बाक़ी दो को मनु ने घूरकर पूछा था–

''तुम्हें भी परसाद चाहिए?''

दोनों काँप रहे थे। ''नहीं भाई साहिब, हम आपको कुछ नहीं कह रहे थे। आपको ग़लती लगी है। हम तो फ़िल्म देखकर आ रहे

हैं। उसकी बातें कह रहे थे!'' ड्राइवर ने बस रोकी थी। उन तीनों के पास आया था। टूटी नाकवाला मुँह पर रूमाल दबाकर ख़ून रोकने की कोशिश कर रहा था। उन तीनों को अपनी लम्बी दाढ़ी पर हाथ फेरकर समझाया था।

''पहलवानो, बन्दा देखकर पंगा लिया करो। अगले स्टॉप पर उतरकर इस सूरमा को डॉक्टर के पास ले जाओ।''

घर पहुँचकर किरण ने कहा था–

''तुम राइटर हो कि गुण्डे, न बाबा! अब मैं तुम्हारे साथ कभी सफ़र नहीं करूँगी।''

तब किरण को पता चला कि मनु के सिर्फ़ दो शौक़ हैं–अच्छी सेहत और अच्छा लिखना। एक दिन सवेरे उठी थी तो सर्दियों के मौसम में मनु को पसीने से नहाये देखकर पूछा था।

''क्या हुआ? इतनी सर्दी में इतनी पसीना?''

''मेम साहब, पाँच किलोमीटर की दौड़ लगाकर आया हूँ।''

मनु ने उरो बताया कि शराब रोज़ पीने पर भी सेहत बनाये रखने का राज़ उसके फ़ौजी दोस्तों ने बताया है। रात चाहे जितनी पिओ। सुबह लम्बी दौड़ लगाओ। पसीने के रास्ते सारी बाहर निकल जायेगी।

पाँच साल की रानी जब झूलने के लिए मचलती है तो वह अक्सर अपनी बाँह लम्बी कर देता है और रानी मिनटो झूलती रहती है। कान्वेंट में पढ़ती है, इसलिए तारीफ़ अंग्रेज़ी में करती है।

''ओ पापा, यू आर लाइक द सुपरमैन।''

मनु बालकनी से नीचे सिगरेट फेंकता है। हाँ, उस दिन की पहली और आख़िरी लड़ाई, किरन के 'अपना घर' और 'विस्कीवाले' चालू वाक्य। मनु ने धीमी आवाज़ में जवाब दिया था–

''तुम्हें पता है न, मुझसे ऊँची आवाज़ में नहीं बोलते।''

किरण चुप हो गयी। उसे मनु का ख़ून सवार चेहरा अब तक याद है, मुस्करायी थी–हार मानने वाली मुस्कान।

''तुम तो जानते हो अगर एक साल मैंने काम न किया तो मुझे कौन पूछेगा, ठीक शेष मं ओ के लिए वक़्त लग जायेगा?'' मनु ने धीमी आवाज़ में कहा था–

''बहस मत करो, बच्चा पैदा करना है तो ठीक। नहीं तो ऑपरेशन करा लो। अभी दो महीने ही तो हुए हैं।''

किरण चुप हो गयी थी। जानती है, मनु का लगातार धीमी आवाज़ में बोलना आने वाले ख़तरे की निशानी होता है।

तब उसने घर से बाहर निकलना बन्द कर दिया था। पेट मोटा हो गया है। एक दिन चूहे ने उसका उभरा पेट देखकर कहा था–

"सुनो किरण, मुझे दवाइयों की कम्पनी का एक विज्ञापन मिला है। हो जाये एक फ़ोटो?"

"समरजीतसिंह, तुमने बहुत तो नहीं चढ़ा ली?" किरण ने चूहे का पूरा नाम लेकर उसका अपमान किया। अब चूहा साधारण फ़ोटोग्राफ़र नहीं। किरण की वजह से विज्ञापन एजेंसियों में फ़ोटो खींचता है। आजकल मनु के घर आता है तो शराब की बोतल लेकर।

चूहे ने जब विज्ञापन की थीम बतायी तो मनु ने भी 'हाँ' कर दी और यह विज्ञापन साल का सबसे अच्छा विज्ञापन चुना गया था। आधा वाक्य मन ने लिखा था।

कैमिस्ट की दुकान के अन्दर जाती किरण। बाँछें फाड़कर पूछता कैमिस्ट–"क्या चाहिए बहिन जी?"

अपने उभरे पेट की तरफ़ देखकर मुस्कराती किरण–मुझे बच्चा पैदा करना अच्छा लगता है वाली मुस्कान।

आँखें मटकाकर बोलता कैमिस्ट–"ओ...ग्राइपवॉटर।"

टी.वी., सिनेमाघर और पत्रिकाओं में आज भी इस इश्तहार का बोलबाला है।

कोई बाहर बालकनी में आया है। उसके पास आकर रुका है। बेटी रानी है : दोनों हाथ पीछे किये हुए।

"अन्दर चलो, पापा!"

"अभी आया। अन्दर गर्मी है।"

"चलो न, पापा! सब बोर कर रहे हैं।"

"यह हाथ क्यों पीछे कर रखे हैं?"

रानी हाथ आगे करती है। शराब से अधभरा गिलास है–

"खट–से पी लो, पपा! मम्मी को पता नहीं चलने दिया। चुपचाप खिसका लायी।"

आजकल मनु और रानी की टीम बनी हुई है। किरण के ख़िलाफ़ बेटी बाप का साथ देती है। बाप की राज़दार है–

"खट–से पी लो। मैं ख़ाली गिलास रख दूँगी। यहाँ पड़ा रहेगा तो ममा को पता लग जायेगा।"

मनु लम्बी साँस अन्दर खींचता है। शायद आह रोकने के लिए, रानी को अन्दर जाने के लिए कहता है।

"आप क्यों नहीं चलते? बहुत तो नहीं हो गयी।" चिन्ता–भरा सवाल।

वह रानी के साथ अन्दर आ जाता है। आवाज़ों और रोशनियों के जंगल में।

समरजीत पार्टी में अभी–अभी पहुँचा है। मनु डपटता है–

"ओए चूहे! देर से क्यों आया है? किस माँ के पास बैठा था?"

चूहा चायवाले मॉडल की ओर इशारा करता है–

"इस कंजर को लेने गया था। प्लेन एक घण्टा लेट था।"

बैरा चूहे के पास शराब के गिलासोंवाला ट्रे लाता है। वह गिलास उठाता है, देखता है, फिर दूसरा गिलास उठाकर उसकी शराब पहले में डाल देता है। मनु की शराब ख़त्म तो नहीं हो चली, के जवाब में कहता है–

"देर से आया हूँ हेमिंग्वे की औलाद! जल्दी पिऊँगा तो तुम लोगों के साथ पहुँचूँगा।"

सुबह पाँच किलोमीटर की दौड़ लगाने के कारण, फ़ौजी दोस्तों के साथ ट्रैकिंग पर जाने के कारण, घण्टों क्लब में टेनिस खेलने के कारण, शिकार पर जाने के कारण और फिर लिखने के कारण चूहा मनु को हमेशा 'हेमिंग्वे की औलाद' कहता है।

नीति उसकी मेज़ पर आ गयी है। चूहे को जानती है। वह उसके 'हैलो' के जवाब में 'नमस्ते बहिन जी' कहता है। एक्ट्रेसों और मॉडलों को चूहा सदा बहिन जी कहकर बुलाता है।

"जैक बड़ा विप मॉडल है, भाई! समरजीत को एयरपोर्ट लेने जाना पड़ा।" वह वी.आई.पी. को 'विप' बोलती है, जैसे आजकल यहाँ कनाट प्लेस को सी.पी. बोलते हैं।

हाँ, 'चायवाला' मॉडल जैक–किंग सचमुच आजकल 'विप' है। वैसे असली नाम सेवकराम शर्मा है, गोरा–चिट्टा है, इसलिए 'जैक–किंग' नाम उस पर फबता है। भला सेवकराम शर्मा नाम हो तो क्या कोई मॉडल या

एक्टर बन सकता है। किंग और किरण का चायवाला विज्ञापन पिछले चार सालों से टी.वी. और सिनेमाघरों में रोज़ दिखाया जाता है। जैक सो रहा है। किरण चाय का प्याला लिये पास आती है। जैक आँखें खोलता है। किरन मुस्कराती है–रात की थकानवाली मीठी मुस्कान। जैक चाय का प्याला होंठों को लगाता है। अगला शॉट–माथे पर टेनिस के खिलाड़ी बोर्ग की तरह पट्टी बाँधे टेनिस खेलता हुआ जैक–किंग।

सिनेमाघरों में यार लोग हमेशा फ़बती कसते हैं–साला नामर्द।

चाय का प्याला पकड़ता है। हम होते तो नशीली मुस्कानवाली को...

नीति मनु से पूछती है–

''किंग आपसे रूठा हुआ है क्या? न हैलो, न राम–राम।''

जवाब चूहा देता है–

''माँ दा यार। चाय पीकर पहलवान बनता है। एक दिन मनु के हाथों मरते–मरते बचा।'' चूहे को जल्दी चढ़ जाती है। आठ गिलासों की शराब चार गिलासों में डालकर पी चुका है।

''क्यों क्या हुआ था? मारना था बास्टर्ड को। 'चायवाली' एड के बाद जो भी औरत इसे चाय पेश करती है, उसे अपनी बीवी समझता है, **ब्लडी** सिस्सी।''

मनु को अगर दूसरों का अपमान करने में मज़ा आता है तो वो बातें सुनाने में मज़ा आता है जो ख़ुद उसके लिए अपमानजनक हैं। अपनी कई बार हुई पिटाई की बातें वो अक्सर मज़े ले–लेकर सुनाता है।

हाँ, किंग उसके हाथों पिटते–पिटते बचा था। वह नीति को उस घटना के बारे में बता रहा है जो शायद तीन साल पहले हुई थी। कुछ और लोग भी उसकी मेज़ पर आ गये हैं। यहाँ के दोस्त जानते हैं, शराब में वो मज़ा नहीं जो मनु की बातों में। दोस्तो ने उसे पदवी दे रखी है–बातों का बादशाह।

मनु बताता है कि तीन साल पहले एक शाम चूहे ने कहा था–

''मनु, एक बात कहूँ?''

''बोल।''

''तू बुरा तो नहीं मानेगा?''

''बुरा माननेवाली बात है तो मत कह।''

लेकिन शराब पीकर चूहा ताक़तवर हो गया था–

''मनु, किरण से मॉडलिंग का काम बन्द करवा दे।''

''क्यों बन्द करवा दूँ? यह बात तू कहता है? याद नहीं, शुरू भी तूने करवाया था।''

चूहा शराब का गिलास उठाने लगता है। मनु उसका हाथ पकड़ लेता है–''पहले बात कर, फिर पीना।''

चूहा असहाय उसकी ओर देखता है। उसे मनु के ताक़तवर गुस्से का पता है।

''बोल! कुछ नहीं कहूँगा।''

''वह चायवाला मॉडल है न! पिछले चार दिन से ओबेराय में ठहरा है।''

''तो फिर?''

''किरण सारा दिन उसके पास रहती है।''

''तुझे कैसे पता?''

''कुछ फ़िल्म एक्टर भी वहाँ ठहरे हैं। उनके फ़ोटो खींचने गया था। ख़ुद अपनी आँखों से किरण को उसके साथ अन्दर जाते देखा था।''

''तुझे कैसे पता रोज़ वहाँ जाती है?''

''असिस्टेंट मैनेजर मेरा दोस्त है। उससे पूछा था। उसने कहा–चार दिन से यह औरत किंग के पास आती है। तुम्हें पता है, 'दोनों के चेहरे फ़ेमस हैं। उसने पहचान लिया।''

यह बात सुनने के बाद मनु मुस्कराया था तो चूहा और डर गया था।

''सुन समरजीत, तू उसको जानता है?'' मनु उसका असली नाम ले रहा है,''–चूहे, पता है कुछ–न–कुछ होकर रहेगा।''

''हाँ क्यों?''

''उसे कल शाम यहाँ इंवाइट कर लें।''

''देख मनु, कोई ऐसी–वैसी बात मत करना। घर में महाभारत हो जायेगी।''

''सुन! अपने बाप को लैक्चर मत दिया कर। उसे कल शाम यहाँ ले आना। साथ तू भी आना।''

अगली शाम किंग आया था। किरण ने जींस के साथ काला पुलोवर डाल रखा था। उसका तराशा जिस्म म्यान में रखी तलवार की तरह कपड़ों में कस गया था। किरण दो बच्चे की माँ है, लेकिन जिस्म अब

भी कसा–कसाया है, किसी बाँझ औरत के जिस्म जैसा। मनु ने बड़ी गर्मजोशी से किंग को रिसीव किया। पहला अपमान चूहे ने किया था–

''यह सेवकराम शर्मा है–''चायवाला' मॉडल।''

किरण ने बचाव किया, तीखी मुस्कान के साथ–

''तमीज़ से बोला कर। इनका नाम जैकी किंग है।''

मनु ने देखा, लड़का गोरा–चिट्टा है, नर्म–नाजुक हाथ, पतले नैन–नक़्श, लगभग कन्धों तक लम्बे बाल! इधर की जुबान में 'कुड़ियों जैसा मुण्डा'–लड़कियों–जैसा लड़का।

मनु को लगातार मुस्कराते देख किंग को विश्वास हो गया कि इससे डरने की कोई बात नहीं। चाहे इसे पता भी चले कि किरण के साथ उसका अफ़ेयर चल रहा है। बम्बईवालों की तरह डबल लार्ज पी रहा है, आन द राक्स–बिना पानी मिलाये; अपनी मर्दानगी की धौंस जमाने के लिए। बेचारे को पता नहीं फ़ौजी रम ऐसे नहीं पी जाती, आदमी जल्दी घोड़े पर चढ़ जाता है।

''किरण की मुस्कान बहुत अच्छी है''–उसने मनु को ख़ुश करना चाहा था।

''उसकी दूसरी और चीज़ें भी बहुत अच्छी हैं।'' मनु ने मुस्कराकर जवाब दिया था।

''तुम वल्गर हो रहे हो।'' किरण की समझाने वाली मुस्कान।

''वल्गैरटी शब्दों में नहीं होती, काम में होती है।''

''मनु साहब, आप करते क्या हैं?'' किंग की बीच–बचाववाली आवाज़।

''करता क्या हूँ? कुछ नहीं। मज़े करता हूँ।''

''नहीं। मनु झूठ बोलता है। बहुत बड़ा राइटर है।'' किरण की गर्वीली मुस्कान।

''देखो किरण, तुम्हें आख़िरी बात बता रहा हूँ। मेरा लेखक कहकर परिचय मत दिया करो।'' मनु की मुस्कान बन्द। वह किरण को पहले भी ताक़ीद कर चुका है कि अपने दोस्तों को सिर्फ़ उसका नाम बताया करे। लेखक होने की बात कहने की कोई ज़रूरत नहीं। इससे बड़ा अपमान किसी लेखक का क्या हो सकता है कि उसका नाम बताने के

बाद यह भी बताना पड़े कि वह लेखक है। यह तो वही बात हुई न कि दिलीपकुमार का परिचय देने के बाद बताना पड़े कि वह एक्टर है। चूहे ने किंग को सलाह दी–

''प्यारे, रम हौले–हौले पिया कर। चढ़ जायेगी।'' किंग को **शराब** अब अतिरिक्त ताक़त दे चुकी है।

चूहे के पाँच फुट से कम क़द को घूरकर देखा, जवाब दिया,

''यह छोकरियों की तरह छोटे पैग तुम पिया करो। हम मर्द हैं, **मर्द**! मर्दोंवाले पैग पीते हैं।''

''जानते हो तुम जैसे मर्दों को हमारे पंजाब में क्या कहते हैं?''

''क्या?'' किंग ने गिलास मेज़ पर रखकर पूछा।

''लड़के का लड़का, माशूक की माशूक। दो–दो मज़े।''

किंग का गोरा–चिट्टा चेहरा तमतमाया था। चूहे को मारने के लिए उसका हाथ आगे लपका। बीच में ही मनु ने उसका हाथ पकड़ा और मुट्ठी में बन्द कर लिया। किंग ने हाथ छुड़ाने की कोशिश की। मनु ने मुट्ठी और ज़ोर–से बन्द की। कहाँ लड़कियो–जैसा हाथ और कहाँ घण्टों टेनिस और स्क्वाश खेलने वाला हाथ। अब किंग ने हाथ छुड़ाने की कोशिश बन्द कर दी है। होंठों को दाँतों से दबाकर चीख़ रोकने की कोशिश कर रहा है। किरण के सामने कैसे चीख़े, मर्दानगी खुल न जायेगी?

''मनु, इसका हाथ छोड़ दो।'' चिंगारियोंवाली मुस्कान।

''स्वीट–हार्ट, मैं तो कुछ नहीं कह रहा। तुम्हारे यार से हाथ मिला रहा हूँ।'' अब मनु अपनी कोहनी को छोटा–सा झटका देगा और किंग की उँगलियाँ टूट जायेंगी। चूहा मनु की बाँह पकड़कर चीख़ा था।

''छड्ड दे, मनु! हथ्थ टुट जायेगा।''

''परे हट, तू वी कुछ लैणा है।''

हाथ टूटने से पहले किंग की चीख़ निकल गयी। मनु ने उसके हाथ को छोड़कर कहा था–

''जब यह तुम्हारी माँ बम्बई आये तो जहाँ मर्ज़ी ले जाया कर। इस शहर में याद रख, मैं रहता हूँ।''

किंग आधा बेहोश है। मनु उसके हाथ पर शराब डालता है। धीरे–धीरे मलता है। किंग 'थैंक्यू–थैंक्यू' कहे जा रहा है। मनु ने फिर

मुस्कराना शुरू कर दिया है। चूहे को सुनाकर कहता है–"बेचारे को पता नहीं कि सात घर तो डायन भी छोड़ देती है।"

और जब मनु बात ख़त्म करते हुए बताता है कि किंग आज तीन साल के बाद दिल्ली आया है तो चूहा किंग की ओर देखकर गिलास ऊपर उठाता है, 'चीयर्स' कहता है और चढ़ा जाता है।

"आपको तो एक्टर होना चाहिए था।" नीति।

"एक्टिंग ही तो करता हूँ।" मनु की उदास आवाज़।

किरण और किंग उसकी मेज़ के पास आते हैं। पीछे टायरों की बहुत बड़ी कम्पनी का मालिक है। मनु से कहता है–

"मनु साहब, सारे मज़े ख़ुद ही लूटे जा रहे हो। भाई, मेहमानों का भी ख़याल करो। दो बातें हम भी नीति जी से कर लें।" उसके चेहरे पर रौनक–ही–रौनक है, शराब की।

नीति उसका हाथ पकड़कर साथवाली कुर्सी पर बिठाती है, "बस! दो बातें? सरदार साहिब, जी भरकर बातें करिए न। हम बम्बई से आये किसलिए हैं?" वह उसके हाथ में गिलास पकड़ाती है।

"देखो जी, हम नया टायर मार्केट कर रहे हैं। लाखों का बजट है, एड के लिए किरण जी अभी चैक ले लें, पर शर्त है एक।"

"बोलो बादशाहो!" हौसला बढ़ाती किरण की मुस्कान।

"बस किरण और नीति जी कल खाना हमारे साथ खायें और टायर की मॉडल भी दोनों हों।"

"यह भी कोई शर्त है। आप कहें तो रोज़ खाना आपके पास खायें।" किरण की मुस्कान–'मैं प्राप्य हूँ' वाली।

"तो हो जाये इस बात पर एक फ़ोटो। कल की अख़बार में आ जायेगा।" चूहे ने अपना कैमरा सँभालते हुए कहा।

टायर कम्पनी के मालिक के एक ओर किरण है, एक ओर नीति। ख़ुशी से उसका मोटा पेट और मोटा हो गया है। मनु फ़ोटो का शीर्षक दिल–ही–दिल में सोचता है–'बाघिनों के बीच मुस्कराती भेड़,' और उसे हँसी आ जाती है! फ़ोटो खिंचवाने के बाद वह जाने के लिए कहता है। किरण उसे दरवाज़े के बाहर छोड़ने जाती है। वह टायरवाला किरण का हाथ दबाकर कांट्रैक्ट पक्का है, का विश्वास दिला रहा है।

किरण की मॉडल सहेलियाँ भी अब मनु और नीति की मेज़ के पास

कुर्सियाँ खींच लायी हैं। बड़े–बूढ़े पार्टी से जाना शुरू हो गये हैं। नीति देख रही है कि किरण की सहेलियों की आँखें मनु को सेंक रही हैं। उसे कोई नहीं देख रही। बुरा लगता है। पूछती मनु से है लेकिन सुना रही किरण की सहेलियों को है।

"क्यों मनु साहब? लड़कियाँ इतनी बेवकूफ़ क्यों होती हैं कि मैरिड मर्दों के पीछे भागती हैं?"

"बेवकूफ़ नहीं, अक़्लमन्द कहो। शादीशुदा के साथ वे बहुत सेफ़ महसूस करती है। किसी तरह का कोई ख़तरा नहीं। उन्हें पता होता है कि शादीशुदा मर्द अनुभवी मर्द होता है।"

किरण ने यह बात सुन ली है, टोकती है–

"मनु, कभी–कभी तुम कुछ ज़्यादा फूँक लेने लगते हो।" चैलेंज देती मुस्कान।

"अच्छा! झूठ बोल रहा हूँ। हाथ कंगन को आरसी क्या? अपनी सहेलियों से पूछ लो।"

जवाब में किरण की सहेलियाँ उसकी ओर देखती है और ज़ोर–से हँस देती हैं। किरण को पता है, जब वह मॉडलिंग के लिए शहर–बाहर जाती है तो कोई–न–कोई उसकी मॉडल सहेली घर में सारा दिन अड्डा जमाये रहती है। ऐसी बातें उसकी बेटी रानी नहीं बताती, क्योंकि वह बाप की पक्षधर है। किरण को पता है कि बाप–बेटी का उसके ख़िलाफ़ साझा मोर्चा है।

"देर हो रही है, उठना चाहिए।" नीति का कमरा फ़ाइव–स्टार में बुक है। रात वहीं रहेगी।

"नहीं, खाना खाकर जाना। मनु छोड़ आयेगा।"

नीति मनु को देखती है, नशे से लाल हो रहे उसके चेहरे को देखती है। किरण को देखती है।

"फ़िक्र न कर। मनु जितना पीता है, उतना ही होश में आ जाता है। टक्कर–वक्कर नहीं मारेगा।"

'यह तो रोज़ होता है वाली'–किरण की मुस्कान।

"मैं भी उसी होटल में ठहरा हूँ। आपको ड्रॉप कर दूँगा।" किंग नीति को खुश करता है। आजकल फ़िल्मी दुनिया में घुसने के चक्कर में है। शायद नीति ब्रेक दिला दे।

"अगर मुझे तुम्हारे साथ जाना होता तो तुम्हें बोल देती।" नीति, किंग को उसकी 'सही जगह' का एहसास दिलाती है।

चूहा किंग को गिलास पकड़ाता है। किंग हिचक रहा है—चूहा हौसला देता है।

"पी ले, भापे। आज रम नहीं है विस्की है। कुछ नहीं कहती।" नीति, मनु और चूहा भेद–भरी मुस्कराहटों की अदला–बदली करते हैं। किंग को पता चल जाता है, उस दिनवाली घटना का सबको पता है। "मैं थक गया हूँ, अब चलूँगा", कहकर उठ खड़ा होता है। किरण उसे बाहर छोड़ने जा रही है। 'कल मिलेंगे' का वादा करती मुस्कान के साथ।

तभी साथवाले कमरे का दरवाज़ा धड़ाम से खुलता है। पाँच साल का बच्चा भागकर अन्दर आता है, पीछे–पीछे भागती एक लड़की। मनु नीति को बताता है कि उसका लड़का है, विक्रम। बच्चे का चेहरा दमक रहा है, गालों पर लाल गुलाब उगे हैं। उसकी उमर के हिसाब से लम्बा। मनु पर गया है।

"मुझे दो।" वह मनु के हाथ से गिलास लेता है, घूँट भरता है, थूक देता है।

"कड़वी है। कैम्पावाली दो।"

किरण पीछे भागकर आयी लड़की को डाँटती है।

"इसे अन्दर क्यों आने दिया?"

"मैं ज़रा टायलेट गयी थी..."

"तो क्या मुसीबत है, अगर बच्चा अन्दर आ गया है?"

नीति बीच में बात काटती है। विक्रम की पीठ पर हाथ रखकर अपने पास खींचना चाहती है। बच्चा डाँट देता है।

"परे हट, हाथ मत लगा।" नीति झटके से हाथ खींच लेती है। हैरान होकर किरण को देखती है। वह सफ़ाई पेश करती है।

"बाप ने बिगाड़ दिया है। कोई छुए तो इसे ग़ुस्सा आता है। अजीब बच्चा है, प्यार करा कर राज़ी ही नहीं। बिल्कुल मनु का दूसरा रूप है।" लड़के को इन बातों में कोई दिलचस्पी नहीं। पिता को डाँटता है—

"मेरी कैम्पावाली दो," विक्रम हमेशा रम को कैम्पा समझता है, थोड़ी पी लेता है।

"ओए चूहे, जा अन्दर से रम ले आ। अब यह हमारा बाप छोड़ेगा थोड़े।" चूहा रम लाता है, थोड़ी–सी गिलास में डालता है, कैम्पा मिलाता

है, विक्रम को देता है, वह घूँट भरता है, चूहा पूछता है, ''अब ठीक है, साहब जी?''

''हाँ, अच्छी है और दो।''

रानी छोटे भाई का हाथ पकड़कर उसे अन्दर ले जाना चाहती है।

''चल अन्दर, कहानी सुनाऊँगी। नयी वाली।''

''बक–बक मत कर, नहीं तो मारूँगा मुँह पर थप्पड़। हाथ छोड़।''

किरण नीति को बताती है कि जब वह घर पर नहीं होती तो मनु के फ़ौजी और पुलिस के दोस्तों का अड्डा जमता है। और मर्द जब बिना औरतों के बैठे हों तो गालियाँ देकर बात करते ही हैं। विक्रम को मनु के दोस्त रोज़ नयी गाली सिखाते हैं। पीने की आदत भी इन लोगों ने डाली है। इसलिए कोई पार्टी हो तो नौकरानी को हिदायत होती है कि विक्रम को कमरे में बन्द रखे। सबके सामने गालियाँ देता है तो कितनी इंसल्ट होती है।

विक्रम गिलास आगे बढ़ाता है। चूहा कहता है–

''बस साहब बहादुर, आपका कोटा पूरा हो गया।''

''रैट के बच्चे, बक–बक करता है? मारूँगा जूता, और दे।'' विक्रम का स्कूल जाना शुरू हो चुका है, चूहे को 'रैट' बुलाता है।

''सच्ची बहुत गालियाँ देता है।'' नीति की अवाज़ में डर। कहीं सबके सामने उसे गाली दे दी तो। जवाब चूहा देता है–''बाप लेखक और माँ मॉडल। गालियाँ नहीं देगा तो क्या 'रामायण' की चौपाइयाँ पढ़ेगा?''

मनु ने गिलास ज़ोर से नीचे रख दिया है। 'ठक' की आवाज़ हुई है। चूहे को पता है, उसे लेखकवाली बात नहीं करनी चाहिए थी, ''सॉरी मनु!''

नीति मनु को लगातार घूरकर देख रही है। दिमाग़ में बन्द यादों की फ़ाइल के पन्ने पलट रहे हैं।

''आप वही मनु हो!''

मनु रम की बोतल उठाता है, गिलास आधा भरता है, चूहा पानी डालता है, मनु लम्बा घूँट भरता है, गिलास ख़ाली कर देता है। विक्रम मनु को देखता है, सबके चुपचाप चेहरे देखता है। उसे पता है, जब पापा ग़ुस्से होते हैं तो सब चुप हो जाते हैं। डर जाता है, बहन से कहता है–

"दीदी बस, मुझे नींद आयी है।" रानी उसका हाथ पकड़कर उसे बेडरूम की तरफ़ ले जाती है।

नीति को इस बात का एहसास नहीं होता।

"हम कॉलिज में थे तो आपकी कहानियाँ पढ़ते थे। हमेशा बातें करते थे कि कितना छोटा नाम है 'मनु' और कितनी लम्बी कहानियाँ लिखता है?"

रानी बेडरूम से लौट आयी है, पूछती है–

"पापा, खाना लगवाऊँ? मुझे भूख लगी है।" उसने कमरे में फैल रहे ख़तरे को सूँघ लिया है।

"हाँ बेटा जी, लगवा दो।"

मनु चूहे के आगे ख़ाली गिलास सरकाता है। चूहा किरण की ओर देखता है, 'मैं क्या करूँ' वाली नज़रों से। "उस माँ की तरफ़ क्या देख रहा है? डाल शराब," मनु का सिर नीचे झुक गया है।

नीति अपनी बात जारी रखती है–

"मैंने आपको कई ख़त लिखे। आपने जवाब ही नहीं दिया।"

मनु रम के गिलास को घूर रहा है। नीति की ओर बिना देखे जवाब देता है–

"जैसे आप अपने फ़ैंज़ के ख़तों का जवाब नहीं देतीं, वैसे ही मैं अपने फ़ैंज़ के ख़तों का जवाब नहीं देता था।"

चूहा और किरण किचन की तरफ़ जाते हैं, खाना लाने के लिए। दोनों को पता है, आज मनु बस से बाहर हो गया है। कुछ–न–कुछ होगा। नीति बात बदलती है–

"किरण की मुस्कान सचमुच गोल्डन है। जानते हो, ज़ीनत जब मॉडल थी तो किरण के साथ ग्रुप मॉडलिंग में फ़ोटो नहीं खिंचवाती थी। इसकी मुस्कान से डरती थी।"

अब मनु नीति को कैसे समझाये कि किरण की मुस्कान के हज़ारों रूप लोगों के दिलों में घर किये बैठे हैं। मुस्कराती वह घर में भी है, पर पिछले कई सालों से लगातार एक ही अर्थवाली मुस्कान–'तुम हो क्या?'

नीति ने ज़माना देखा है, खायी–पीयी औरत है। स्थिति का सच उसकी समझ में आना शुरू हो चुका है। पहली बार उसकी आवाज़ में मनु के लिए कोई अनाम दर्द है–

"आप सचमुच बहुत ताक़तवर हैं। गॉड ब्लैस यू।"

खाना मेज़ पर लग गया है। सब लोग वहाँ बैठ गये हैं, मनु अपनी जगह पर बैठा पी रहा है। रानी उसकी बाँह छूकर कहती है, "पापा, उठो न। खाना ठण्डा हो रहा है।"

"अच्छा बेटे। एक ट्रंककाल कर लूँ।"

किरण ऊँची आवाज़ में कहती है–

"मनु बिहेव यूअरसेल्फ़।"

"कॉल कर लेने दो, इसमें ग़ुस्सा होने की क्या बात है?" नीति। अब किरण नीति को कैसे समझाये कि बहुत पी लेने के बाद आजकल मनु अक्सर यह ट्रंककाल करता है।

इससे पहले कि किरण जवाब दे, चूहा अपनी जगह से उठता है। मनु के पास आता है, उसका हाथ पकड़कर झटका देता है।

"मनु उठ, नहीं तो आज मैं मारूँगा।"

"नहीं, मुझे ट्रंककाल करना है।"

"मनु, चुप हो जाओ। नहीं तो आज कुछ होकर रहेगा।" किरण की धमकी। "मम्मी, शाउट मत करो। पापा को कॉल करने दो।"

बेटी की डपट के जवाब में किरण की मुस्कान–'मैं हार गयी' वाली।

रानी फ़ोन उठाती है, पापा के पास लाती है, मेज़ पर रखती है। मनु ट्रंककाल के लिए कोई नंबर घुमाता है। ऑपरेटर शायद नंबर पूछता है, मनु जवाब देता है–

"आइ डोंट नो द नंबर। बट गिव मी गॉडं।"

उधर से शायद हैरान ऑपरेटर 'क्या' कहता है।

"आपको अंग्रेज़ी समझ नहीं आती? मुझे भगवान का नंबर दो।"

कमरे में सन्नाटा छा गया है। बम फटने का पहले से पता होनेवाला सन्नाटा।

रानी मनु के हाथ से फ़ोन लेती है।

"पापा, आपने नंबर ग़लत मिलाया," वह बटन दबाकर कनैक्शन काट देती है।

"क्यों बेटे?"

"आपको इंटरनेशनल ट्रंक बुकिंग का नंबर घुमाना चाहिए था।"

"क्यों बेटे?"

"भगवान हिन्दुस्तान में थोड़े रहते हैं? मैं नंबर मिलाती हूँ।" फिर वह झूठ–मूठ का नंबर घुमाती है, फ़ोन पिता को पकड़ाती है।

"लो पापा, बात कर लो।"

मनु कई बार 'हैलो, हैलो' करता है, शिकायत–भरी आवाज़ में बेटी से कहता है–

"जवाब नहीं आ रहा है।"

"ज़रा ऊँचा बोलो न, पापा! बहुत दूर बात हो रही है।"

अब उसने अपने पिता के सिर पर हाथ रख दिया है। सबको पता नहीं ऐसा क्यों लगता है कि वह दस साल की बच्ची बड़ी–बूढ़ी हो गयी है, मनु की बेटी नहीं बिल्कुल माँ लग रही है।

और पता नहीं वह ताक़तवर आदमी, जिसका नाम मनु है, जिसका क़द पाँच फुट दस इंच है, जिसका वज़न एक सौ सत्तर पौंड है, गॉड से एक तरफा कौन–सी बातें कर रहा है? क्या पूछ रहा है?

□□